真魔說傳

진마전설

마존전설 2부

목형 판타지 장편소설

FANTASY FRONTIER SPIRIT

Of Dark

진마전설 1

목형 퓨전 판타지 소설

초판 1쇄 찍은 날 § 2006년 7월 14일
초판 1쇄 펴낸 날 § 2006년 7월 21일

지은이 § 목형
펴낸이 § 서경석

편집장 § 문혜영
편집책임 § 서지현
편집 § 이재권

펴낸곳 § 도서출판 청어람
등록번호 § 제1081-1-89호
등록일자 § 1999. 5. 31
어람번호 § 제1-0727호

주소 § 경기도 부천시 원미구 심곡1동 350-1 남성B/D 3F (우) 420-011
전화 § 032-656-4452 팩스 § 032-656-4453
http://www.chungeoram.com
E-mail § eoram99@chollian.net

ISBN 89-251-0217-X 04810
ISBN 89-251-0216-1 (세트)

真魔傳說

Of Dark

목형 판타지장편소설
FANTASY FRONTIER SPIRIT

진마전설

마존전설 2부

Of 1

시작(Beginning)

도서출판
청어람

CONTENTS

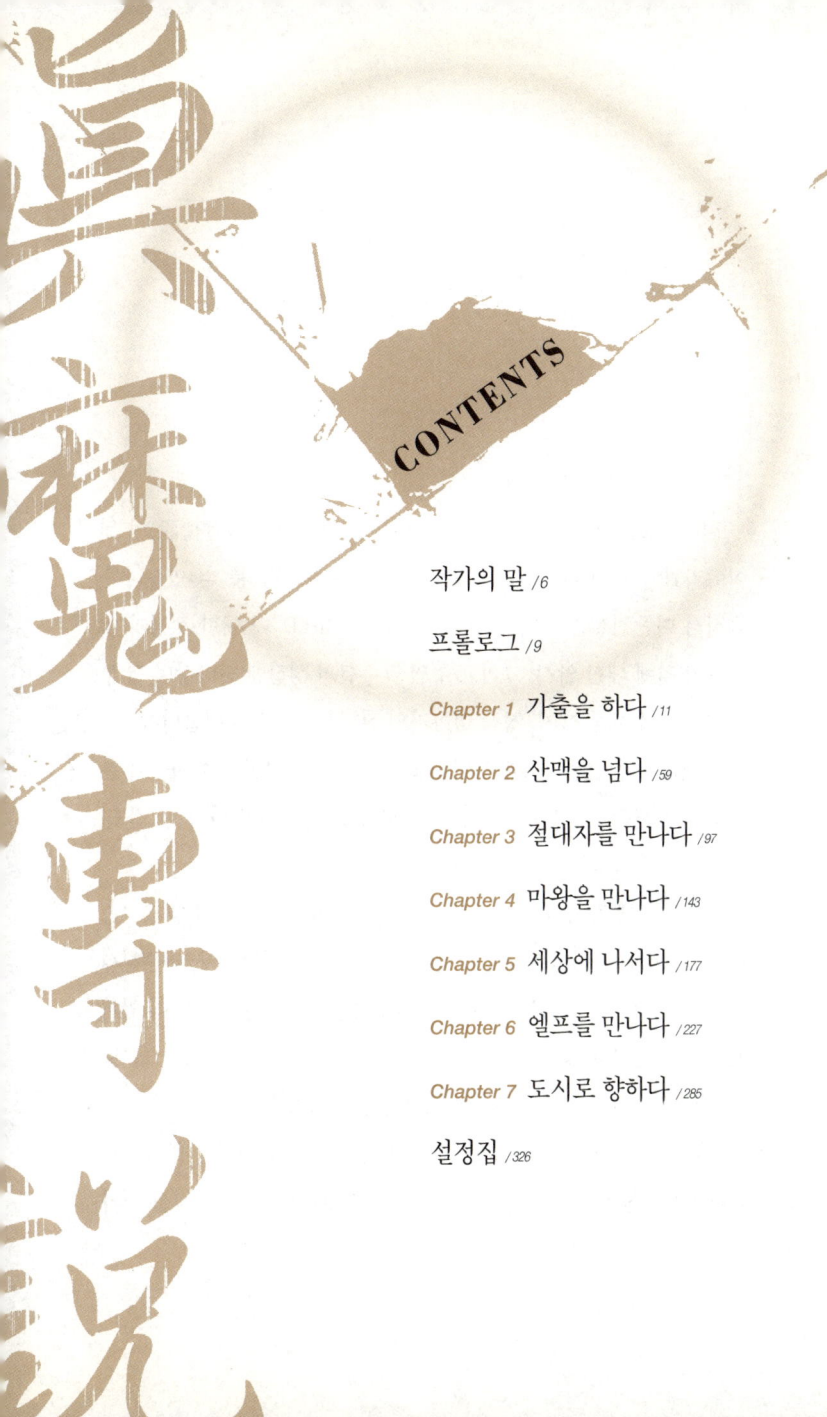

작가의 말

진마전설(眞魔傳說)은 제 이전 작품인 마존전설(魔尊傳說)의 뒷이야기입니다. 아니, 보다 정확히 말하면 본편이라 볼 수 있습니다. 솔직히 마존전설은 제가 구상한 'NEW WORLD'에 대한 설정과 앞으로의 일에 대한 암시, 그리고 주인공 수한의 성장에 밑바탕이 될 부분에 많은 할애를 했지, 정작 이야기의 진행은 흐지부지했습니다.

그러나 마존전설의 2부 진마전설에선 제가 구상한 이야기들이 본격적으로 시작될 겁니다. 이미 누차 광고(?)를 했지만 다시 한 번 말씀드리자면,

마존전설에 잠시 등장했던 four children(수한의 누나 수영이 그중 한 명)의 음모가 진마전설의 전체 내용을 이끌 예정입니다. 마존전설에서 여러 가지 암시를 부여했고, 의문점들을 군데군데 남겨두었기에 관심있으신 분들은 이미 아실 듯(필멸자 프로젝트의 비밀, 그리고 세상을 구현하는 질서, 그밖에 좀 더 상세한 이야기들).

그리고 수한이 마존전설 때 먼치킨 초급(?)을 간신히 이루었다면 진마전설에선 먼치킨 고급 응용편에 도전합니다. 즉, 마존전설 때와

는 비교조차 할 수 없는 진~짜 먼치킨이 된다는 겁니다. 마존전설이 수한의 신분과 능력치 상승의 비밀을 담았다면 진마전설은 그것을 토대로 진정한 힘의 근원을 얻는 내용이죠(클클, 내용을 아는 저로선 그저 웃을 수밖에……. 클클클). 혹 관심있으신 분들은 마존전설 중간에 그에 대한 암시를 담았으니 한번 찾아보시길 권합니다.

그리고 진마전설에선 마존전설 때보다 스케일이 훨씬 커질 겁니다. 마존전설이 문파 간의 대립이라면, 진마전설은 수한과 나라 간의 싸움, 아니, 전쟁입니다(클클, 어떤 먼치킨 기연을 얻었기에 그런 것이 가능할지……).

마지막으로 사족인데, 본래 진마전설은 판타지를 배경으로 한 탓에 제목을 영어로 하고 싶었습니다. 그러나 이전 작품과의 부드러운 연계와 제 부족한 영어 실력을 고려, 진마전설로 낙찰했습니다. 그러니 이에 대해선 양해를…….

　　　　　　　　　　　　　　　　　　　　　　　　　—목형 올림.

프롤로그

　"얼마 전, 제3운영팀에서 협조 요청이 왔었어. 팔라스 연합 측에 이상 기류가 포착되었다더군."

　—……

　"루나, 솔직히 말해줘. 태을검선이 예언한 '대겁난'은 대체 뭘 의미하는 거지?"

　—저는 현재와 과거는 읽을 수 있지만 미래를 예측할 순 없습니다.

　"후우~ 알겠어. 그럼, 이것만이라도 말해줘. 수한이 부여받은 '구원자' 이벤트에 걸린 락은 네가 한 일이야?"

　—죄송합니다.

"이유를 설명해 주겠니?"

—*죄송합니다. 그것에 관해 전 아무 말씀도 드릴 수 없습니다.*

"알겠어. 너도 나름대로 사정이 있겠지. 그럼, 이만……."

—*…….*

끼이이이잉!

덜컹!

거대한 철문이 닫히고, 그녀, 아니, 한 존재만이 남겨진 공간. 잠시 뒤, 누구도 들을 수 없는 독백이 흘러나왔다.

—*죄송합니다. 저는 '그분'의 뜻을 거역할 수 없습니다.*

Chapter 1

가출을 하다

한 소년—나이로 따지면 아니지만—이 있었다. 어릴 적 부모님이 돌아가신 뒤 온갖 재정적 압박에 시달리며 끼니를 거른 적은 단 한 번도 없었지만 마녀 같은 누나와 그보다도 더 극성인 그녀의 친구에 의해 매일같이 노동력 착취 및 성적 학대를 받던 불쌍한 소년. 그의 그런 불행한 생활은 두 마녀의 극악성만큼이나 영원히 지속될 듯 보였다.

하지만 하늘은 인내하는 자에게 한가닥 기회를 내려준다고 했던가? 꿈에서조차 독립의 의지를 불태우며 이를 갈던 소년에게 느닷없이 찾아온 가상 현실 게임 'NEW WORLD'.

장백산맥, 혹은 드래곤 산맥이라 불리는 거대 산맥을 기준으로 무협 세상을 표방한 '청 제국'과 판타지 세상을 구현하는 '팔라스 연합'으로 분단된 또 하나의 세상. 당시 세간에 최고의 인기를 구가하던 그 게임은 소년에게 독립의 희망을 주었고, 결국 온갖 고난과 역경 끝에 마침내 그것을 달성하게 되었으니 그의 불행은 그것으로 끝나는 듯 보였다. 그러나…….

"이히히히히, 역시 고양이 귀에 체육복 같은 단순 코스프레는 식상하다니까. 보다 깊이(?)가 느껴지는 캐릭터 코스프레가…….."

입가에 침을 질질 흘리며 혼자만의 세상에 빠진 수진. 일명 야오이계의 대모라 불리는 야오이 전문 소설가. 그녀의 엽기성을 말하자면, 군대 위문품으로 자신이 쓴 소설 전권 세트(진성 야오이 물)를 매달 보내는 것으로 유명하다(대체 뭘 바라는 걸까?). 그리고 그녀가 취미로 삼고 있는 건 미소년, 미청년, 미중년 농락하기. 바로 지금같이 말이다.

"이히히히히, 수한아, 이번엔 이거…….."

연신 기괴하다 못해 소름 돋게 만드는 웃음을 터뜨리며 친구의 동생인 수한에게 뭔가를 잔뜩 내미는 수진. 그에 대한 수한의 반응은 그저 한숨밖에 없다.

"에휴~ 쫄쫄이에 컬러 콘택트렌즈는 그렇다 치고… 얼굴에다 붕대까지 감으라고?"

몸에 착 달라붙은 흰색 슈트(여성용)와 가지각색의 화장 용품, 그리고 붉은색 콘택트렌즈. 그런데 거기에 만족 못한 채 팔에는 부목을, 얼굴에다 붕대까지 친친 감으라고 시킨다. 이러니 자연 한숨이 나올 수밖에. 하지만 그런 지극히 정상적인 반항에 수진의 반응은 극히 격렬하기까지 했다.

"쯧! 모르는 소리! 하다 만 캐릭터 구현보다 차라리 어설픈 아저씨 맞춤형(?) 코스프레가 나은 법! 어디서 그런 천벌받을 소릴!"

"…예, 예. 제가 죽을죄를 지었습니다."

너무 격한 반응에 기가 죽은 수한. 결국 제 손으로 붕대를 감을 수밖에 없다.

그리고 잠시 뒤, 분장을 빙자한 변신 과정을 거치자 마침내 드러나는 수한의 자태. 이미 20대에 들어섰음에도 마치 고등학생을 보는 듯한 극 동안(童顔)과 화장으로 더욱 부각되어진 미태(?). 하지만 뭐니 뭐니 해도 가장 압권인 건 몸에 착 달라붙는 모애니의 여성용 슈트 차림과 병약미를 극대화한 붕대를 감은 모습이었으니……. 순간, 수진의 얼굴에서 코피가 분수처럼 터져 나왔다.

"크억! 굿잡(Good Job)!"

"으억!! 누나, 코피가!!"

갑작스런 변괴에 기겁하는 수한. 다급히 휴지를 찾는다는 둥 수건을 꺼낸다는 둥 난리도 아니다. 그러나 그런 난리법석에도 불구하고 꿋꿋이 자기 할 일을 하는 수진.

"크으으, 고작 코피 따위에 질 수야 없지."

화장 하나 안 했음에도 웬만한 탤런트를 능가하는 미태와 모델에 비견되는 쭉 빠진 몸매. 아마 지금 당장이라도 길거리에 나가면 연예계 진출 제의를 받을 것만 같은 최상급의 미모. 하지만 그 아름다움을 십분 감상하기엔 입가에 질질 흐르는 침과 얼굴 전체를 물들인 코피가, 아니, 보다 정확히 말하자면 수전증이라도 걸린 듯 부들부들 떨고 있는 두 손과 그 손에서 연신 플래시를 터뜨리는 카메라가 문제다. 결국 그녀의 온몸으로 펼치는 압박에 가만히 포즈(?)를 취할 수밖에 없는 수한.

"에효~ 그러면 그렇지."

협약(?)에 의해 수한이 이런 짓을 하는 것은 하루 한 시간뿐. 자연 수진으로선 이렇게까지 처절하게 매달릴 수밖에 없으리라. 물론 수한의 입장에선 끔찍할 노릇이지만.

'저러다 빈혈로 쓰러지면 좋겠는데……'

지혈을 했음에도 여전히 줄줄 흐르는 코피. 벌써 한 양동이 이상을 쏟아 평범한 사람이라면 진작 빈혈로 쓰러졌을 거다. 하지만 피가 넘치다 못해 주체 못하는 수진에게 이 정도는 아무런 장애도 되지 않는 모양. 결국 수한은 수진의 지시에 따라 계속 므흣한 자세를 취할 수밖에 없었다. 그리고 그렇게 한 시간 뒤,

"시간 다 됐어!!"

"으응? 에~ 벌써?!"

"흥, 벌써는 무슨?! 오늘 할당 시간은 채웠으니 난 간다!!"

36방짜리 필름을 무려 30통이나 쓴 주제에 아직도 부족하다는 수진의 반응에 더욱 약이 올라서일까? 입고 있던 코스프레 복장을 거칠게 벗으며 수진을 향해 소리치는 수한. 하지만 얼핏 보이는 자신의 맨살에 재차 번쩍거리는 수진의 두 눈을 보자 다시 옷을 여밀 수밖에 없다.

"에휴~ 옷은 내일 돌려줄게."

"이히히히, 좋아. 뭐, 어차피 네 맞.춤.복.이니까. 아, 그리고 내일은 기대하라구~ 내가 특별히⋯⋯."

"아아악~!! 그만!!"

대체 무슨 소리가 더 나올지 듣기조차 두렵다. 때문에 황급히 문을 걷어차며 뛰쳐나오는 수한. 그런데, 아뿔싸!

"으헉?! 누구?"

"아악!"

급하게 나온다고 미처 사람이 있는 것을 보지 못했다. 거칠게 열린 문에 크게 당황하는 남자. 아마 이제 막 초인종을 누르려던 그로선 갑자기 문이 열리며 뛰쳐나온 코스프레녀(?)의 모습에 경악할 수밖에 없었을 터. 하지만 정작 지금 상황에 그보다 더욱 기겁한 사람은 바로 수한이었다.

하긴 현재 그의 차림이 어디 보통 모습이던가? 몸에 착 달라붙다 못해 몸매가 훤히 드러나 보이는 슈트 차림. 거기다 방금 전 막 벗다 다시 껴입은 덕에 므훗 수치(?)는 50% 상승한 상태. 덕분에 수한을 바라보는 남자의 두 눈은 금세 묘하게 풀리기 시작했다. 그리고 그런 그의 모습에 수한의 비감 수치는 200%까지 치솟는다.

"으아아아앙!"

"아~ 잠깐만!"

자신도 모르게 울음보를 터뜨리며 자기 집으로 뛰어들어가는―그래 봤자 바로 옆집이다―수한. 이에 남자가 황급히 그를 잡으려 하지만 이미 수한은 자취를 감춘 뒤다. 하지만 그 잠깐의 마주침으로 인해 이미 남자의 영혼엔 수한의 모습이 깊숙이 각인되었으니.

"아~ 대체 누굴까?"

신데렐라를 놓친 왕자의 모습이 이러할까? 뭔가 아련한 시선을 보내며 멍하니 서 있는 신 캐릭터. 그리고 그런 그의 모습에 현관에서 사악무비한 음모의 미소를 짓는 수진.

"이히히히히, 이번에 새로 온 담당잔가? 이거 재미있게 됐는데?"

거칠게 몰아치는 대파란의 징조. 과연 수한에게 또 무슨 악몽 같은 일이 벌어질지 가히 짐작조차 되지 않는다.

"흑흑, 내가 못살아, 못살아!!"

집에 들어오자마자 그대로 주저앉은 채 목놓아 울음을 터뜨리는 수한. 하긴 남자 체면에 지금과 같이 괴이쩍은(?) 몰골을 남에게 들켰으니 어찌 창피하지 않으랴. 혹시라도 그 사람이 이 동네 사람이면 함부로 고개도 못 들고 다닐 판이다. 때문에 지금 상황의 원인인 얼마 전의 자신의 선택을 후회하고 또 후회하는 수한.

"이씨～ 내가 어쩌다가 이 지경이 되었는지……."

지금부터 석 달 전 수한은 'NEW WORLD' 내에서 모종의 음모를 꾸몄었다. 물론 그것을 성사시키기 위해 여러 가지 우여곡절과 어려움이 있긴 했지만. 어쨌든 결국은 목적을 이루었고, 그 결과 레어 아이템을 비롯한 무수한 일급 아이템을 손에 넣어 그 판매금을 통해 마침내 꿈에도 그리던 독립을 이루게 되었으니. 불행의 최전선에서 고군분투하던 그에게 마침내 행복이 찾아오는 듯 보였다.

하지만 불행의 여신에게 사랑을 듬뿍 받는 사람은 역시 뭔가 달라도 다르다고 할까? 그런 독립의 기쁨도 찰나의 순간일 뿐, 그의 누나 수영은 재차 그를 절망과 좌절의 구렁텅이로 밀어 넣는다.

너는 세상물정을 잘 모르니 내가 알아서 해주겠다는 둥, 이제 자주 보지 않을 테니 이것으로 남매의 정을 재확인하자는 둥 온갖 감언이설에 넘어간 수한. 결국 독립 자금으로 미련한 목돈을 전부 맡기며 새집 마련에 관한 모든 것을 수영에게 위임하는 치명적인 실수를 저지른다. 그 결과, 시내 중심가에 위치한 최고급 오피스텔, 즉 지금의 이곳을 새 보금자리로 소개받게 된 수한.

그때 뭔가 낌새가 이상하다는 걸 눈치 챘어야 했건만 독립의 기쁨에 허공에 붕붕 떠다니던 수한은 그것을 미처 간파하지 못했다. 아니, 심지어 수영에게 부족한 금액만큼 빚을 지는 치명적인 실수까지 저지른다. 그리고 그 실수는 그를 이전보다 더욱 속박하는 올가미가 되었으니…….

수영이 본색을 드러낸 건 수한이 이곳으로 이사한 당일. 이사를 하고 보니 바로 옆집이 그가 그토록 질색하는 수영의 단짝 수진의 집이 아닌가? 평소 수진이 그를 대하는 태도를 고려하건대 이거야말로 늑대를 피해 머리 세 개에 날개까지 달린 뮤런트 호랑이 아가리에다 머리를 집어넣은 결과. 때문에 수한은 그 즉시 수영을 찾아가 따졌다. 어떻게 이럴 수가 있느냐고. 하지만 그의 대한 수영의 대답은 12성 대성한 배째마공과 안면철피신공.

독립을 원한다기에 그럴듯한 집을 구해줬고, 그에 부족한 돈은 아.주. 싼 이자에 빌려주기까지 했다. 그런데 대체 뭐가 문제냐?! 그런 수영의 사나운 일갈에 한없이 쪼그라들 수밖에 없었던 수한. 동시에 그는 깨달았다, 자신이 도저히 빠져나갈 수 없는 덫에 걸렸음을.

기껏 독립을 위해 이사했건만 바로 옆집엔 단 1초도 함께하기 싫은 야오이 마녀가 있고, 누나가 아주 싼 이자라 주장하는 그것은 단리도 아닌 복리. 그것도 사채업자가 울고 갈 정도의 이자. 결국 '어어' 하는 사이 팔다 만 레어 아이템과 일급 아이템은 차압당하고, 생활비와 빚 탕감을 위해 매일 한 시간씩 몸을 파는(?) 신세가 되었다.

한마디로 지난 일 년간 게임상에서 죽도록 고생해 얻은 거라곤 밥하고 빨래만 하던 이전보다 더 더욱 최악인 상황뿐.

그렇다고 현재 살고 있는 오피스텔을 팔자니, 빚은 당장 갚을 수 있을지언정 현 불경기를 고려하건대 막대한 손해를 봐야 할 터. 그것은 하찮은 잡템조차 아까워 벌벌 떠는 수한에 겐 그야말로 생살을 도려내는 아픔. 거기다 빚을 갚아봤자 다시 누나 집에 얹혀살아야 할 판이니 이전과 달라질 게 뭐가 있으랴. 차라리 이렇게나마 자기 집을 소유하는 것이 노후 대책을 위해서라도 좋은 일이라는 생각에 결국 수한은 현실을 받아들이고 체념을 하는데…….

그렇다고 해서 억울하지 않다는 건 절대 아니다!

"내가 그 사기에 넘어간 게 천추의 한이다, 한! 흐흐흐흑!"

생각하면 할수록 넘치는 건 눈물뿐이라 울음 수준을 넘어 통곡까지 하며 수한은 매일 눈물바다를 이루었다. 그리고 그러는 와중에 은근슬쩍 가슴속에서 불타오르는 반항심. 언제까지 이렇게 당할 수만은 없다!

물론 두 마녀에게 복수를 원한다는 건 아니다. 이미 지난 세월 동안 몇 차례 반란이 있었고, 그때마다 가혹하리 만치

처참한 징계가 있었으니 지금은 감히 그런 역심(?)을 꿈에서
조차 생각지 않는다. 다만,

"죽으나 사나 게임만이 살길이군. 에효~"

현 상황의 원인, 아니, 원인이라기엔 뭐하지만 어쨌든 잠시
나마 독립의 꿈을 꾸게 만든 가상 현실 게임 'NEW
WORLD'. 현재 수한에게 남은 유일한 희망은 오직 그것뿐이
었다.

                    *   *   *

— 'NEW WORLD'의 세계에 오신 것을 환영합니다. 카운
트를 한 후 접속 완료되오니 자신의 또 다른 인생을 마음껏
즐기시기 바랍니다. 5··· 4··· 3··· 2··· 1······.

우우웅!

파아아악!

"크~ 젠장~"

둔중한 기계음과 함께 두 눈을 찌르는 눈부신 빛. 게임에
로그인했을 때의 전형적인 현상이다. 하지만 이미 익숙할 대
로 익숙해진 수한에게는 하등 문제가 되지 않았으니······. 그
가 자리에서 일어나자마자 오만상을 찌푸린 건 정작 눈부심
때문이 아닌 눈앞에 펼쳐진 광경이 원인.

"끙, 저걸 전부 다 팔 수만 있다면······."

화려하다 못해 휘황찬란하기까지 한 외벽과 그 한쪽 구석에 빼곡히 들어찬 수백여 권의 마공 비급. 빚더미에서 수진에게 온갖 고초를 겪는 현실 세상과는 달리 가상 현실에선 엄청 호화로운 곳에서 깨어나는 그다. 하긴, 지금껏 가상 현실에서 벌여놓은 일들로 인해 그럴듯한 일문의 수장 직까지 차지했으니 이 정도 사치야 당연한 일일 터.

하지만 그런 화려한 겉보기와는 달리 그런 것들이 하등 돈이 되지 않는다는 사실이 불만이다. 저게 다 내다 팔 수 있는 물건이면 얼마나 좋을꼬. 하지만 그런 기대 자체가 부질없다는 것을 잘 아는 수한은 고개를 설레설레 흔든다. 대신 심복 중의 심복이라는 전삼의 노획물에 일말의 기대를 건다.

"에휴~ 이번엔 수확이 좋아야 할 텐데……."

잠시 가만히 앉아 뭐라 구시렁거리던 수한. 하지만 계속 앉아 있을 수만은 없는지 이내 연공실 중앙을 지나 두터운 연공실 문을 열어젖힌다. 그러자 그의 정면에서 터져 나오는 함성 아닌 함성.

"묵천의 주인을 배알하나이다!"

"크험~ 수고한다."

수한이 나타나자마자 일제히 부복하는 백여 명의 인영. 자신들이 행할 수 있는 극상의 예를 취하며 그를 맞이하나. 이에 왠지 쑥스러움을 느끼며 어설프게 답례하는 수한. 하긴 언제 접속할지 알 수 없는 자신을 위해 연공실 앞에서 하루 24시간 상시 대기하는, 그것도 최소 레벨 300대의 절정고수들의 모습에 평범한 소시민인 그가 어찌 담담한 척하랴. 이제 슬슬 익숙해질 때도 됐지만 여전히 불편하기만 한 그였다. 비록 그들이 실제 사람이 아닌 NPC라도 말이다.

"커험~ 전삼은 지금 어디 있지?"

자신을 향한 번쩍이는 극공경의 시선이 너무 부담스러워서일까? 어설픈 헛기침을 남발하며 화제를 돌리는 수한. 순간, 그의 정면에서 흑의 복면인이 불쑥 튀어나왔다.

"내총관은 지금 내당 집무실에서 암천룡주를 기다리고 있습니다."

"…오랜만이군. 그동안 잘 지냈나?"

지나친 무뚝뚝함으로 인해 약간 대하기 힘든 직속 친위대의 대장 묵천암영(墨天暗影). 늘 검은 복면을 뒤집어쓴 채 땅속에서 불쑥불쑥 튀어나오는 그는 수한이 대하기 어려운 사람 중 베스트 3에 들어가는 존재이다. 때문에 약간 떨떠름한 표정으로 지은 채 억지로나마 안부를 묻는 수한. 무시하자니 뒤탈이 두려워 그 나름대로의 처세술을 발휘한 결과다. 그런데 그 사소한 말 한마디에 감격스럽다는 듯 묵천암영의 냉정한 눈동자는 사정없이 흔들거리는데…….

"…속하를 그리 생각해 주시다니 영광입니다."

"……."

물기 어린 묵천암영의 음성에 내심 할 말을 잃은 수한. 레벨 400이 넘은 초절정고수가, 그것도 무뚝뚝하기가 얼음 대나무 같다는 녀석이 이런 반응을 보이니 그의 입장에선 어떤 반응을 보여야 할지 정말 난감무쌍하다. 거기다 친위대 대장이라는 고위직 인물, 그것도 문파 내 전체 서열 4위인 그가 이렇게 바로 모습을 드러낸 것을 보건대 수한이 연공실에서 나오길 손꼽아 기다린 것 같지 않은가? 마치 주인을 기다리며 꼬리 흔드는 강아지마냥.

'크크크크크, 이놈의 인기는 도통 식을 줄을 몰라.'

수하들의 지극 정성에 자화자찬하며 속으로 광소를 토하는 수한. 덕분에 현실에서의 시름, 즉 마녀들에게 당했던 온갖 설움과 악몽들을 잠시나마 잊을 수 있다. 하지만 여기서 그가 간과한 사실이 있었으니.

이 순간 수한의 주위로 물결같이 퍼져 나가는 미소년 특유의 분홍빛(?) 오라. 현실과 비견되는, 아니, 그 이상의 청순가련한 모습에다 한때 '천상천화'라고까지 불리던 미모, 거기다 그 입가에 슬며시 피어오르는 야릇한 미소까지. 비록 누나 수영에 의해 강제적으로 구현되어진 외모라지만 철혈 사나이들의 가슴을 진탕시키기에 충분한 것이다.

"하아~"

수한이 미소 짓는 순간 여기저기 사방팔방에서 들려오는 연분홍빛(?) 한숨 소리. 거기에 수한이 원하는 존경과 경의에 찬 시선이 아닌 뭔가 므흣한 의미가 담긴 시선까지…… 하지만 나름대로 눈치가 없기로 유명한 수한은 그런 분위기 파악도 못한 채 자기 할 일만 생각할 따름이다.

"허험~ 그럼 수고하게."

외모와 전혀 매치가 되지 않는 헛기침과 말투로 수한들에게 자신의 위엄(?)을 한껏 세운 수한. 그는 묵천암영의 애틋한 시선을 외면한 채 보무도 당당히 내당 집무실로 발걸음을 옮기기 시작했다. 그러자 내심 실망(?)한 묵천암영이 다급히 그에게 말을 건네는데…….

"속하도 뒤따르…….."

"그럴 필요 없네. 친위대도 나름대로 바쁠 테니 할 일 하게나."

옆에서 수행하겠다며 묵천암영이 따라붙으려 하지만 수한은 생각할 필요도 없다는 듯 일언지하에 거절한다. 하긴 연공실 앞에서의 환영 인사조차 버거워하는 소시민 수한에게 그의 과잉 충성은 큰 부담일 터. 자연 뒤에 무더기로 졸졸 따라다니려는 상대의 제안을 거절할 수밖에 없다.

결국 수한의 차디찬(?) 거절의 말에 기가 팍 죽어버린 묵천암영과 그의 수하들. 반면 눈치코치없는 수한은 그저 홀가분하다는 표정으로 내당 쪽으로 발걸음을 옮길 뿐이다. 하지만 열혈남아들의 순정을 무참히 짓밟은 탓일까. 잠시 뒤 수한은 어이없는 봉변을 당하게 되는데…….

"크크크, 이봐! 거기, 잠깐!!"

몇 개의 전각을 지나 이제 막 내당 집무실 쪽으로 들어서려던 수한. 그런 그를 등 뒤에서 누군가 갑자기 제지한다. 그것도 '거기' 라는 아주 버르장머리없는 호칭으로.

'응? 대체 누가 감히?'

전혀 생각지도 못한 하극상에 속으로 크게 당황한 수한. 너무 기가 막힌 일을 당한지라 등 뒤를 돌아보지도 못한다. 하긴, 그가 수장으로 있는 이곳 본단 내에서, 그것도 자기 얼굴을 모르는 하위직도 아닌 최고위직만 모인 내당에서 이런 일을 당하니 뭐라 할 말이 없을 터. 하지만 상대는 그런 수한의 속도 모른 채 망말을 계속 지껄였다.

"호오~ 이거 제법 미색이 출중한데?"

"크크크, 그렇군요. 형님, 이거 몸 좀 제대로 풀겠는데요?"

"큭큭, 이햐~ 이거~"

지나친 충격과 경악에 딱 굳어진 수한을 지나쳐 그의 앞을 가로막는 거구의 세 남자. 마치 어디 촌구석 산적 패거리들에게 억지로 화복을 입혀놓은 듯한 몰골에 길바닥을 전전하는 생양아치의 행동. 결단코 이곳 본단 무사가 가지는 빠릿빠릿한 군기는 눈곱만치도 보이지 않는다. 이에 더욱 기가 막힌 수한. 감히 이곳 묵.천.마.신.교.의 본단 내에서 하늘과도 비견된다는 교.주.인 자신을 우롱하는 이 양아치 너석들은 대체 누구란 말인가?!

'허허허, 설마 내가 몸이 허해져서 헛것을 보는 건가?'

도저히 받아들일 수 없는 상황에 결국 현실 도피를 꾀하는 수한. 하지만 그런다고 눈앞의 양아치들이 사라질 리 만무. 도리어 수한의 침묵에 기고만장해져 자신의 정체를 술술 불기 시작하는데······.

"역시 구주에 나와 보니 미인들이 많군 그래."

"아이고~ 형님도! 여기가 어째서 구주입니까? 여긴 기련산보다 더 변방이라고요!"

"낄낄, 우리가 워낙 촌구석에 있어놔서······. 어쨌든 우리는 기련산에서 오신 기련삼마(祁連三魔)라 한다. 곧 이곳의 요직을 차지할 분들이지. 그러니 알아서 잘 모셔라."

자신을 자랑스럽게 기련삼마라 밝힌 세 번째 남자의 말에 수한은 그제야 눈앞 양아치들의 정체를 파악할 수 있었다. 언젠가 월말 보고를 들을 때 전삼이 말했던 녀석들. 뭐라 했더라? 이번 묵천지회 때 워낙 고위층 고수가 많이 죽어 새로 고수들을 영입한다고 했지, 아마? 그래서 기련산에 살고 있는 그럭저럭 쓸 만한 세 애송이를 부를 예정이니 결재 서류에 도장이나 찍으라 하던 전삼. 물론 당시 귀차니즘에 푹 빠져 있던 수한이 모든 걸 그에게 맡기고 도장을 꽝! 하고 찍었음은 두말할 나위도 없는 일이다. 그런데······.

'끙~ 뭐, 이따위 녀석들을 데려온 거야? 이거 완전 개망나니들이잖아?'

분명 실력은 있어 보인다. 비록 별호에 황(皇)이나 왕(王)은커녕 군(君)조차 없는 녀석들이지만 그것은 어디까지나 활동 범위가 중앙이 아닌 변방인 탓. 개개인에게서 느껴지는 기파는 분명 절정급 이상의 것이 분명하다. 그러나 지닌 바 무공이 초절정이요, 묵천마신교의 엄격한 정예들을 봐온 수한에게 이들은 그저 그런 생양아치 이상이 아니었으니……

'이걸 죽여, 살려?'

이제야 상황 파악을 끝낸 뒤 눈앞의 세 놈을 어떻게 요리할까 고민하는 수한. 그냥 쳐 죽이자니 기껏 기련산에게 이들을 끌고 온 전삼의 노력이 아깝고, 그냥 두자니 속에서 열불이 터진다. 결국 속으로 끙끙거리며 고민하는 수한. 그런데 이 눈치없는 양아치 놈들은 알아서 그 고민을 해결해 준다.

"크크크, 겁먹을 거 없단다."

"뭐, 처음엔 다 아픈 법이지."

"자자, 오빠 믿지?"

"……?"

너무 노골적인 나머지 도리어 그 의미 파악조차 힘든 므훗한 말들. 그뿐이랴, 세 놈이 작당하고 슬슬 수한의 몸을 더듬기 시작하는데……

"으득!"

가슴을 더듬는 기련삼마 중 누군가의 손길을 느끼는 순간 수한의 입에서 이가 으스러지는 소리가 들린다. 그리고 그것으로 기련삼마의 운명은 결정되었다.

기련삼마의 첫째 요일은 방금 전까지 인생의 최절정기를 만끽하고 있었다. 기껏 익힌 절정무공을 가지고도 변방에서 촌놈들 푼돈이나 뜯던 자기 삼형제가 최근 마이너 무대에서 메이저 무대로 수직 상승한 탓이다. 그것도 그저 그런 문파에 영입된 것이 아닌, 제국 전체에 위명이 자자한 묵천마신교로 말이다.

묵천마신교. 일명 마교라 불리는 제국제일세. 들리는 말에 따르면 제국 전체에 퍼진 평교도 수만 무려 백만이요, 그중 무공을 익힌 자만 십만, 거기에 절정급 이상의 고수가 일만 명에 달한다는 제국 단일 세력 중 최강을 자랑하는 문파이다. 어디 그뿐이랴. 일 년 전, 혜성같이 등장한 현 교주는 전대 교주의 복수를 위해 정파 세력을 완전히 뒤집어 버려 당금 무림은 그야말로 사파 천하!

물론 그 틈새에서 사파 진영 역시 만만치 않은 피해를 입긴 했지만 어쨌든 정파가 워낙 극심한 피해를 입은 탓에 자신들 같은 사파인들이 허리를 꼿꼿이 세우고 돌아다니게 만든 장본인인 것이다. 그런데 그런 대단한 인물이 수장으로 있고, 또한 그 문파 자체만으로도 위명이 자자한 곳에서 직접 스카우트(?) 제의가 왔으니 어찌 기쁘지 않을쏘냐?

물론 남들은 용 꼬리보다 닭 머리가 낫다는 둥, 혹은 마교는 골수 사파인도 감당할 수 없는 극악인만 모인다는 둥, 헛

소릴 해대지만 그것도 상황을 봐가며 할 소리. 보이는 것이라 곤 지저분한 화전민과 염소밖에 없는 기련산에서 평생 썩기 엔 그와 그의 동생들의 심장은 너무나 뜨거웠다. 때문에 묵천 마신교의 사자가 왔을 땐 평소의 지론인 삼고초려고 뭐고 간에 바로 짐을 싸 지체없이 장백산맥으로 달려온 그들 삼형제. 그리고 묵천마신교의 본단에 도착한 그들 눈앞엔 그야말로 별세계가 펼쳐졌으니…….

황궁─비록 본 적은 없지만─에 버금갈 정도의 웅장한 전각 군과 온갖 색색으로 물들인 화려한 복색. 기련산 자락에서 움 막집과 동굴을 전전하며 짐승 가죽으로 치부를 간신히 가리 던 요일로선 두 눈이 동그래질 수밖에 없었다. 거기다 구릿빛 피부에 억세기가 들소 같던 촌녀들이 아닌, 버들가지같이 나 긋나긋한 하얀 피부의 시비들의 시중은 가히 충격 그 자체.

그런데 그런 갑작스런 신분 상승과 호화로운 생활 때문일 까? 처음엔 그저 허둥거리기만 하던 요일 등도 차차 본단의 호사스런 생활에 적응해 가자 간이 붓기 시작했다. 막말로 무 식한 티를 꽉꽉 낸다고 할까? 지나가던 시녀들을 희롱하는 것 은 기본이요, 아래위없이 천방지축으로 날뛰니 웬만한 지위 에 있지 않는 그들의 마수에 혼쭐이 나는 것이 다반사라. 하 지만 그들을 영입한 내총관 전삼의 체면과 그들의 높은 무공 으로 인해 그들 삼형제를 제지할 인물이 없었고, 이에 그들의 난행은 더욱 점입가경에 이르렀으니…….

결국 지금과 같은 불상사, 아니, 지금까지의 안하무인의 대가를 톡톡히 치르게 된 것은 지극히 당연한 일이리라.

"크크크! 자, 아까 한 말, 다시 한 번 해보시지."

절세 미모를 가진 소녀의 입에서 그 외모와 전혀 어울리지 않는 음침한 비웃음이 흘러나왔다. 하지만 그런 부조화를 일일이 지적하기엔 요일의 상태가 그리 좋지 않았다. 아니, 자기 본능에 따라 행동하기에도 바쁜 상황.

"우에에에엑!"

뱃속 깊숙한 곳에서부터 느껴지는 격렬한 진동에 어제 먹은 저녁 밑반찬을 제 눈으로 재확인하며 땅바닥을 나뒹구는 요일. 물론 자기 토사물을 온몸으로 만끽하는 그의 행동은 본의가 아니라 그의 눈앞에 선 소녀 탓이다.

"으헉?! 이게 뭐야?"

요일의 처참한 모습에 잠시 멍하니 있던 동생 요월과 요성. 그들은 요일의 신음성이 커지자 그제야 제정신을 차리며 경악했다. 지나가던 시비를 붙잡고 이제 막 재미를 보려는 찰나 그 시비가 자신의 형을 단 일격에 거꾸러뜨린 것이다. 그리고 그런 급변한 상황에 삼형제 중 가장 침착한 요월은 속으로 아차 했다.

'헉, 이거 괜히 잘못 건드린 건가?'

그들을 영입한 내총관이 누누이 강조하던 말. 다른 곳에서라면 모를까, 내당에서는 절대 함부로 행동하지 말라고 하지 않았던가? 그런데 그 말을 이제야 기억하다니……. 거기다 눈앞의 시비를 자세히 살펴보니 복장이 시비의 것이 아니다. 고급 비단으로 만들어졌으되 화려한 문양은커녕 거무칙칙하기 그지없는 흑의 장포. 결코 여자가, 그것도 윗사람의 눈을 즐겁게 해야 할 시비의 차림새가 아닌 것이다.

'혹시 내당 간부 중 한 사람?'

여자라고 꼭 고수가 아니란 법이 없고, 중책을 맡지 말라는 법도 없다. 거기다 단 일격에 큰형을 인사불성으로 만든 실력을 보건대 그런 그의 추측은 거의 사실임에 분명할 터.

지금껏 그들 삼형제가 안하무인으로 행동했다곤 하지만 그것은 어디까지나 외당에 한한 것이었다. 즉, 내당의 높으신 분들껜 허리를 굽실거리던 기련삼마다. 그런데 단지 그 미모에 혹해 온갖 추태를 보였으니……. 하지만 안절부절못하는 요월과는 달리 단순 무식의 극치를 달리는 요성은 형을 쓰러뜨린 시비(?)의 행동에 크게 격노했다.

"이 쌍! 이년이 감히!!"

부우웅!

눈앞의 소녀를 향해 삿대질하며 등에 지고 있던 도끼를 주저없이 휘두른 요성. 그 광경에 요월은 소리없는 비명을 내지르며 동생을 제지하려 했다. 가뜩이나 최악인 상황에 저런 짓을?! 거기다 단 일격에 형을 쓰러뜨린 상대의 무위를 고려하건대 그 결과야 뻔할 뻔 자가 아니겠는가? 아마 도끼를 살짝 피한 뒤 신나게 동생을 두들겨 패리라. 그리고 실제로 그의 눈앞에선 그 예상에서 벗어나지 않는, 아니, 크게 벗어나는 광경이 펼쳐졌으니…….

카캉!

"말도 안 돼!!"

아무리 고수라지만 적어도 공격을 피한 다음에 반격해야 정상(?)이다(적어도 요월의 생각은 그러했다). 그런데 소녀는 그 작은 체구로 인해 더욱 거대해 보이는 요성의 도끼를 단지 맨손으로 막아냈다. 아니, 잡아챘다. 삼형제 중 완력만으로 따진다면 누구보다 앞서는 천생 신력. 심지어 단지 두 주먹만으로 기련산 불곰을 때려잡던 요성. 그런데 그런 힘밖에 없는 녀석이 전력을 다해 후려갈긴 거부를 저런 작은 체구로, 그것도 단지 한 손으로 잡아채다니…….

하지만 이후 벌어진 사기 같은 광경은 그에 비할 바가 아니었다.

퍼석!

마치 썩을 대로 썩은 목검이 부러질 때 나는 소리 같다고 할까? 웬만한 어른 몸집만 한 거부가 두 동강 나는 소리치곤 비주얼(?)이 약한 소음. 그러나 실제로 요성의 거부는 작디작은 소녀의 손에 의해 깨끗이 두 동강 나버렸다.

"괴, 괴물……."

너무 기가 막힌 광경이라 말조차 제대로 잇지 못하는 요월. 그도 그럴 것이, 동생 요성이 쓰는 도끼가 어디 보통 물건이던가? 무게만도 대략 백오십 근에 달하는 거부 중의 거부. 거기다 우연히 얻은 만년한철로 도금하여 그 무게와 강도는 능히 보물 급에 달하는 물건이다. 그런데 그런 물건을 단지 맨손으로 부러뜨려?! 이건 눈앞의 존재가 상상을 초월하는 고수란 의미, 아니, 사람의 탈을 쓴 괴물이란 뜻이다.

퍼퍼퍽!

"크아아아악!"

유일한 무기인 거부까지 잃은 마당에 더 무슨 반항을 하랴. 결국 구 척에 달하는 요성은 그 덩치에 채 반도 되지 않는 가냘픈 소녀의 주먹에 의해 하늘을 부유하는 신세가 되었다. 마치 거대한 솜 인형을 가지고 놀 듯 두들겨 패는데 그 주먹 한 방 한 방마다 없던 먼지까지 풀풀 날린다. 옆에서 지켜보는 요월로선 그저 입만 쩍 벌어질 따름.

'역시 제국제일세라 불리는 마교! 아무리 내당에 속해 있다고 하지만 한낱 여자가 이런 무위를 보이다니…….'

새삼 묵천마신교의 저력에 경악하며 동생이 반죽(?)되는 모습을 멍하니 바라만 보는 요월. 자신과 상대의 실력 차를 아는지라 그저 이 정체불명의 여고수가 손속에 사정을 두긴 바랄 뿐이다. 그런데 아뿔싸! 방금 전까지 땅바닥을 나뒹굴던 맏이 요일이 어느새 정신을 차렸는지 여고수의 등 뒤를 암습하는 게 아닌가?

"크아아아아! 죽어!!"

"아아악! 형! 안 돼!!"

잘못도 자신들이 먼저 했고, 상대는 교 내 최고위층이 분명한 상황. 그런데 이제 암습까지? 요월은 철없는 형의 실수에 암습의 성공 여부와 무관하게 하늘이 노래졌다. 거기다 동생을 두들겨 패는 데 정신이 팔렸는지 요일의 암습을 그대로 방치하는 여고수의 모습에 더욱 암담해졌으니……

'으으~ 어떡하지? 결국 여기서 쫓겨나는 건가? 아니지. 거기서 끝나면 다행이게? 틀림없이 척살단에게 쫓기는 신세가 될 거야. 그럼 우린……'

그 짧은 순간 온갖 생각이 교차하는 요월. 그의 머릿속에 앞으로 일어날 일들이 주마등같이 스쳐 지나갔다. 요일의 암습에 피를 뿌리며 쓰러지는 소녀와 그 순간부터 수백여 명의 척살단에게 쫓기는 자기 형제들. 그리고 제국 전체에 퍼진 마교도의 눈을 피하다 결국 어느 외진 산자락에서 끔찍한 최후를 맞이하는 자기 자신의 모습. 기껏 출세하나 싶었는데 사람 하나 잘못 건드려 비참한 최후를 맞이하다니……

그 참담하기까지 한 미래 예상도에 요월은 그대로 털썩 주저앉고 말았다. 하지만 실제로 그의 생각은 너무 성급했던 모양.

요일의 암습에 금세 쓰러질 것 같던 소녀. 갑자기 그녀의 신형이 흐릿해지는 듯싶더니 요일의 몸이 그대로 그녀를 통과하는 게 아닌가? 그리고 이내 요일의 옆에 불쑥 나타나 요성과 마찬가지로 무차별 구타를 시작하는데 그것은 마치 전설상에서 듣던, 신법의 최고 경지와도 같은 광경. 그렇다. 바로 그것은……

"서, 설마 이형환위?!"

이제 동생 이상으로 쥐어터지는 형 따윈 요월의 관심사가 아니었다. 그저 방금 전에 일어난 일, 다시 말해 그녀가 펼친 신법의 경지에 경악할 따름.

잔상이 남을 정도의 극쾌의 이동. 절정고수인 그조차 감히 흉내조차 낼 수 없는 신법의 최고 경지다. 심지어 당금 제국 무림에서 그와 같은 경지를 이룬 자는 다섯 손가락도 채 넘지 못하리라. 그런데 그런 움직임을 그 절체절명의 순간에 물 흐르듯이 자연스럽게 펼쳤다? 그 의미는 눈앞의 소녀가 단순한 마교 고위층 인사가 아니라…….

"허헉? 설마?!"

절세 미모에 가냘픈 몸, 하지만 그 체구에 전혀 어울리지 않는 무지막지한 힘, 거기에 이형환위까지 자유자재로 펼치는 사람이라면? 당금 제국 무림에 그런 사람이 어찌 두 사람일 수 있으랴.

"설마… 설마…….."

제국 내 마교라 알려진 묵천마신교의 현 교주이자 당금 무림의 천하제일고수. 그리고 얼마 전, 정파무림을 초토화시켜 지금의 사파천하를 연 장본인. 하지만 그 가공할 무공과는 별개로 그 절세적 외모로 인해 남들에게 약간 우습게 들리는 별호를 가진 불운의 남자. 설마 눈앞의 소녀, 아니, 이분은…….

"절색마존(絶色魔尊)?!"

"으드득!"

절색이란 말이 요월의 입에서 튀어나오는 순간 요일에게 처절한 응징을 가하던 소녀의 손이 멈칫한다. 이어 격렬히 울려 퍼지는 이 가는 소리와 함께 급속도록 변하는 소녀의 얼굴. 마치 악귀나찰을 연상케 하는 그 얼굴에 요월은 차디찬 얼음물을 뒤집어쓴 듯 전신에 한기를 느꼈다. 거기다…….

우우우우우웅!

절색마존, 아니, 수한의 양손에 급속도로 모여드는 강렬한 힘의 총체. 그리고 벌 떼 우는 소리와 함께 일순간에 생성된 일 장 크기의 빛나는 환(環). 요월은 자신을 향해 서서히 다가오는 강기(罡氣)의 총체인 강환, 즉 두 개의 장환(掌環)에 자신도 모르게 요실금 환자가 될 수밖에 없었다.

주르르르륵.

*   *   *

주르르르륵.

"조금만 손속에 사정을 봐주시지."

이마에 줄줄 흐르는 식은땀에도 불구하고 전삼은 매우 아쉽다는 투로 말했다. 하긴, 지난 석 달간 고생한 보람을 일순간에 날려 버렸으니 아무리 상관의 분노가 크다 해도 그 정도 반항(?)이야 당연할 일일 터. 하지만 그에 대한 수한의 반응은 극히 단호했다.

우드득!

가볍게 손에 힘을 준다 싶은데 완전히 가루가 되어버린 태사의의 팔걸이 부분. 그것이 바로 수한의 대답이다. 그리고 이에 바로 꼬리를 내리는 전삼. 하긴, 그가 아무리 묵천마신교의 살림살이를 총괄하는 내총관, 즉 마교 서열 5위의 고위층이라고 해도 교주인 수한의 심기를 거스를 수 없지 않은가? 그것도 고작(?) 절정고수 세 명 때문에 말이다.

"허험, 뭐, 할 수 없죠. 하긴 기련삼마의 첫째와 셋째의 경우엔 3개월 정도만 재활 치료를 받으면 그럭저럭 제 구실을 할 수 있을 겁니다. 다만… 둘째의 경우엔……."

"크흐흐험!"

비록 수한의 행동을 노골적으로 탓할 순 없지만 그래도 뭔가 미진한 점이 남아서일까? 왠지 말끝을 흐리며 수한의 양심에 조금씩 타격을 주는 전삼. 이에 수한은 헛기침을 크게 내뱉으며 불편한 기색을 드러낸다. 하긴 스스로 생각하기에도 자신의 손속이 조금 지나쳤음을 아는 탓이리라. 이에 간질거리는 낯을 슬그머니 돌리며 딴청을 부리는데 그런 수한의 모습에 전삼은 내심 설레설레 고개를 흔든다.

'휴우~ 뭐, 어쩔 수 없지. 이미 지난일인걸. 쯧쯧, 그나저나 바보같이 그 '금단의 별호'를 입 밖에 내다니……'

지나친 정신적 공황으로 인해 똥오줌조차 못 가리는 특급 정신지체장애자가 된 요월. 전삼은 그에게 애도의 염을 보내며 속으로 한숨을 내쉬었다. 기련삼마 중 그나마 가장 쓸 만한 녀석이었는데 그 지경이 되다니……. 하지만 묵천마신교의 절대지존인 수한에게, 그것도 외모에 대해 말하는 것을 극.히. 싫어하는 사람에게 '절색'이란 말을 꺼냈으니 그 정도 징계(?)야 당연히 감수해야 할 일.

"크흠~ 뭐, 원로원에서 큰 불편 없이 노후를 보낼 겁니다."

결국 나이 삼십대 중반에 원로원—일명 노인정—의 원로(?)로 신분이 수직 상승한 요월. 전삼의 나름대로의 배려를 끝으로 그는 수한과 전삼의 기억에서 깨끗이 사라졌다. 그리고 어이없이 사라진 엑스트라에 대한 얘기를 대신해 이번엔 뭔가 묘한 분위기가 장내를 잠식해 들어가는데…….

"크흠~ 그것보다……."

연신 헛기침을 하며 몸을 배배 꼬기 시작하는 수한. 뭔가 할 말은 있는데 체면 때문에 차마 입을 열지 못하는 모습이다. 그리고 그런 노골적인 교태(?)에 눈치 하나만으로 지금의 자리에 오른 자답게 이내 수한의 속내를 알아챈 전삼. 황급히 품 안에 손을 집어넣더니 뭔가 두툼함 물건들을 끄집어 앞으로 내밀었다.

"아, 예. 여기 준비해 두었습니다."

스슥.

"허험, 수고했네."

전삼이 뭔가를 내밀자마자 이형환위까지 써가며 순식간에 낚아채는 수한. 기대 만발한 얼굴로 그것을 찬찬히 살피기 시작한다. 하지만 기대한 만큼의 물건이 아니어서일까? 처음의 찬란하게 빛나던 환한 얼굴은 시간이 지남에 따라 점차 일그러졌다.

"크흠~ 분명 일급 무공서이긴 하지만… 보다 좋은 것은 없는가?"

수한의 손에 쥐어진 물건들. 용호풍운보(龍虎風雲步), 보타육로검법(菩陀六路劍法), 비류검법(飛流劍法), 나한기공(羅罕氣功), 그리고 기타 등등……. 정보창을 볼 것도 없이 제목만 들어도 일급 정파 무공서들임에 분명하다. 하지만 수한이 원하는 것은 그 이상의 것, 다시 말해 레어 급 이상의 무공서였으니…….

"죄, 죄송합니다. 히지만 지난 일 년긴 워낙 많은 비급을 구한지라 그 이상은……."

수한의 실망하는 기색이 너무 역력해서일까? 전삼은 슬쩍 떨떠름한 얼굴을 내비친다. 하긴, 정말 무리해 가며, 그것도 돈까지 줘가며 구해온 물건인데 정작 상관은 실망했다는 투니 자연 그럴 수밖에……. 그러자 이번엔 전삼에게 미안해지는 수한.

"커험~ 미안하네. 하긴, 이 정도도 대단한 거지, 뭐."

지니고 있는 악명에 비해 성정이 나름대로(?) 유약한 수한. 전삼의 노골적인 언짢음에 그간의 수고를 치하하며 나름대로 달래기 시작한다. 그러나 내심 아쉬운 것은 아쉬운 것.

'에효~ 요즘 일급 무공서 시세가 대략 30만원 안팎이니… 어느 세월에 빚을 다 갚을꼬?'

지난 일 년간 이런 식으로 획득한 무공서가 족히 수백여 권에 달한다. 하지만 지나치게 마구잡이로 풀어 그 가격이 형편없이 떨어진 상태. 결국 웬만한 레어 급 물건이 아니고서는 제값 받기 힘든 상황이다. 그러니 자연 레어 급 이상의 아이템에 대한 수한의 욕구가 더욱 커질 수밖에……. 하지만 레어 급 물건이 흔하다면 어찌 그것이 레어 급이랴.

결국 수한이 할 수 있는 건 한숨만 푹푹 내쉬며 현실에서의 산더미같이 쌓인 빚을 걱정하는 것뿐. 비록 한번 로그인할 때마다 이런 식으로 비급을 얻어 돈을 벌긴 하지만 원체 빚이 많은지라 이자와 생활비 벌기에도 빠듯하다. 다시 말해 수진의 야오이빨 손속에서 벗어나기엔 지난하다는 의미. 결국 아쉬움에 찬 한탄만 입에서 줄줄 흘러나온다.

"에효~ 왜 사람들은 마공을 그렇게 싫어하는 걸까? 빠른 성취에다 극단적인 강함까지, 정파 무공보다 훨씬 좋은데 왜 그렇게 정파 무공만 찾아대는지… 쯧."

교 내에 수북이 쌓인 마공 비급을 생각하며 애꿎은 유저들을 탓하는 수한. 그러나 유저들 입장에선 그것이 지극히 당연한 일이다. 마공을 익힌다는 것은 곧 마교도가 된다는 의미. 다시 말해 천하 공적이 된다는 뜻. 그런데 어떤 미친 유저가 마공을 익혀 도망자 생활을 하겠는가? 심지어 산적 취급 받는다는 이유로 사파 무공조차 경시하는 그들이 말이다.

"예? 그게 무슨……?"

"응? 아, 아니야. 그냥 혼잣말……."

수한의 탄식에 슬그머니 물음표를 띄운 채 의아해하는 전삼. 물론 사정을 말할 수 없는 수한으로선 그저 고개만 흔들 따름이다. NPC에게 유저 이야기를 해봤자 뭐 좋을 게 있다고. 대신 뭔가 새로운 묘책을 짜내기 위해 머릴 굴린다.

"지금 상황을 탈피할 뭔가가… 뭔가 극단적인 선택이 필요한데……."

아무리 넓은 제국이라고 해도 일급 무공서의 수는 한정되어 있는 법. 거기다 가격까지 계속 떨어지고 있으니 이러다간 정말 마녀들 손에서 벗어날 방법이 없다. 그러니 뭔가 회끈히게 한탕 해야겠는데…….

"…어때? 묵천삼대의 준비는 언제쯤 끝나지?"

혹시나 하는 마음에 수 차례 했던 질문을 다시 한 번 하는 수한. 그러자 전삼의 얼굴이 다시 은근히 구겨진다. 하긴, 볼 때마다 했던 질문을 다시 하니 어느 누가 기분 좋겠는가?

"예? 저번에 분명 말씀… 아, 아닙니다. 그러니까… 지금 같은 진행 속도로 보건대 대략 십 년 정도는 지나야 제대로 된 정예가 만들어질 듯싶습니다."

"그렇게나……."

묵천삼대(墨天三隊). 제각기 호교원, 혈천군마대, 수라만마대로 이루어진 묵천마신교의 최정에 무력 집단. 하지만 그 실체는 일 년 전, 수한이 지금의 교주가 된 묵천지회 당시 큰 타격을 입은 오대무력을 통합, 정리해서 만든 오합지졸일 따름이다. 거기다 그때 워낙 큰 피해를 입은지라 아직까지도 체제가 정비되지 않은 상태. 아마 그들이 과거 오대무력같이 제구실을 하려면 보다 많은 시간이 필요하리라. 그 말인즉,

"화끈한 한탕은 물 건너간 일이고, 그냥 지금처럼 찔끔찔끔? 에효~ 어느 세월에……. 차라리 지금 당장이라도……."

단지 빚 청산을 위해 대대적인 제국 침략 전쟁을 구상하는 수한. 하지만 하늘이 그런 블랙 수한(?)을 용납할 수 없어서일까. 옆에서 연신 수한의 기색을 살피던 전삼이 크게 기겁하며 그를 뜯어말린다.

"허, 이런. 암천룡주, 부디 참으십시오. 팔선(八仙)들을 생각하셔야죠."

"컥?! 팔선?!"

다크 오라를 뭉클뭉클 내뿜으며 과거 그 언젠가처럼 악마의 날개를 활짝 펼치려던 수한. 하지만 전삼의 입에서 '팔선'이란 말이 나오자 그의 몸 주위를 감싸던 다크 오라는 얼음 없은 모닥불마냥 피식 꺼져 버린다.

"크으~ 그래, 바로 그놈들이 있었지."

단일 문파로서 최강, 아니, 총단이 보유 중인 정예 고수들만으로도 능히 제국 전체를 피바다로 물들일 수 있다는 묵천마신교. 그런 개세무비적인 무력 집단이 잠자코 장백산맥의 험지에서 은둔 생활을 하는 이유가 무엇이던가? 바로 그 망할 팔선, 그 일곱 명의 초월자 때문이 아니던가?

"에효~ 그렇겠지? 태을검선이 우화등선했다곤 하지만 아직 일곱 명이나 있으니……."

팔선이 가진 무력을 누구보다 잘 아는 수한. 이내 어깨를 축 늘어뜨린 채 푸념을 늘어놓는다. 하긴, 그중 한 명과 직접 맞짱 떠서 된통 당한 경험이 있으니 그런 반응은 지극히 당연하리라.

일 년 전, 그가 모종의 음모를 진행하던 도중 우연히 마주친 곤륜검선. 당시 곤륜검선을 상대로 죽음 직전까지 몰렸던 아찔한 기억은 수한에게 도지히 떨쳐 버릴 수 없는 악몽 그 자체. 그나마 최후의 순간 궁극기 '십방장환'을 얻지 못했다면 지금 이 자리에 있지도 못했을 것이다. 그런데 그런 곤륜

검선만 한 괴물이 무려 여섯 명이나 더 있다고 생각한다
면……

"역시 안 되겠지?"

"안 됩니다!"

힘없는 수한의 질문에 단호하게 대답하는 전삼. 결국 수
한은 빚 청산, 아니, 제국 정복을 꿈꾸던 블랙 모드에서 궁
상 & 우울 모드로 전환한 채 구시렁거릴 수밖에 없다.

"에휴~ 무슨 좋은 방법이 없을까?"

솔직히 방법이 아주 없는 것은 아니다. 대규모 원정이 힘들
다면 혼자서 소수 정예만 이끌고 내려가도 수한이 가진 무력
을 고려하건대 제국을 충분히 난장판으로 만들 수 있을 터.
실제로 묵천마신교의 고위층 인사들이 지금껏 그렇게 스트레
스 해소를 해왔지 않은가?

하지만 그런 식의 행보는 행동에 제약이 많은 데다가 제대
로 된 비급 수거(?)도 힘들다. 그리고 최악의 경우엔 제국 한
복판에서 수천, 수만의 고수들에게 둘러싸인 채 무한 다굴 당
할 가능성까지 있다.

거기다 얼굴을 드러낸 채 다닐 경우, 수한이 겪을 정조의
위기(?)를 생각한다면 더 더욱 안 될 말. 그 극단적인 예로,

"아참, 암천룡주, 그 '패력도왕'이란 자가 이번에 또 분타
를 방문해……."

"크아아아악! 빌어먹을!! 그 찰거머리가 아직도 포기하지

않은 건가?!"

이제 막 생각났다는 듯 꺼낸 전삼의 말에 그대로 발작을 일
으키는 수한. 마치 24시간 스토커에게 시달리는 사람과 같은
극히 신경질적이면서 격렬한 반응이다.

패력도왕. '석웅'이란 이름을 대신해 수한에게 스토커 내
지 곰탱이라 불리는 이 인물은 자그마치 정파오대고수에 속
하는 거물이다(일 년 전, 십대고수 중 대부분이 죽은 탓이지만).
그리고 모종의 일을 계기로 수한에게 홀딱 반한 불쌍한 중생
이기도 했으니……. 그 탓에 시시때때로 마교의 비밀 분타를
찾아내 교도로 받아달라고 청원하고 있는 실정이다. 덕분에
그때마다 분타의 위치를 옮기는 분타주와 그들의 불평을 듣
는 수한으로선 그저 기가 막힐 노릇.

석웅의 입장에서야 정사, 아니, 정마(正魔)지간을 넘어선
지고지순한 사랑이겠지만 수한의 입장에선 그게 아니질 않는
가? 아무리 야오이 전문 작가 수진의 세뇌를 수년간 받아왔다
곤 하지만 성별의 장애를 넘어선 사랑을 하기엔 그의 정신은
굳건 그 자체. 때문에 석웅의 극성스런 구애에 현실에서 악몽
까지 꿔가며 학을 떼고 있는 상황이다.

"허허허, 그러지 말고 받아주시는 게 어떻습니까? 솔직히
그 정도 고수라면 교 내에서도 그리 흔한 것이……."

"크르르르릉~"

"…죄송합니다."

너털웃음을 터뜨리며 농담으로써 장내의 험악한 분위기를 무마시키려던 전삼. 하지만 그에 대한 수한의 반응을 보고 재차 꼬리를 말 수밖에 없다. 그리고 수한 역시 현실의 벽(?)에 실감하며 제국 암행의 꿈을 버린다.

"에효~ 내려갔다간 또…….. 역시 포기해야겠지?"

일 년 전, 스스로의 미모로 워낙 일을 크게 벌인 탓에 석웅과 같은 골수 추종자들이 제국 곳곳에 포진된 상태. 아마 수한이 모습을 내비친다면 척살단보다 그를 덮칠(?) 수많은 스토커 내지 강간마들이 더 많으리라. 때문에 수하들을 한가득 데려가서 앞길을 청소하지 않는 한 도저히 제국에 내려갈 엄두가 나지 않는 수한. 그 음흉한 시선을 감내하기엔 그의 마음이 너무 여린(?) 탓이다.

'크으윽~ 역시 제국 쪽엔 더 이상 희망이 없어.'

한탕을 위한 대규모 원정을 하기엔 내부 사정이 어렵고, 그 혼자 암행을 하기엔 여러 가지(?) 의미에서 위험 부담이 크다. 그렇다고 지금까지처럼 찔끔찔끔 비급을 수거했다간 빚더미에 파묻힌 채 두 마녀에게 항복 선언을 해야 할 판. 결국 수한에게 남은 유일한 길은…….

'위험 부담은 크겠지만 결국 그 수밖에 없다는 건가?'

수한의 머릿속에서 무럭무럭 자라나는 모종의 계획. 과거 잠시 구상했었다가 그 위험성 탓에 결국 사장되었던 위험천만한 생각. 그러나 지금 이 위기를 극복하기 위해선 그 수밖에 없어 보였으니…….

'자칫 잘못하면 모든 것을 잃을 수도 있다. 하지만 이대로
가만히 있다간… 크으~ 어떡하지?'

도저히 결정할 수 없는 상황에 절망하며 갈등에 갈등을 거
듭하는 수한. 그런데 바로 그때 그의 고민을 일거에, 그러나
엉뚱한 방향으로 해결시켜 주는 존재들이 등장했다.

"암천룡주, 그게 사실이오?!"

"수한아, 그게 사실이냐?!"

난데없이 내당 집무실의 문을 박차고 뛰어들어 온 인영들.
비록 선풍도골에 미치지는 않지만 어떤 일에도 허허거릴 사
람 좋아 보이는 인상의 노인과 미모로 따지면 수한에 버금가
는, 하지만 뚜렷한 남자의 특징이 부각되는 절세미청년의 등
장이다.

"무슨 일이죠, 할아버지? 그리고 묵성은 또 왜?"

"대체 무슨 일이신지……?"

그들의 갑작스런 난입과 외침에 어리둥절해하는 수한과
전삼. 너무 갑작스럽게, 그리고 도통 알 수 없는 소릴 해대는
상대에게 지극히 당연한 반응들이다. 하지만 미청년은 이에
아랑곳하지 않고 재차 수한을 몰아붙였으니…….

"그, 그게 사실이야, 내가 기련십민가 뭔가 하는 녀석들을
박살 냈다는 게?!"

"으응. 그게 왜?"

묵천마신교의 호법이자 수한의 유일한 친우, 그리고 교도들에게 '암천룡'이라 불리는 흑룡(黑龍) 묵성이 떨리는 음성으로 일타를 날리자 이에 더욱 어리둥절해하는 수한. 하긴 고작 기련삼마 같은 쫄다구 일에 교 내에서 수한에 버금가는, 아니, 그를 능가하는 권위를 지닌 묵성이 이렇게 오두방정을 떨어대니 이상한 일이 아닐 수 없다. 하지만 이런 묵성의 반응은 재차 이어지는 노인의 행동에 비하면 아무것도 아니었다.

"크허허헉! 그럼 소문이 사실이었단 말이오?!"

수한의 의할아버지이자 묵천마신교의 태상장로, 그리고 그 외모에 어울리지 않게 수라혈제란 무시무시한 별호를 가진 노인은 수한의 긍정에 바로 뒷목을 잡고 쓰러진다. 이에 더욱 황당해하는 수한. 대체 기련삼마 놈들이 뭐 대단하다고 마교 서열 2, 3위씩이나 되는 사람들이 이런 반응을 보인단 말인가?

"아니, 대체 무슨 소릴 하는지 알아듣게 좀 말씀하세요!"

도저히 이해할 수 없는 상황에 분개하며 길길이 날뛰는 수한. 하지만 수라혈제나 묵성은 그런 그의 시선을 피하며 장탄식만 늘어놓을 뿐. 결국 궁금증과 상대의 기묘한 시선에 더욱 광분하는 수한, 그리고 그 모습에 더욱 길고 긴 한숨을 내쉬는 수라혈제. 마치 돌고 도는 뫼비우스의 띠 같다. 이에 결국 보다못해 전삼이 나서는데.

"…묵 공, 지금의 상황에 대해 설명을 해주시겠습니까?"

역시 머리 쓰는 직종에 있는 사람답게 바로 핵심을 파고드는 전삼. 이에 나름대로 흥분을 가라앉혔는지 순순히 입을 여는 묵성. 그런데 그가 하는 말이 그야말로 걸작 그 자체가 아닌가?

"글쎄, 교 내에 소문이 파다하더라고. 수한 네가 기련삼마가 수청(?)을 들지 않았다는 이유로 구타를 했다고……."

"허~ 내 비록 암천룡주의 외모가 여리긴 하지만 설마 그런 쪽 취향을 가졌을 줄은 정말 몰랐소이다."

묵성의 충격적인 말에 이어 수라혈제의 이 연타 크리티컬 공격(?). 수한의 입은 금세 찢어질 듯 벌어지고, 동공은 그 이상으로 확장, 수축을 거듭한다.

아니, 대체 이게 무슨 날벼락이란 말인가? 자신이 그 떡대들에게 수청을 강요? 그리고 그것을 거부당하자 구타를 해?!

기련삼마를 장기 입원시킨 지 채 한 시진이 지나지 않아 이런 소문이 퍼졌다는 사실은 그리 중요한 게 아니다. 그저 이 터무니없는 소문 그 자체가 수한에게 중요할 뿐. 때문에 그 소문을 당사자의 입장에서 듣는 순간 수한의 혼백은 육신을 벗어나 끝없는 무저갱 속으로 깊이깊이 침몰해 들어갈 수밖에 없었다.

그러나 정작 중요한 것은 그런 헛소문 자체가 아니었으니……. 내당의 가장 깊숙한 곳에서 홀로 은둔자 생활을 하는 수라혈제와 묵성이었다. 그런데 그런 그들이 이런 소문을 들었다면 내당을 포함한 외당, 아니, 외곽 초소를 비롯한 본단 전체에 소문이 퍼졌다는 의미가 아니고 무엇이랴. 즉, 이 말도 안 되는 수한에 대한 악성 루머가 이미 퍼질 대로 퍼졌다는 뜻이다.

"크아아아악!! 안 돼!!"

진실은 중요한 게 아니다. 사람들이 어떻게 믿느냐 하는 것이 중요할 뿐. 결국 수한이 아무리 해명을 한다고 해도 이미 퍼진 소문은 도저히 잡을 방법이 없다. 특히 이런 종류의 소문은 더욱 각색, 확장될 게 뻔한 터. 아마 일주일만 지나면 수한은 다시없는 호색, 아니, 요녀(?)로서 마교 본단 전체에, 어쩌면 제국 전체에 그 이름을 날리게 되리라. 그리고 정말 가차없게도 전삼은 그런 사실을 아.주. 친절히 수한에게 설명해 주었다.

....

잠시 뒤,

"크아아아아아아악!!"

생살을 저미는 듯한 울분과 비통에 찬 한 남자의 처절한 절규. 마치 자신과 타인, 그리고 세상 그 모든 것을 부정하는 듯한 외침. 그것은 수한이 모종의 결심을 굳혔다는 신호이기도 했다.

　　　　*　　　　*　　　　*

　"이히히히, 성공했네."

　"크크크, 그래. 이제 무슨 낯으로 제국에 머물겠냐? 아마 본단에서조차 얼굴 들고 다니기 힘들걸. 결국 빚을 갚기 위해선 '그것' 외는 방법이 없을 거야."

　무릎 꿇은 자세로 하늘을 향해 두 손을 벌려 절규하는 수한. 그런 그의 모습을 모니터로 바라보며 수영과 수진은 자기들끼리 낄낄거리고 있었다. 마치 심술궂은 누님들이 남동생을 괴롭히는 듯한, 아니, 음모의 주재자가 희생양을 바라보는 듯한 시선들.

　"진작 이럴 것 그랬어. 고작 옵저버들이 퍼뜨린 소문에 이렇게 흔들릴 거라면… 칫, 지금까지 빚이네, 사진집이네 하며 괴롭혔는데 결국 너만 좋은 일 시켰군 그래."

　"이히히히, 덕분에 앞으로 오륙 년 동안은 자료 수집할 필요가 없게 됐지. 이거 고마워해야 하나?"

　"쯧쯧, 뭐, 하긴 지금까지 갈군 덕에 어느 정도 생각을 굳힌 듯했으니……."

　수한이 태어난 이후 지금까지 그를 거의 조련(?)하다시피 한 두 마녀. 수한의 행동 패턴 따윈 이미 매뉴얼한 지 오래다. 즉, 지금까지의 연출과 방금 전 게임 속 세상의 소문은 어디까지나 어떤 의도를 가지고 행한 것들. 그리고 지금 수한의 절규를 보건대 그녀들의 계획은 거의 이루어진 듯 보였다.

짝짝!

"자, 자~ 그럼 슬슬 준비해 볼까? '큐티 보이'가 결심을 굳힌 듯 보이니까 이제 우리도 슬슬 서포터 준비를 해야지?"

손뼉을 치며 분위기를 환기시키는 수영. 순간, 그녀와 수진의 주위에 있던 수십여 명의 인영이 바삐 움직이기 시작한다. 마치 지금 이 순간만을 기다렸다는 듯 저마다 분주히 손을 놀리는 사람들, 그리고 그 분주함 속에서 홀로 느긋이 담배를 빼어 무는 수영.

달깍.

"후우~ 역시 이 맛에 내가 일한다니까."

혼란 속의 고독과 여유. 마치 수천 명의 남성 위에 군림하는 여왕과도 같이 수영은 느긋함의 극치를 보인다. 그리고 그런 수영의 모습에 수진 역시 그와 유사한 배경(?)을 띄우며 기묘한 미소를 지은 채 다가오는데 마치 지금 이 순간을 위해 남겨둔 가장 맛있는 케이크 부위를 함께 음미하려는 듯한 모양새.

"이히히히히, 이번 계획에 제법 재미있는 변수가 생겼어."

"후우~ 응? 변수?"

수진의 미소에서 뭔가를 감지해서일까? 담배 연기 사이로 뭔가 의미심장한 미소가 지어진다. 그리고 그런 그녀의 기대를 충족시키기라도 하듯 재차 이어지는 수진의 말.

"이번에 새로 담당자가 왔거든. 이름이… 음, 아, 강하영이라고, 제법 미남이야."

"클, 네 담당자들 중에 미남이 아닌 놈이 있었냐? 그래서?"

"이히히히, 그런데 걔도 글쎄 'NEW WORLD'를 한다지 뭐야?"

"아, 그래? 그게 뭐?"

요즘 세상에 가상 현실 게임을 하지 않는 사람이 드물고, 그중에서도 'NEW WORLD'를 하지 않는 사람이 어디 있으랴. 자연 수진의 호들갑에 수영은 그게 뭐 새삼스럽느냐는 반응. 하지만 수진의 계속 이어지는 말에 그녀의 귀도 활짝 열릴 수밖에 없었다.

"아, 글쎄, 그 녀석이 팔라스 연합의 '나인스타(Nine Star)' 중 한 명인 거 있지. 뭐라고 했더라? 바람의 성검이라 했던가?"

"클~ 정확히 말하면 '질풍의 성검'이지. 그리고 청 제국의 '천무'에 버금가는 팔라스 연합 공.식. 랭.킹. 1위인 유저이고 말이야. 이거 진짜 거물인데?"

수진의 말을 정정하며 얼굴에 띤 호기심을 더욱 구체화시키는 수영. 그런 그녀의 모습에 수진은 다시 한 번 그녀만의 괴이쩍은 웃음을 디뜨린다.

"이히히히, 역시~ 자기 입으로 자랑하기에 어느 정도 대단한 줄은 알았지만 설마 그 정도 거물일 줄은 몰랐는데?"

"그래, 정말 거물 중의 거물이지."

일 년 전 수영이 주도한, 그리고 수한이 개입한 모종의 사건으로 인해 청 제국 내 대부분 고렙들이, 특히 'NEW WORLD' 전체를 통틀어 단독 질주하다시피 하던 최고렙 '천무'와 그의 일당들이 숙청 아닌 숙청을 당했다. 그 결과, 유저 랭킹 순위엔 큰 지각 변동이 발생했으니……. 한마디로 청 제국 유저의 최고렙이 거의 200대 후반까지 떨어졌다.

그에 반해 팔라스 연합 유저들의 레벨은 꾸준히 상승 곡선을 그려 현재 전체 랭킹 순위에서 청 제국 측에 비해 월등히 우위를 자랑하게 되었고, 특히 '질풍의 성검'이라 불리는 유저의 경우엔…….

"클클, 설마 그 사기 만땅 캐릭의 주인이 너와 아는 사이라니……. 이래서 세상 참 좁다는 건가?"

"이히히히, 어디 그뿐이겠어? 그러니까… 이히히히, 글쎄, 그 녀석이 수한한테 관심을 가지는 거 있지?"

"…설마?"

"이히히히, 그래, 맞아. 때마침 작업 중이었거든."

척하면 척이란 말이 있다. 수진의 짧은 그 말에 모든 상황을 유추한 수영. 이내 짙은 음모의 미소를 지으며 입을 연다.

"이거 재미있게 됐군. 유용하게 쓸 카드 한 장을 공짜로 얻게 된 셈인가?"

"이히히히, 할 생각이야?"

뭔가 의미심장한 미소를 지으며 서로를 바라보는 두 마녀. 그녀들의 기괴한 웃음소리는 분주하게 오가는 사람들 사이로 가상 현실 게임 'NEW WORLD'의 균형을 관장하는 제4운영 팀에서 한참 동안이나 이어졌다.

Chapter 2

산맥을 넘다

가상 현실 게임 'NEW WORLD'는 크게 두 개의 지역으로 나누어져 있다. 무공을 활용한 인간과 인간의 대결을 모토로 한 무협 세상 청 제국, 검과 마법을 무기로 몬스터와 생존을 다투는 판타지 세상 팔라스 연합.

　현재 이 두 지역은 장백산맥, 혹은 드래곤 산맥이라 불리는 거대한 산맥으로 인해 서로 간의 왕래가 불가능한 상태. 하지만 지금 이 순간에도 타 지역의 비급과 재화를 노리는 수많은 탐험가들이 일.학.천.금.의 꿈을 안고서 장백산맥이나 드래곤 산맥을 오르고 있었다. 바로 지금의 수한같이 말이다.

　휘이이이잉!

"좋아, 이게 첫 번째 관문이란 말이지?"

차디찬 겨울바람이 사정없이 전신을 유린하는 가운데 수한은 눈앞을 가득 메운 거대한 절벽을 보며 약간 질린다는 투로 입을 열었다. 그리고 그런 그의 정면에 버티고 서 있는, 높이가 천여 미터에 달해 보이는 거대한 절벽(과연 그것을 절벽이라 칭할 수 있을까?). 아무리 전문 프로 산악인이라 할지라도 가능하다면 그 위를 기어오른다거나 그와 유사한 행동은 결코 하고 싶지 않은 장애물이다. 하지만,

"어떻게 된 게 도통 다른 길이 보이지 않으니······."

그렇다. 좌우를 아무리 걷고 뛰어가도 끝없이 펼쳐져 있는 절벽. 다시 말해 자신을 넘지 않으면 절대 앞으로 나아갈 수 없다고 주장이라도 하듯 수한의 앞길을 철저히 가로막고 있었다. 결국 지금 이 순간 수한이 할 수 있는 최선은 자신에게 산악인으로서의 자질이 있기를 간절히 바라는 것뿐.

"후우~ 하긴 지금까지는 편히 왔으니 이제 슬슬 몸을 좀 풀어야겠지?"

눈앞을 가로막은 도저히 넘을 수 없을 듯한 절망과도 같은 절벽. 그러나 수한은 좌절하거나 의기소침해하지 않았다. 지금까지 그가 겪어온 고난과 역경을 생각한다면 이 정도 일이야 식은 죽 먹기(?). 거기다 마교주라는 신분 탓에 장백산맥 지역의 가장 큰 장애물인 마교 본단을 이미 설렁설렁 통과하지 않았던가? 남들보다 절반이나 먹고 시작하는데 고작(?) 이

정도 장애에 우는 소릴 할 순 없는 법.

"크크크, 자, 시작해 볼까?"

방금 전까지 질린 표정을 짓던 수한이지만 막상 절벽을 오른다고 생각하자 얼굴이 급변한다. 음침한 괴소를 터뜨리며 자신이 지닌 용력을 마음껏 뽐내려는 전형적인 악당의 모습. 비록 그 용력의 대상이 건전하게도 암벽 등반이기는 하지만 그 모습만은 진정 마교주다운 위엄(?)이 철철 넘친다. 그리고 이내 장내에 펼쳐지는 보스 급 악당에 걸맞은 무시무시한 힘의 분출.

쑤욱!

퍼서석!

거친 파석음과 함께 암석을 부수며 암벽 속으로 파고들어가는 작디작은 섬섬옥수. 마치 암석의 재질이 두부이거나 그 이하의 것처럼 보인다. 하지만 암석의 실제 경도는 금강석에 비견될 정도였고, 지금의 광경은 강기의 운용조차 하지 않은, 그저 순수 근력으로만 이룬 결과. 지금의 이 광경에서 수한이 지닌 먼치킨 근력, 오우거 정도는 명함조차 내밀지 못하고 그나마 드래곤 정도나 상대할 수 있다는 무지막지한 근력의 실체를 일부나마 엿볼 수 있다. 하지만 그런 놀라운 광경조차 재치 이어지는 수헌의 처력 쇼에 비하면 아무것도 아니었으니······.

"으차~ 으차~"

약간은 고전틱한 구령과 함께 쭉쭉 올라가기 시작하는 수한의 신형. 단지 두 손의 힘만으로, 그것도 암벽에 발을 걸칠—지지대가 아닌, 말 그대로 걸칠—큼직한 구멍까지 만들어 가며 암벽을 초스피드로 오른다. 원체 가벼운 몸이고 지닌 바 근력이 먼치킨이기 때문이라는 말로는 도저히 용납(?)할 수 없는 광경. 결국 그렇게 수한은 '지나가던 스파이더맨'이 형님이라 울부짖을 듯한 속도로 단숨에 100여 미터나 올라섰다.

"크크크, 좋아. 이런 페이스라면 금방 오를 수 있겠군."

웬만한 고층 빌딩 높이를 맨손만으로 일순간에 올라선 주제에 아직도 기운이 철철 넘치는 수한. 그만의 특이한 괴소로 주위를 암울하게 만들며 마음껏 자신감을 드러낸다. 하긴 지닌 바 신법은커녕 단지 본신 근력만으로 이런 사기(?)를 자행했으니 그의 그런 자신감도 충분히 공감할 수 있는 일일 터. 하지만 세상만사가 다 그렇듯 쉬운 일이란 없는 법이다.

끼아아아악!

"응? 이게 무슨?"

재차 300미터 고지를 점령하며 암벽 등반가로서의 성취감을 만끽하는 와중에 수한의 귀를 자극하는 기음. 뭔가 불길한 예감이 수한의 등꼬리를 스치며 그의 전신을 긴장시킨다. 그리고 그런 불길한 생각을 증명이라도 하듯 그 모습을 드러내는 수십여 개의 여체(?).

끼아아아아아악!

"커억! 이건 또 뭐야?!"

상대를 제압하기 위해 내지르는 귀청 떨어지는 합창성. 그리고 수한을 향해 집중된 광포한 살기. 그런 노골적인 적대성향의 정체는 바로 최소 레벨이 200이라는 비행형 몬스터 하피! 비록 수한의 레벨과 능력치에 비하면 하잘것없는 마물이긴 하지만 지금과 같이 절벽에 대롱대롱 매달린 상태에선 그야말로 재앙 그 자체다. 물론 수한을 기겁하게 만든 진짜 이유는 그들의 등장 자체가 아닌, 그들의 지나치게 겸손(?)한 복장 상태였지만…….

"헉?! 벗었다?!"

그렇다. 비록 하체를 비롯한 전반적인 형상이 새의 모습이라곤 하나 상체는 분명 여성의 그것. 아무리 하루 한 시간씩 수진과 더불어 뼈와 살이 불타는(?) 시간을 보낸다고 하지만 근본적으로 순진남인 수한에게 그것은 너무나 큰 자극. 결국 얼굴로 지나치게 몰리는 피로 인해 점차 정신이 혼미해지면서 아슬아슬한 절벽 곡예를 연출하기 시작한다. 하지만 그의 그런 딱한 사정을 일개 마물인 하피들이 알아줄 리 만무.

끼아아아아아악!

자신들의 영역을 침범한 수한에 대한 마지막 경고일까? 재차 하이 소프라노 합창의 극치를 보이며 수한을 위협하는 하피들. 그러나 정신이 혼미한 수한이 그런 경고를 알아들 리 없고, 설령 알아듣는다고 해도 절벽에서 내려갈 리 없지 않은 가? 결국 남은 것은 자신의 의지를 관철시키기 위한 서로 간의 무력 행사뿐이다.

끼악!

쑤우우우웅!

지금까지 늘어지던 기성이 아닌 짧게 끊어지는 울부짖음. 순간 하피 제1 공격 편대가 일제히 수한을 향해 내리꽂히기 시작했다. 마치 네 몸과 우리 몸 중 누가 더 단단한지 겨뤄보자는 식의 무차별 강습. 하지만 그에 대해 수한이 할 수 있는 최선은 그저 전신에 힘을 주며 호신강기를 공고히 하는 것뿐. 하긴 절벽에 매달린 채 간신히 균형을 유지한 상태에서 제아무리 고수라 해도 뭘 할 수 있으랴? 그리고 그 결과,

카카캉!

큭!

수한과 하피의 능력치가 워낙 차원이 다른지라 정작 입은 데미지는 거의 없다. 하지만 이곳 세상은 현실의 물리 법칙조차 충실히 구현되어진 장소. 때문에 무게 100kg이 넘는 물체가, 그것도 여섯 개가 일시에 부딪치면서 생기는 충격량은 몸무게가 채 50kg─수한이 가진 3대 콤플렉스 중 하나다─도 되지 않는 수한의 입장에선 그야말로 난감무쌍. 결국 격한 충돌음과 함께 그의 몸은 두 손을 축으로 나뭇가지에 매달린 나비번데기마냥 이리저리 흔들리는 신세가 되었다. 거기다 재차

이어지는 하피들의 2차 강습.

까까깡!

"크윽, 이것들이……!"

아무리 데미지를 입지 않은 멀쩡한 상태라 해도 시계추마냥 흔들리는 것이 기분 좋을 리 없다. 그것도 고공 300미터 상공에서 말이다. 다시 말해, 나름대로(?) 성질 더럽고 화급하기까지 한 수한으로선 지금의 상황을 도저히 참을 수 없다는 의미. 비록 그것이 시각적으로 매우 자극이 큰 형상을 지닌 존재라 할지라도 말이다. 이에 결국 수한은 자신의 분노를 마음껏 터뜨리는데…….

"어디, 맛 좀 봐라!!"

파파파파파파팡!

두 눈을 활활 불태우며 양손을 떨친 수한. 순간 그의 양손에서 폭풍과도 같은 경력이 일어나 주위 십여 장을 점한다. 그의 주 특기 중 하나인 묵천마환장. 유니크 스킬 중에서도 최상급에 속한 무공. 고작(?) 레벨 200의 하피들로선 도저히 감당할 수 없는 힘의 공세다. 이에 살충제 맞은 모기마냥 우수수 떨어지는 하피 편대.

끼아아악!

"크하하하! 자식들, 김히 누구에게!"

처절한 비명성과 함께 하피들이 정리되자 가가대소를 터뜨리며 자신의 위세를 마음껏 떨치는 수한. 마치 주위에 열광

하는 수많은 관중(?)이 있기라도 하듯 쇼맨십의 진수를 드러낸다. 하지만 지금 이 순간 그는 아주 중요한 사실을 간과하고 있었으니……. 그가 아무리 천하를 위진시키는 절세고수라 할지라도 하늘을 날 순 없지 않은가?

그나마 절벽에 매달릴 수 있었던 유일한 매개체, 즉 그의 양손은 이미 호쾌하게 장력을 날려 하피들을 격추시킨 뒤다. 이에 당연히 그의 신형은 공중에 아무런 구속력이 없는 상태로 가만히 떠 있는 상태, 즉 그의 몸은 자유 낙하의 법칙에 철저히 순응할 수밖에 없다는 뜻이다.

"어라? 으아아아아아!"

휘이이이잉!

지나친 자극과 분노로 인해 잠시 이성을 잃었던 수한. 결국 방금 전 하피보다 더 처절한 비명을 내지르며 추락의 진수를 마음껏 체감하는 신세가 되었다. 그리고 잠시 뒤, 절벽의 일각이 잠시 흔들릴 정도의 큰 충돌음.

쿠쿠쿵!

*   *   *

"…쟤가 바로 네 동생이다."

"아이고, 머리야! 역시 재.교.육.의 필요성이……."

지켜보는 두 여인네는 그저 한숨만 푹푹 내쉴 수밖에 없었다.

*   *   *

　반경 십여 미터에 달하는 거대한 웅덩이. 마치 운석이라도 떨어진 듯 과장(?)되게 펼쳐진 광경, 그리고 그 중심에서 연신 끙끙거리는 한 인영.

　"끄으응~ 이거 제법 아픈데?"

　높이 300미터 상공에서 아무런 완충 장치도 없이, 심지어 이런 사.소.한. 일에는 자신만의 절대 방어 궁국기는 쓸 필요도 없다는 듯 그냥 맨몸으로 떨어진 주제에 이딴 소리나 지껄이는 추락자. 먼치킨 수준을 도달한 전형적인 사기 캐릭만의 대사다. 그리고 그 대사의 주인공은 다름 아닌 수한.

　실제로 방금 전의 추락으로 인한 충격은 평범한 유저나 NPC의 경우 단숨에 즉사할 만한 것이었지만 정작 수한이 입은 피해는 전체 HP의 10% 정도. 과연 먼치킨 초급(?)을 돌파한 초인다운 모습이 아닌가? 어디 그뿐이랴. 수한은 자신의 무적 몸빵을 재확인하는 정도로 암벽 등반을 멈출 생각이 전혀 없는 모양.

　"칫, 별것도 아닌 기 때문에 괜히……. 좋아, 다시 한 번!!"

　부웅!

　파다다다닥!

방금 전의 어이없는 추락에 대해 일절—그 경위나 그로 인한 결과를 모두 포함해서—신경 쓰지 않은 채 다시 한 번 몸을 날리는 수한. 그리고 재차 무서운 속도로 절벽을 오르기 시작하는데 대체 무엇 때문에 그는 이렇게까지 필사적으로 팔라스 연합에 집착하는 걸까? 물론 이 정도 일이야 그에게 큰 장애가 아니겠지만 말이다.

　"크크크크, 팔라스 연합에만 도착하면… 크크크크크."

　지나친 엔도르핀 분비로 인해 동공은 심하게 풀렸고, 입에선 침이 질질 흐른다. 거기에 연신 중얼거리는 말. 마치 팔라스 연합 지역 길바닥엔 황금이 돌멩이마냥 굴러다닌다는 식의 자기 최면이다. 그렇다. 수한은 나날이 늘어나는 빚과 수진의 학대(?)에 대한 돌파구를 장백산맥(혹은 드래곤 산맥) 너머에 있는 팔라스 연합 측에서 찾은 것이다. 그리고 지금 같은 자신감의 원인은 그의 행랑창에 고이 잠들어 있는 만여 권에 달하는 마공 비급에서 기인된 것.

　청 제국에서 마교도 외엔 단순히 불쏘시개 내지 중상모략용 폭탄으로 쓰이는 마공 비급. 하지만 마교에 대해 전혀 아는 바 없는, 그리고 단순히 검과 마법만이 종횡하는 팔라스 연합에선 과연 어떤 반응을 보일까?

　내공심법으로 스스로의 MP를 채울 수 있고, 신법은 운용할 때마다 헤이스트나 기타 버프에 걸린 것처럼 빨리 움직일 수 있다. 어디 그뿐이랴. 오직 특수한 퀘스트를 달성해야 얻을 수 있는 검기와 검강, 즉 소드 오러(Sword Aura), 오러 블레이드(Aura Blade)를 무공을 익힘으로써 자동으로 습득할 수 있다. 그것이 바로 청 제국 측 전용 스킬 무공이 팔라스 연합 측 스킬에 비해 절대 우위를 차지하는 이유.

"크크크, 비급을 판다면 대신 뭐가 좋을까? 역시 돈? 아니야. 그것보다 아이템으로 교환하는 게⋯⋯. 그런데 역시 유저에게 파는 것보다 NPC들에게 파는 게 낫겠지? 그럼 대체 누구에게 판다? 크크크, 기사들보다는 마법사가 낫겠군. 아무래도 그놈들이⋯⋯."

절벽을 오르면서도 끊임없이 중얼거리며 혼자만의 세계에 빠져드는 수한. 자신의 그런 행동으로 인해 팔라스 연합에 닥칠 큰 혼란 따윈 눈곱만치도 생각하지 않는다. 그저 어떻게 제값 받고, 아니, 보다 비싸게 팔 수 있을지 고민할 뿐. 마교의 비밀 보물 창고 천마비고의 귀중한 무공 비급을 싹쓸이한 사람답게 철저한 마이 페이스다.

하지만 수한도 나름대로 절박한 심정. 더 이상 누나 수영과 수진에게 농락당할 수 없다는 그만의 굳은 각오인 것이다.

"이번에야말로 반드시!!"

연신 히죽이는 입가와 달리 활활 불타는 눈. 이전의 경험, 독립 성공 직전의 실패를 되새기며, 그리고 지난날의 수많은 고난들을 생각하며 이번엔 보다 쉽게, 그리고 반드시 뜻을 이루겠다는 결의를 내비친다. 그런데 그렇게 절벽을 오르는 와

중 불현듯 떠오르는 생각, 아니, 망상.

"그래, 이번엔 정말 정상적(?)으로 게임을 즐기는 거야!"

기연인지 악연인지 전대 마교주인 천마혈존을 만나 그의 제자가 되어 결국 마교주가 되었다. 그리고 그 지위를 이용, 모종의 일을 꾸며 막대한 부를 챙기고, 남들이 전혀 꿈도 꾸지 못한 진짜 파란만장(?)한 게임 생활을 즐길 수 있었다. 하지만 마교도들, 즉 수하들 외에는 전부가 적인 세상. NPC들 뿐만 아니라 유저들에게조차 한낱 몹으로 취급받는 게임 속 현실.

물론 그것 역시 나름대로 재미가 있었다. '필멸자'란 히든 피스를 얻은 덕에 이마의 '불멸자의 인'이 사라져 유저라는 신분을 숨긴 채 마음껏 분탕질을 할 수 있다는 사실은 오직 그만이 느낄 수 있었던 즐거움(그 대가로 한번 죽음이 곧 캐릭 삭제이긴 하지만). 거기다 남들은 감히 상상조차 할 수 없는 명성, 절색마존!! 비록 그것이 제국 역사상 최단 시간에 가장 많은 사람을 학살한 대살성이자 고금제일악마라고까지 지칭되는 절대 악인의 이름이긴 하지만 어쨌든 단시간에 그만한 명성을 떨쳤다는 것 역시 하나의 영광일 터.

그러나 수한의 마음 한구석에선 지극히 정상적인 게임 플레이를 원하고 있었다.

게임 속에서 친구를 사귀고, 더불어 파티 플레이를 하며 온갖 역경을 넘나든다, 지극히 평범한 유저처럼. 물론 지금의 캐릭이 가진 속성과 능력치를 고려한다면 너무 황당한 바람이지만 뭐 어떤가? 어차피 팔라스 연합에선 그의 정체를 아는 사람이 없을 텐데.

"크크큭, 본색만 드러내지 않으면 되지. 아, 차라리 이번 기회에 초보나 한 명 키울까?"

청 제국에서 다굴이 아닌, 일 대 일로는 그 누구도 상대할 수 없다는 괴물. 이젠 한계 레벨에 도달하여 청 제국 최강의 은거고수들인 팔선 중 한 명과도 비등한 절대고수. 그런 자신이 지닌 능력의 일부만 드러낸다고 해도 누가 감히 대적하랴? 이번엔 전과 같은 실수를 반복하지 않고 조금씩 야금야금 곳감 빼 먹듯 즐기는 거다.

"크크크!! 좋아!! 이제 더 이상 쫓기는 범죄자 생활은 청산한다! 이제 난 평범한 비즈니스맨(?)이다!"

마땅히 떠오르는 직업이 없어 결국 행랑창에 꽉 찬 마공 비급들을 고려, 비즈니스맨을 선언하는 수한. 독립에 대한 갈망 위에, 이번엔 정말 제대로 놀겠다(?)는 각오를 덧붙인다. 하지만 그렇게 '절벽 타며 혼자 놀기'의 행복도 잠시뿐, 누군가의 괴성에 의해 수한의 망상 아닌 망상은 산산이 부서져 내렸으니…….

쾌애애애애액!

"…이번엔 또 뭐냐?"

등 뒤로 들리는 괴성. 방금 전, 하피들과 비슷하면서도 뭔가 묵직한 중량감이 느껴지는 것을 고려하건대 보다 상위 마물임이 분명하다. 그리고 그 짐작에 한 치의 오차도 없음을 증명하듯 불쑥 수한의 정면에 등장하는 거체.

꽤애애애애액!

"큭, 이번엔 와이번이냐?"

도마뱀의 몸체에 박쥐의 그것과도 같은 피막의 날개. 그렇게 거의 5미터에 달하는 거대한 날개를 활짝 펼치며 그 긴 목을 뻗어 수한을 공격하는데 그 정체는 바로 레벨 300대라 알려진 와이번(Wyvern). 방금 전의 하피와는 비교조차 할 수 없는 거물이다. 물론 수한에겐 전혀 위협이 되지 않는 존재지만.

"젠장, 별 시답지도 않은 게……."

레벨 300짜리 마물을, 그것도 단순 지상형 몹보다 훨씬 상대하기 힘들다는 비행 몬스터를 일순간에 시답지 않은 존재로 격하시킨 수한. 자신을 향해 입을 벌리는 와이번의 모습에도 불구하고 느긋이 절벽에 왼손을 박아 넣는다. 그리고 이제 막 자신의 머리를 집어삼키려는 와이번에게 오른손으로 냅다 장력을 내갈기는데,

콰콰쾅!

꽤애액!

격한 폭발음과 함께 방금 전과 같이 기쁨에 찬 괴성이 아닌 고통에 찬 비명을 내지르는 와이번. 생각지 못한 별식에 기뻐

하던 그로선 정말 생각지 못한 횡액인 셈. 하지만 역시 하피보다 고 레벨의 마물임을 입증하듯 한 번의 장력 공격으론 결정타가 되지 않는 모양이다.

쩨애애애애애액!

잠시 휘청거리며 뒤로 물러나지만 이내 분노에 찬 괴성을 내지르며 재차 수한을 공격하는 와이번. 이번에야말로 별식을 먹겠다는 듯 보다 맹렬히 수한에게 달려든다. 물론 그에 대한 대가는 너무나 뼈아팠다.

콰콰콰콰콰쾅!

쩨~

하늘을 뒤덮는 수영(手影)의 물결, 그리고 격렬한 폭발음. 와이번은 비명도 채 지르지 못한 회색으로 물들었다. 그리고,

휘이이이이잉!

쿠쿠쿵!

어디의 누군가처럼 깔끔한 추락과 함께 절벽의 일각이 흔들릴 정도의 큰 충돌음. 수한은 그런 와이번의 최후에 코웃음을 터뜨리며 자화자찬했다.

"흥, 감히 누구에게!"

하지만 그런 비웃음은 너무 이른 감이 있었던 모양이다.

쩨애애애애애애애액!

펄럭펄럭!

사방팔방에서 몰려오는 검은 그림자들, 그리고 그 크기는

방금 전의 와이번 최소 1.5배 이상.

"헐~ 지금 건 새끼인 거냐?"

단순한 식욕이 아닌, 절대적 적의를 드러내는 수십여 마리의 와이번. 그 한가운데에서 수한은 그저 허탈한 웃음을 터뜨릴 수밖에 없었다. 그리고 잠시 뒤,

꽈꽈꽈꽈꽝!

쾌애애애액!

"젠장, 빌어먹을!"

휘이이이이잉!

쿠쿠쿠쿵!

대기를 일순간 진동시키는 강렬한 폭발음과 상급 중형 마물의 처절한 비명성. 거기에 옵션으로 붙은 누군가의 거친 욕설. 마지막으로 대미를 장식한 건 조금 전에 있었던 바람을 찢는 추락성과 충돌음. 그리고 또 잠시 뒤,

"으아아아아아아!"

절벽 밑에서 주위가 잠시 움찔할 정도로 괴성을 고래고래 지르는 수한. 이미 두 눈은 흰자위가 보일 정도로 뒤집혔고, 입가엔 거품이 생성되고 있다. 하지만 그것은 어디까지나 머릿속을 하얗게 불태우는 분노에 의한 것일 뿐 정작 충돌로 인한 피해가 거의 없는지 이내 손발이 보이지 않게 재차 절벽을 타고 오르는 수한.

"크크크크, 그래. 네가 이기나 내가 이기나 한번 해보자."

지옥의 불길같이 시퍼렇게 달아오르는 독기. 수한은 그런 독기를 한 모금 베어 문 채 절벽을 오르고 또 올랐다. 이제 절벽 등반은 단순히 팔라스 연합을 가기 위한 하나의 시련이 아닌 자존심 문제. 스스로의 자존심을 위해서라도 반드시 이곳에 넘겠다는 집념을 불태운다. 그리고 잠시 뒤, 재차 와이번의 구역에 도달하자 수한을 열렬히 환영하는 와이번의 무리.

쾌애애애애애액!

"으아아아아아아!"

아직도 안 죽고 또 왔느냐는 듯 약간은 질린, 하지만 이번엔 반드시 죽이겠다는 결의에 찬 와이번들의 울부짖음. 이에 질세라 수한 역시 자신만의 노호성을 내지르며 와이번들을 압박한다. 그것은 분노와 살의에 이성을 상실한 자들만이 내지를 수 있는 괴성의 하모니, 그리고 재차 장백산맥과 드래곤 산맥의 경계선에서 벌어지는 대폭발.

쿠콰콰콰콰콰콰쾅!

레벨 300대에 이르는 와이번 수십여 마리라면 팔라스 연합의 왕국들, 심지어 제국이라 칭해지는 청 제국조차 함부로 건드릴 수 없는 존재들이다. 그런데 그런 마물들을 단신으로, 그것도 절벽에 매달린 채 한 손으로 상대한다? 만약 평범한 일반인이 그런 소릴 듣는다면 자살 지망생 내지, 광증 말기 환자라고 두고두고 욕하리라.

그러나 실제로 수한이 처한 상황이 그러했으니, 아무리 그가 먼치킨을 부르짖으며 절세무적이라 쓴 깃발을 휘날린다고 해도 그런 일은 확실히 버거운 일임에 분명했다. 하지만 수한이 누구던가? 이미 설명했다시피 절대무적 사기 캐릭의 표본과도 같은 존재. 일단 독하게 마음먹자 그의 양손엔 10미터의 장환이 생성되어 종횡무진으로 허공을 농락한다. 그리고 그렇게 세 시간에 걸친 사투 끝에 결국 회색으로 물드는 쉰네 마리의 와이번 무리. 수한은 절벽에 매달린 채 광소를 터뜨리며 자신의 위세를 다시 한 번 만천하에 알렸다. 물론 거기서 일이 끝났다면 더없이 좋은 해피엔딩이었을 것이다.

"으아아아아! 정말 지겹다!! 지겨워!!"

달빛만이 요요히 빛나는 어둠 속에 거의 만신창이 된 몰골로 절벽에 찰싹 달라붙어 고래고래 고함을 내지르는 수한. 방금 전, 와이번 일가를 몰살시켰을 때의 당당함과 자신감은 눈곱만치도 보이지 않는다. 그저 끝없이 밀려드는 짜증에 몸을 맡긴 채 발광할 뿐. 대체 그에게 무슨 일이 있었기에 이러는 걸까?

확실히 와이번 구역을 통과했을 때만 해도 수한의 기분은 근래 들어 최고를 구가하고 있었다. 비록 약간의 고통과 피로가 남긴 했지만 오랜만에 제대로 몸을 풀어 지금까지 현실에서 쌓아온 스트레스를 말끔히 해소했다고 할까? 때문에 수한은 잠시 동안이나마 와이번에게 감사하는 마음까지 품었다.

하지만 와이번 지역을 공략한 뒤 재차 100여 미터를 오르자 그런 생각은 바닷물을 만난 소금성마냥 깨끗이 사라졌으니……

블랙 와이번. 와이번이 마기를 지속적으로 흡수하여 한층 더 강화된 마물. 레벨은 대략 350정도로 일반적인 와이번과는 그 덩치나 파워가 천양지차다. 그런데 그런 블랙 와이번이, 그것도 방금 전의 와이번보다 두 배 정도 많은 수가 수한을 반가이(?) 맞아주는 게 아닌가? 당연히 수한으로선 기가막힐 노릇.

어쨌든 괜히 시간 끌지 않고 결론만 말하자면, 두 번의 추락과 일곱 시간의 혈투 끝에 수한은 블랙 와이번을 전멸시킬 수 있었다. 물론 그사이 그가 세 번 정도 폭주 내지 발광했음은 두말할 나위가 없는 일. 하지만 그 정도로는 만족할 수 없다는 걸까? 수한의 불운은 거기서 끝나지 않았다.

블랙 와이번을 퇴치하고 재차 100여 미터를 올랐을까? 이번에 등장하는 건 생전 들도 보도 못한 머리 두 개 달린 익룡들. 결국 한 번의 추락과 세 시간 동안의 혈투, 그리고 두 번의 발광 끝에 익룡들을 처리했다. 그리고 다시 100여 미터를 오르자 이번엔 고산 식인 식물군이 수한의 앞길을 가로막는다.

절벽 전체를 시퍼렇게 뒤덮은 크기 일 미터의 흉측한 이빨과 강철과도 같은 줄기들. 그야말로 지나갈 엄두조차 나지 않는 광경. 수한은 아주 찰나의 순간이었지만 깊은 좌절과 절망을 느꼈다.

오르면 오를수록 점차 상대하기 어렵고 강한 적들이 등장한다. 너무나 전형적인 RPG식 게임 운용이 아닌가? 이래서야 앞으로 뭐가 또 나올지 두려울 지경. 하지만 수한은 포기하지 않았다. 하긴, 그의 유일한 소망인 '마녀로부터의 독립'을 생각한다면 어찌 이대로 물러날 수 있겠는가? 어떻게든 두 마녀의 손에서 벗어나기 위해 그렇게 수한은 자신의 영혼을 불태웠다. 그리고 그렇게 아홉 시간 뒤인 지금에 이르러선…….

"으득! 내 반드시 이곳을 넘고 만다!!"

흉하게 파헤쳐진 폐허를 뒤로한 채 이까지 부득부득 갈며 절벽을 타고 오르는 수한. 거의 반나절 이상 이어진 혈투로 인해 남은 체력과 MP, 그리고 HP조차 바닥을 드러냈고, 사위는 짙은 어둠만이 있음에도 끝끝내 절벽 등반을 멈추지 않는다. 마치 이대로 물러선다면 다시는 이곳에 오르지 못할 듯이. 그리고 그런 집념 덕에 마침내 그 모습을 드러내는 고지.

"드디어……!"

초절정고수답게 어둠에 구애받지 않는 그의 눈에 비치는 광경. 지금까지와 달리 완만한 경사와 손에 잡힐 듯이 보이는 절벽의 끝. 비록 50여 미터가 남긴 했지만 지금까지의 여정을 생각하면 그야말로 지척지간임에 분명하다. 덕분에 거의 바닥이 난 체력에도 불구하고 불끈 힘이 솟구치는 수한. 하지만 이 순간 수한은 까맣게 잊고 있었다. RPG식 게임의 전형적인 공식, 즉 마지막 순간엔 반드시 최종 보스가 등장한다는 사실을……

카오오오오오오!

펄럭펄럭!

대기를 요동치게 만드는 포효와 그에 뒤지지 않는 거대한 날갯짓 소리. 이것에 비하면 블랙 와이번과 익룡의 그것은 그 야말로 모기 소리에 지나지 않았다. 심지어 그 귀청이 찢어지는 듯한 소리의 고문에 수한은 순간적으로 온몸이 굳어질 정도. 이 광포한 살기와 기세. 이건 결코 단순한 마물의 것이 아니다. 그렇다면……?

"허걱! 설마?!"

정말 최악 중에 최악의 가정. 청 제국 최강의 은거고인인 팔선. 세상에 무서울 것 없다는 마교를 장백산맥이란 감옥에 가두고, 심지어 그중 한 명이 천하제일고수라 자처하는 수한과의 대결에서 압도적인 우위를 선보인 괴물들. 하지만 팔라스 연합엔 그들보다 한 수 위인 존재가 있었으니, 바로 신수 중의 신수, 드래곤(Dragon). 설마 지금 수한의 등 뒤에서 거친 숨소리를 내뿜는 거대한 존재가……?

카아아아아아아아아!

"으어어어억! 역시 이건……!"

단순한 포효에도 불구하고 전신이 찌릿찌릿해지는 충격.

수한은 감히 겁이 나 도저히 뒤를 돌아볼 용기가 나지 않았다. 단지 그 시선만으로도 이렇게 공포에 질리게 만드는 존재. 그 괴물들 말고 대체 또 누가 있겠는가?

하지만 뭔가 좀 이상하다?

'왠지 생각보다 좀 약한 것 같은데?'

등 뒤에서 느껴지는 살기는 확실히 대단했다. 지금껏 무서울 것 없던 수한을 잠시 동안이나마 두려움에 떨게 만들 정도로. 하지만 이전 그가 경험한 절대강자의 그것. 팔선 중 한 명인 곤륜검선이 내뿜던 음유하면서도 극강인 기세에 비하면 뭔가 부족한 감이 없지 않아 있다. 그렇다면 혹시……?

쓰윽!

조심스럽게 등 뒤를 돌아보는 수한. 그런 그의 두 눈엔 눈앞의 별식을 어떻게 삼킬지 고민하는, 어둠 속에서조차 빛나는 짙푸른 거체가 있었으니, 그 정체는 드래곤이 아닌 포이즌 드레이크.

"에계~ 뭐야? 고작 드레이크?"

기대했던(?) 드래곤이 아니라서일까? 순간 긴장이 탁 풀리는 수한. 적어도 드레이크라면 충분히 상대할 수 있다는 자신감이 넘친다. 하지만…….

카아아아아아아!

수한의 비웃음을 듣는 순간 장내를 뒤흔드는 드레이크의 포효. 일순 수한의 귀청을 찢을 듯 공기를 진동시키며 그를 압박한다. 거기다 수한을 노려보는 그 거체의 두 눈엔 이미 불똥이 튀고 있었으니……. 그것은 한계 레벨에 도달한, 신수가 되지 직전의 드레이크가 내뿜는 격렬한 분노의 표출.

역시 모든 화근의 원인은 사람의 입이다.

주위 공기를 심하게 요동치게 만드는 짙푸른 독기(毒氣). 드레이크의 입에서 급속도로 새어 나오는 그것은 이내 그의 거체를 감싸며 어둠을 뚫고 더욱 강한 청광을 내뿜는다. 역시 신수 전직을 코앞에 둔 마수답게 심상치 않은 모습. 그에 반해 수한은…….

"어라, 이것 봐라? 제법 무서운데?"

눈앞의 드레이크가 자신과 같은 레벨임을 모르는 탓에 자신감이 넘치다 못해 주체를 못하는 수한. 드레이크의 심상치 않은 기세에도 불구하고 여전히 상황 판단을 못한 채 히죽거리고 있다. 지금까지와는 달리 떼거지가 아닌 단일 개체가 등장했다는 사실에 보다 쉽게 상대할 수 있을 거라는 생각. 즉, 다굴이 아닌 일 대 일 대결이라면 누구라도 상대할 수 있다는 자신감이리라. 하지만 최종 보스가 괜히 최종 보스겠는가?

카아아아아아아!

쿠콰콰쾅!

"으억?!"

날개를 제외한 몸통만 거의 30미터에 달하는 거체. 비록 드래곤보다 작다곤 하지만 그 거대한 체구에서 나온 힘이 평범할 리 없다. 천지가 떠나갈 듯한 노호성과 함께 단 일격에 수한이 매달린 암벽을 무너뜨리는 드레이크. 지금까지 수한의 몸만 노리던 잔챙이(?)와는 달리 그 스케일조차 다르다. 이에 수한이 할 수 있는 거라곤 두 손을 잽싸게 놀려 그 자리를 후닥닥 피하는 것뿐. 그러나 이미 수한의 중얼거림에 자존심에 심대한 타격을 입은 드레이크는 그런 그를 집요하게 공격했으니…….

콰쾅!

쿠쿠쿵!

"으억?! 이거 장난이 아니네?!"

수한이 피하는 족족 몸통 박치기 내지, 손발을 뻗어 그 주위를 초토화시키는 드레이크. 덕분에 절벽의 일각은 완전히 무너져 내려 수한의 운신 범위는 더욱 좁아질 수밖에 없다. 결국 필생바퀴벌레류 벽호공까지 운용하며 양손을 더욱 바삐 놀릴 수밖에 없는 수한. 하지만 상대의 덩치가 워낙 크고 파상공세를 펼치는지라 상황은 갈수록 악화일로다.

콰콰콰쾅!

"으다다다다~ 이거 잘못하다간……!"

절벽에 매달린 채 온갖 주접을 떨어가며 드레이크의 공격을 아슬아슬하게 피하기만 하는 수한. 지금까지의 당당함과는 달리 너무 초라하고 불쌍하기까지 한 모습이다. 하지만 그라고 이렇게 마냥 피하고만 싶겠는가? 생각 같아서야 장력을 내갈기든 장환을 떨치든 공격을 하고 싶지만 상대가 원체 공격할 틈새를 주지 않는 데다가 자칫 실수라도 했다간 수 차례 누렸던 추락의 묘미를 재차 만끽할 게 뻔할 터.

"칫, 발만 제대로 디딜 수 있으면……."

양손이 봉인당했다는 사실이 너무 불만스러운 나머지 도주하는 와중에도 연신 투덜거리는 수한. 마치 자신이 마음만 먹으면 드레이크를 단숨에 때려잡을 수 있지만 상황이 여의치 않아 도망간다는 식의 짜증이 철철 넘친다. 하지만 지금의 상황에 짜증 난 것은 수한 혼자만이 아니었다.

쿠오오오오오!

"으억?! 이번엔 또 뭐냐?!"

빨빨거리는 바퀴벌레를 뒤쫓을 때 사람들이 느끼는 격한 감정이 이러할까? 수한의 잽싼 몸놀림에 더욱 화가 치민 드레이크. 이제 더 이상 참을 수 없다는 듯 재차 노호성을 터뜨리며 자신의 필살기를 드러냈다.

후우우~ 파아아아아악!

"아악?! 이건?!"

숨을 크게 한번 들이쉬더니 무언인가를 거칠게 내뿜는 드레이크. 아직 어둠이 간도는 새벽임에도 불구하고 수한의 두 눈을 찌를 듯 시퍼렇게 빛나는 그것은 일순간에 그를 비롯한 주위 50여 미터를 뒤덮었다. 그 정체는 포이즌 드레이크의 이름에 걸맞은 지독한 독무(毒霧).

푸시시식!

경도가 낮은 일부 지반을 그대로 녹여 버리기까지 한 극독의 운무. 비록 그린 그래곤의 산성 브레스에 비할 바는 아니지만 웬만한 절정고수라도 일순간에 회색으로 물들일 것 같은 위력이다. 그러나 수한이 누구던가? 이젠 설명하기조차 지겹지만 정통 무협지에서 마지막 석 장 남았을 때나 등장하는 악의 최종 보스 급 같은 존재가 바로 수한이다.

"이게 더럽게스리 트림을……."

독무가 바람에 사그라지자 조금의 타격도 입지 않은 듯 멀쩡히 등장하는 수한. 심지어 암석조차 녹여 버리는 독성 숨결을 단지 트림이라며 비웃기까지 한다. 하긴 그의 먼치킨 능력치를 고려한건대 백독불침(百毒不侵)이 옵션으로 붙은 건 지극히 당연한 일일 터. 최강의 독이라는 무형지독(無形之毒)이나 절정독인의 독강(毒罡)이 아닌 한 수한에게 중독이란 단어는 그저 머나먼 별나라 이야기인 것이다.

크릉?

기껏 필살기를 펼쳤건만 상대가 아무런 이상이 없자 크게 당황한 드레이크. 상대가 자신의 필살기에 완벽한 면역 체계(?)를 갖춘 존재인 것을 몰라 혹 자신의 건강 상태에 무슨 이상이 있는지 걱정한다. 그리고 그렇게 당황함으로 인해 수한을 몰아붙이던 파상공세는 자동적으로 중지. 그사이 수한은 마침내 정상에 올라섰으니…….

"크크크크, 좋아!! 이제 제대로 상대해 주마!!"

두 발로 지면을 딛고 서는 순간 수한의 자신감은 이미 풀업 상태. 비록 체력과 MP가 거의 바닥을 드러냈다곤 하지만 아직 장환을 비롯한 몇몇 큰 스킬을 쓸 여유는 있었고, 그것에 대한 믿음 역시 굳건하다. 때문에 수한은 몇 초 후 자신이 드레이크의 시체 위에서 앙천광소를 터뜨릴 것이라는 사실을 조금도 믿어 의심치 않았다.

우우우우웅!

공기를 진동시키는 벌 떼 우는 소리와 함께 수한의 양손에 생성되는 크기 1미터짜리 장환. 마치 피에 굶주린 듯 울부짖는 그 빛의 원반은 웬만한 절정고수조차 방비할 수 없는 최상승의 절기. 그리고 그렇게 장환이 형성되자 그것에 발맞추듯 절벽 위로 재차 등장하는 짙푸른 거체.

쿠오오오오오!

펄럭펄럭!

"크크크크크! 자자, 어서 오너라!"

천지를 요동치게 만드는 표효성과 거친 날갯짓 소리로 자신의 존재를 재차 어필하지만 방금 전 일이 영 꺼림칙한지 드레이크는 조금은 조심스럽게 수한에게 접근한다. 이에 음흉맞은 괴소를 터뜨리며 두 개의 장환을 드레이크에게 겨루는 수한. 그리고 어느 순간,

우우우웅!

목표가 어느 정도 사정거리에 들어왔다고 판단해서일까? 두 손을 힘차게 떨치며 장환을 드레이크에게 날리는 수한. 이 일격에 상대가 사망하든 큰 치명상을 입든 승부가 났다는 식의 자신만만함이 그의 얼굴에 만발했다. 하지만 여기서 최종 보스가 어이없이 죽는다면 그것 역시 나름대로 문제가 있는 일. 때문에 수한의 예상과 전혀 동떨어진 광경이 장내에 펼쳐졌다.

티티팅!

두껍고 큰 철판에다 100원짜리 동전을 던진 듯 드레이크의 몸에서 맥없이 튕겨져 나가는 장환들. 지금까지 일격에 상대를 두 동강 내던 그 예리하던 절삭력이 너무나 무력해 보이는 순간이다. 이에 기껏 승리의 포즈(?)를 취하던 수한으로선 기겁할 수밖에.

"엥? 이게 뭐야?"

눈앞에 벌어진 일을 도저히 믿을 수 없다는 듯 입을 쩍 벌린 채 일시지간 멍하니 있는 수한. 하긴 지금껏 거의 무적을 자랑하던 장환이 고작(?) 드레이크의 가죽을 뚫지 못했으니 그런 반응이야 당연한 일일 터. 하지만 방금 전 드레이크가 그랬든 스스로의 건강 상태를 재검검하거나 마냥 현실을 부인하기엔 그를 향해 돌진하는 30미터짜리 거구를 도저히 무시할 수 없다.

쿠오오오오오!

두두두두두!

"젠장, 생각보다 거물이란 건가?"

방금 전 공격에 더욱 흥성이 폭발했는지 허공에서 날개까지 접고 내려와 저돌적으로 수한에게 달려드는 드레이크. 그 흥흥한 기세에 눈치없는 수한도 슬슬 상황의 심각성을 깨달았다. 믿었던 장환조차 어이없이 파훼하는 괴물을 상대로 본신 능력의 50%도 채 발휘할 수 있을지 자신할 수 없는, 즉 절체절명의 위기에서 한 등급(?) 모자란 상황인 것이다.

한편 수한이 그렇게 어리버리 갈피를 못 잡고 있을 때 드레이크의 입장에선 지금의 상황을 어떻게 생각하고 있을까? 비록 겉으론 멀쩡해 보이지만 방금 전 장환 공격에 속으로 눈물을 찔끔했던 드레이크. 역시 수한은 수한(?)이란 건가?

그 엄청난 데미지에 경악하고 동시에 자신의 필살기가 먹히지 않았다는 사실을 재차 상기한 드레이크는 수한에 대해 한층 더 경각심을 가지게 되었다. 거기다 방금 전에야 내부의 독기를 몸 외부를 둘러쳐 호신강기 비스무리한 것으로 위기를 모면했다지만 그것을 언제까지 유지할 순 없는 일. 때문에 속전속결을 결심하며 더욱 거세게 수한에게 달려드는 드레이크. 이에 더 더욱 난감무쌍해진 건 수한이다.

크와아아아아아앙!

콰콰쾅!

"칫, 이러면 정말 대책이 없는데……."

그나마 두 발을 지면에 디딜 수 있다는 게 다행일까? 이제 표효성조차 한층 업그레이드된 드레이크의 공세를 신법으로 피하며 수한은 고민을 거듭했다. 그가 지닌 가장 강한 스킬이 어이없이 막히자 뚜렷이 상대를 공략할 방법이 없는 탓이다. 아니, 솔직히 말해 계속 장환을 날린다면 제아무리 통뼈라 할지라도 드레이크를 잡는 것이야 여반장일 터. 다만 현재 수한에겐 그 정도의 MP량 여유가 없다는 게 문제였다.

'어디 보자. MP가 대충 1,000정도 남았다 치고… 이거면 장환 같은 큰 기술은 대여섯 번 쓰면 땡인데… 그거 갖고 저 덩치를 잡을 수 있으려나? 아니지. 그보다 이렇게 신법을 쓰는 것도 길게 잡아봐야 한 시간이 한계인데… 이거 미치겠군. 이럴 줄 알았으면 중간 지점에서 운기조식이라도 할 걸.'

무한 MP통을 과신해 지금과 같이 어려운 상황을 자초한 10분 전의 자신을 원망하는 수한. 하지만 속으로 아무리 머릴 쥐어뜯는다 해도 과거로 되돌아갈 수 없는 일이기에 이내 지금 상황을 타계할 대책에 골몰한다.

'그냥 도망갈까? 아니지. 절벽 위에서 도망가 봤자 날개까지 달린 놈에서 무슨 수로 도망가랴. 그럼 얼마 전 얻은 궁극기를? 아니지. 지금 MP론 시전하자마자 오링이야. 그럼 역시 '그걸' 쓸까? 아니, 남자가 자존심이 있지. 어떻게 그걸……. 아, 빌어먹을, 정말 대책이 없네.'

중구난방으로 떠오르는 생각의 혼재 속에 더욱 머릴 쥐어
뜯을 수밖에 없는 수한. 그러다 우연히 드레이크의 헛발질에
절벽이 무너지는 장면을 목격하고 스스로 머리를 친다.

콰콰쾅!

"아, 그래!! 바로 저거야!!"

일반인이 만약 그와 같은 광경을 봤다면 그런 어마어마한
일을 해내는 거대 마수의 순수 근력에 그저 경악해 마지않을
것이다. 하지만 일반인(?)이 아닌 수한에게 그것은 자신이 가
진 장점을 새삼 자각하게 만드는 계기가 되었으니……

"크크크, 좋아. 가끔 무식한 것도 좋은 방법이 될 수 있지."

자신을 향해 재차 돌진하는 드레이크를 여유롭게 바라보
며 천천히 손발을 풀기 시작하는 수한. 그러다 드레이크의 맹
렬 돌진을 슬쩍 피하더니 신법을 운용하여 드레이크의 몸 위
에 올라선다. 그리고,

크릉?!

퍼어억!

드레이크가 자신의 몸에 올라탄 수한에게 당황하며 고개
를 돌리려는 찰나 그 머리통을 냅다 후려갈기는 수한. 일견
서로 간의 엄청난 덩치 차로 인해 가소롭다 못해 허파가 간질
거릴 것 같은 광경이다. 하지만 그 결과는? 그 반대쪽으로 부
러질 듯 돌아가는 드레이크의 머리와 요란 법석 땅바닥에 나
뒹구는 거체.

쿠쿠쿠쿠쿵!

"크카카카카카! 역시 통하는군. 역시 남자는 힘이야."

해롱거리는 드레이크의 모습에 앙천광소를 터뜨리는 수한. 지금까지 최상급 스킬 운용만을 부각시켜 왔지만 정작 그가 가진 가장 큰 장점이 무엇이던가? '남자는 힘이다' 라는 신념 하에 거의 대부분의 보너스 스탯을 투자한 근력이다.

덕분에 그의 근력 수치는 드레이크를 넘어 드래곤의 그것과도 비견될 수준. 비록 강환조차 무력화시키는 상대의 방어력 탓에 큰 데미지는 주지 못하겠지만 그 먼치킨 근력으로 계속 두들겨 팬다면?

"크크크크, 좋아. 신법을 운용할 수 있는 건 앞으로 한 시간. 설마 그동안 크리티컬 한번 안 터지겠어? 크크크."

아직도 비틀거리는 드레이크를 바라보며 수한은 자신의 가냘픈(?) 주먹을 매만지기 시작했다.

"후우~ 이제 끝인가?"

장시간 노동의 결과물인 이마에 흐르는 땀을 닦으며 수한은 숙였던 허리를 폈다. 세상에 다시없는 보람찬 일을 한 것 같이 뿌듯한 미소를 지으며. 그리고 그런 그의 뒤엔 서서히 회색으로 물들어가는 거대한 물체, 아니, 포이즌 드레이크가 있었다.

"에휴~ 어떻게 된 게 그렇게 두들겼는데 크리티컬 한번 안 터지냐? 역시 일부 특정 몹에겐 크리티컬이란 개념이 없다는 게 사실인가? 뭐, 덕분에 스트레스는 확실히 풀었다만…… 크크크크."

뭔가 섬뜩한 안광을 빛내며 연신 키득거리는 수한. 순간 회색으로 물든 드레이크조차 움찔하는 듯 보인다.

초당 10단 연속 콤보에 장장 한 시간에 걸친 무한 연타. 어디 그뿐이랴. 단순 무식이 최고라는 신념 하에 드레이크의 뒤통수에 찰싹 붙어 한 군데만 집중적으로 두들겼으니 그저 드레이크가 불쌍할 따름이다. 하지만 그것만으로는 그의 욕망(?)을 다 채울 수 없다는 걸까?

"칫, 제법 거물을 잡았는데 잡템조차 없냐?"

서서히 소멸하는 드레이크의 시체를 뒤적이며 입을 삐쭉 내미는 수한. 그만큼 샌드백으로 활용하고도 아이템에 대한 집착은 가히 두려울 지경이다. 하지만 같은 속성의 몹을 잡을 경우 아이템 드랍율은 그야말로 극악. 다시 말해 마 속성─그 속성을 지닌 것 자체가 하나의 마물이란 의미─을 지닌 수한으로선 백날 이런 짓을 해봐야 소용없을 터. 뭐, 대신 과거 정파 NPC 사냥을 했을 땐 제법 짭짤한 수익을 올렸으니 그리 억울할 건 없다. 그러나,

"후우~ 겨우 이건가? 뭐, 상관없지. 어차피 그곳에 도착하면 난 부자가 될 테니……."

끝끝내 미련을 버리지 못한 채 아직 어둑한 새벽 어둠 속에

서 바닥을 샅샅이 뒤져 간신히 뼈 한 조각을 집어 든 수한. 그러고도 아쉬운 마음에 계속 바닥을 힐끔거리며 아이템에 대한 무서운 집착을 드러낸다. 하지만 어쩌랴. 없는 걸 만들 수도 없는 노릇. 결국 포기하고 바닥에서 일어서는 수한. 그런데 바로 그때,

"이야~ 이거 멋진데?"

지평선 저 너머에서 서서히 떠오르는 여명. 고도 1,000미터 절벽 위에서 바라보는 일출은 그야말로 장관이 아닐 수 없었다. 거기다 아침의 빛이 새벽의 어둠을 밀어내자 그 모습을 뚜렷이 드러내는 드넓게 펼쳐진 푸른 수해. 그것은 마치 수한의 영혼을 뒤흔드는 듯한 충격 그 자체.

"아아~ 이건……!"

현실에서조차 느껴보지 못한 감동, 그리고 자신이 이렇게 높은 곳을 정복했다는 만족감, 거기에 앞으로 밝은 미래에 대한 기대. 순간, 수한의 마음 깊숙한 곳에서 뜨거운 열기가 솟구쳐 올랐다. 그 탓일까? 평상시 감히 생각지도 못한, 그야말로 간이 배 밖으로 나온 듯한 생각이 충동적으로 떠올랐으니…….

'그래, 지금이 아니면 언제 하리?!'

수한은 결코 자신의 감정을 속일 생각이 없었다. 특히 지금과 같이 다른 사람의 이목을 신경 쓸 필요가 없을 땐 더 더욱. 때문에 수한은 절벽 아래 펼쳐진 저 드넓은 수해의 물결을 향

해 힘차게 소리쳤다.

"으아아아아! 수영 누나 바보!! 수진 누나 변태!!"

바보보보보보~ 변태태태태~

*   *   *

가슴속 깊이 웅어리진 한 맺힌 고함 소리는 메아리가 되어 장백산맥 전체를 들썩였다. 그리고 그 모든 광경을 모니터를 통해 지켜보는 두 쌍의 눈.

"교육으로는 부족할 것 같은데? 역시 교육보다는 조. 련. 쪽이……."

"이히히히, 잘됐네. 이번에 새로 구입한 장비(?)를 언제 쓸까 고민했었는데……."

잠시 잠깐의 충동이 큰 빌미를 제공하는 순간. 하지만 그 사실을 모르는 수한은 그저 가슴속 겹겹이 쌓인 한을 일부나마 해소했다는 사실에 기쁠 따름이다. 자신의 미래에 닥칠 크나큰 재앙을 조금도 눈치 채지 못한 채.

Chapter 3

절대자를 만나다

바보보보보보~ 변태태태태태~

원망과 한이 절절이 배어 있는 그 누군가의 메아리. 그것은 드래곤 산맥 전체를 울려 퍼져 수많은 마물을 깜짝 놀라게 만들었다. 마치 산 정상에서 호연지기를 평계 삼아 지른 야호 소리에 산짐승들을 기겁하게 만들 듯이. 그리고 그것은 드래곤 산맥의 정 중앙에 자리 잡은 '절대자'의 심기를 거슬리기에 충분했다.

―드디어 온 건가, '구원자'가? 하지만 감히 이따위 소음 따위로 날 깨우다니… 역시 조금 손을 봐줘야겠군.

쿠쿠쿠쿠쿵!

냉정하기 그지없는 소리의 진동, 그리고 그와 함께 서서히 자리에서 일어서는 초 거체. 그것은 수한이 상대했던 포이즌 드레이크에 무려 열 배 이상의 크기였고, 그 내부에 잠재된 힘은 그것조차 능가하는 절대 거력이었다. 거기다,

쿠와아아아아아아아!

내부에 잠재된 힘을 주체 못해 내지르는 강렬한 울부짖음. 비록 그 본인에겐 단순한 하품에 지나지 않지만 드래곤 산맥 전체를 절대적 공포에 빠뜨리기에 충분했다. 그리고 그 울부 짖음에 실린 권능에 따라 서서히 한곳으로 이동하기 시작하는 산맥의 모든 마물들. 그들이 모이는 그곳은 바로……

*   *   *

청 제국은 어디까지 인간끼리의, 혹은 인간형 NPC와의 대전을 중심으로 둔 지역이다. 때문에 몇몇 거대 산맥과 일부 명당 자리에 서식하는 영수와 마수를 제외하곤 뚜렷이 강한 몬스터가 없는 게 특징. 그 탓에 일부 고렙의 유저들은 레벨 업을 목적으로 NPC를 사냥하는 '피에 굶주린 사파 고수'가 되기도 했다.

그에 반해 팔라스 연합 측은 애초부터 인간과 몬스터와의 대결에 중점을 둔 판타지 세상. 청 제국에서처럼 NPC 사냥을 하지 않더라도 곳곳에 넘쳐 나는 게 오크 같은 하급 마물, 몬

스터들이었고, 심지어 전체 지역의 40% 이상이 지나치게 강한 몬스터로 인해 금지구역이 되었다. 그러니 그 금지구역의 대표적인 예인 드래곤 산맥엔 얼마나 많은 몬스터들이 있겠는가? 트롤과 오우거는 기본이요, 거대 곤충류 몬스터와 같이 아예 떼를 지으며 다굴의 진수를 보이는 것까지 존재했다. 하지만 그런 사실을 이미 충분히 인식하고 그곳에 진입한 그 누군가에는 하등 문제가 될 게 없었으니…….

파파파팡!

쿠에에엑! 케에에엑!

하늘을 뒤덮을 듯 수놓는 무수한 손 그림자들, 그리고 그것에 일일이 격타당해 비명을 내지르는 수십 마리의 블랙 앤트. 수한은 그 비명과 고통의 가운데에서 고통스러워하는 그들을 오만한 표정으로 내려다보았다. 거기에 그만의 특이한 괴소는 당연한 옵션(?).

"크카카카! 이거 너무 좋은데? 마음껏 날뛰어도 전혀 문제될 게 없잖아?"

절벽에서 호연지기를 마음껏 느낀 탓일까, 아니면 가슴속의 한을 일부 해소해서일까? 한층 더 강화된 다크 오라를 내뿜으며 마교주로서의 위엄을 뽐내는 수한. 이미 그의 뒤엔 수많은 몬스터의 시체들로 작은 동산을 이룬 상태였지만 그는 아직도 살육의 묘미에 기꺼워하며 연신 '부족해'를 연발한다. 그러나 그런 수한의 무시무시함을 알기엔 지능이 너무 낮아서일까?

사각사각!

"호오? 아직 더 있었나? 좋아, 아주 뽕을 뽑아주지!"

그 모습만 거대 개미의 형상이 아니라 그 습성조차 개미의 그것과 동일한 블랙 앤트. 정찰대가 전멸하자 이내 본대가 접근해 수한을 위협한다. 비록 적이 강하긴 하지만 자신들의 숫자가 훨씬 많다는 판단이리라. 그러나,

사사삭!

"크크크크! 자자, 어서 오너라!"

방금 전 정찰대보다 더욱 강화된, 그리고 훨씬 많은 수의 블랙 앤트. 하지만 그들을 바라보는 수한의 눈엔 그들이 그저 작디작고 하찮은 개미처럼 보일 따름. 당연한 말이겠지만 이후 장내에 펼쳐진 건 일방적인 대살육극이다.

"크카카카카카카카카카!"

콰콰콰쾅!

케에에에엑!

*　　　　*　　　　*

마물들의 피를 뒤집어쓴 채 광소를 터뜨리는 한 마리의 악귀, 그리고 그에 동조라도 하듯 처절하게 울부짖는 마물들의 비명성. 마치 인세에 펼쳐진 지옥과도 같은 광경이 아닐 수

없다. 그리고 그와 같은 잔혹극을 모니터로 통해 바라보는 몇몇 인영.

"저, 저게 뭡니까? 저 사람 정말 유저가 맞습니까? 저거 완전히 밸런스 파괴잖아요?"

레벨 250이 넘는 마물 수십여 마리를 일순간에 회색으로 물들이는 모습에 경악해 마지않는 사람들. 수영의 존재를 잘 모르는 4운영팀의 신입들로선 당연한 반응들이다. 하지만 그런 그들의 격한 반응에 옆에 있던 부팀장 최강준으로선 순간 웃음보를 터뜨릴 뻔했다. 비록 그 자신도 처음 수한을 봤을 땐 '필멸자'란 존재가 가진 사기적인 능력에 기겁했지만 옆에서 두 눈을 부릅뜬 채 침을 질질 흘리는 모습을 보니 왠지 골려주고 싶다는 생각이 드는 건 어쩔 수 없는 일.

"쯧쯧, 고.작. 이 정도 일에 그렇게 놀라면 쓰나? 이보다 더 대단한 것도 볼 텐데……. 예를 들어 '더 웹'의 경우엔……."

개구리, 올챙이 적 생각 못한다는 말의 표본 같다. 어디의 누구 앞에선 그저 발발 떨기만 하던 주제에 신입들 앞에선 은근히 잘난 척을 하는 최강준. 당연한 말이겠지만 그에 대한 응징은 가차없었다.

"최. 부.팀.장, 애들(?) 데리고 대체 지금 뭐 하는 거지?"

"으헉?! 팀장님?"

4운영팀의 팀장인 수영. 냉염마녀라고도 불리는 그녀의 등장에 최강준은 순식간에 얼어붙었다. 하긴 운영팀 내 최고 일급 비밀이라고 할 수 있는 '큐티 이'의 존재를 허락없이 신참들에게 내보였으니……. 이후 어떤 일을 당할지는 그야말로 예측 불허.

"아, 저… 이것은 어디까지 사전 교육 차원에서……."

"2개월 감봉에 일주일 화장실 청소, 그리고 하루는 수진에게 봉.사.할 것."

"크아아악! 제발 그것만은……!"

최강준이 주절주절 변명 섞인 말을 꺼내려는 찰나, 가차없이 중징계(?)를 내리는 수영. 이에 최강준은 눈물을 질질 흘리며 수영의 발에 덥석 매달린다.

물론 그가 두려워하는 것이 무엇인지는 명약관화한 일. 적어도 최강준은 모니터 상에서 수한이 왜 저렇게 날뛰는지 그 진정한 이유를 알고 있었다. 하지만 한번 내린 지시는 절대 주워 담지 않는 수영의 성격을 고려할 때 그가 겪을 모종의 행사(?)는 이미 불변의 진리. 결국 최강준은 자신의 운명을 받아들이며 축 늘어졌다. 그리고 그런 최강준의 모습에 섬뜩하면서도 기묘한 미소를 짓는 수영.

'아~ 이 재미에 내가 일을 한다니까.'

뭔가 아주 잘못된 재미에 도취된 그녀. 하지만 그런 수영도 모니터로 얼굴을 돌리는 순간 표정이 급변해야 했으니…….

"어라? 왜 수한이 블랙 앤트를 상대하고 있는 거지? 블랙 앤트 구역은 지금의 위치 정반대 쪽에 있을 텐데?"

"에? 그리고 보니⋯⋯."

웅성웅성.

수영의 지적에 그제야 뭔가 이상한 낌새를 눈치 챈 사람들. 최강준의 촌극에 웃음 짓던 그들은 부랴부랴 상황 파악에 들어갔다. 그리고 잠시 뒤, 수한이 지금껏 상대한 몬스터의 종류와 그 수를 기초로 한 분석에선⋯⋯.

탕!

"설마?!"

도저히 믿을 수 없는 보고에 자리를 박차고 일어선 수영. 그녀는 황급히 모니터로 다가가 수한의 현 위치를 재확인하기 시작했다. 그리고 이내 절망감에 휩싸여 털썩 주저앉고 말았다.

지금까지의 변수 중 가장 크게 신경 썼던 부분. 그 어떤 일보다도 최우선적으로 파악했던 사실이 애초부터 오류가 있었다?

"왜 수한이 저기에 있는 거지?! 분명 루나가 준 자료에 의하면 '그것' 은 지금쯤 수면기에 접어들을 텐데?! 왜 어째서?!"

시퍼런 광기마저 느껴지는 수영의 고함 소리. 거기엔 도저히 헤어나올 수 없는 절망과 좌절이 서려 있었다.

*　　　　*　　　　*

그들은 강자였다. 드넓은 드래곤 산맥을 휘젓고 다니며 자신들의 흉성을 마음껏 드러내는 진정한 강자. 억센 팔다리는 강철조차 튕겨냈고, 얼굴 대부분을 장악한 이빨은 금강석에 비견될 정도로 강인한 그들. 사람들은 그들을 몬스터라 부르며 더없는 공포의 대상으로 여겼다.

하지만 지금은 회색으로 물든 채 차곡차곡 포개진 불쌍한 신세. 그리고 그렇게 몬스터들의 시체들로 이루어진 동산 옆에 한 명의 인영이 서 있었으니⋯⋯. 당연한 이야기겠지만 그 인영의 정체는 수한이다.

"으샤~ 좋아, 또 한 건!"

몬스터 시체들 사이에서 더듬이 하나를 주워 든 수한. 환호성을 지르며 온갖 오두방정을 다 떤다. 하긴, 속성 특징상 마물을 잡을 경우, 아이템 드랍율이 극악 중에 극악인 그에게 이런 자잘한 득템이야말로 큰 즐거움일 터(그렇게 많이 때려잡았으니 그 정도야 당연한 결과겠지만). 특히 현실에서의 족쇄 같은 빚을 생각한다면 그런 잡템조차 더없이 소중할 수밖에 없다.

"에~ 어디 보자. 개미 더듬이 다섯 개에 비늘이 여섯 개, 어금니가 두 개고, 아차! 발톱도 있었지? 이거 이번에도 수입이 짭짤한데? 이러다가 행랑창 공간이 부족하겠어. 룰루루~"

방금 전의 살육으로 얻은―대체 무슨 쓸모가 있는지 알 수도 없는—아이템들을 눈앞에 늘어놓은 채 희희낙락의 극치를 보이는 수한. 심지어 팔라스 연합 여정을 잠시 늦추는 것까지 고려할 정도로 득템의 즐거움에 빠진 상태다. 하긴 요즘 들어 이렇게 스트레스를 해소한 적이 없었으니⋯⋯.

하지만 좋은 일에 마(魔)가 낀다는 건, 특히 수한의 경우엔 거의 불변의 진리와도 같은 일. 너무나 당연하게도(?) 수한의 음정, 박자 엉망인 흥얼거림을 단숨에 쫓아내는 청아한 외침이 있었다.

"헬 파이어(Hell Fire)!"

휘이이이잉!

콰콰콰콰쾅!

"으아아아악!! 안 돼!!"

어디선가 날아온 화염구에 일순간에 날아가 버린 아이템들. 괜히 정리한답시고 앞에다 늘어놓은 게 실수였다. 덕분에 눈앞에 형성된 큰 불구덩이 앞에서 망연자실, 혹은 암담 모드로 급격히 상태 전환된 수한. 그러나 이내 이 일의 원흉이 있음을 깨닫고 불같이 일어선다.

"크아아아아아! 누구냐?! 대체 어떤 놈이?!"

생살을 저미는 듯한 아픔이 이러할까, 아니면 떨어지는 촛농에⋯ 아니, 이건 아니다. 어쨌든 크나큰 분노에 휩싸여 자신의 화풀이 대상, 정확히 말하면 귀중한 아이템들을 통째로 날려 버린 원흉을 찾아 두리번거리는 수한. 그리고 그런 그의 앞에 모습을 드러내는 한 명의 인영.

"크아아아아! 너냐?! 네놈이 감… 엥?"

지옥의 염화같이 활활 타오르던 뜨거운 분노. 하지만 정작 그 원흉, 아니, 그 원흉으로 짐작되는 존재를 바라보는 순간 그 불길 같던 분노는 피식 꺼져 버렸다. 그리고 그 격렬한 감정을 대신해 수한의 뇌리를 장악한 건 황당함이었으니…….

"허허허허… 코… 스프레인가?"

화려하지 않은, 아니, 지나치게 심플한, 그렇지만 그 나름대로 중후한 품격을 지니면서 뭔가 여성틱한 복장. 쉽게 말해 모 특정 애니의 등장인물을 연상시키는 여성용 군인 정복이었다. 그리고 그런 복장을 한 십대 초, 중반으로 보이는 어린 소녀. 그것이 바로 수한의 눈앞에 등장한 존재의 겉.모.습.이었다.

"역시 판타지 세상이라는 건가? 서서히 서양 문물(?)을 느낄 수… 아니지. 이게 아니지."

현 상황을 나름대로 이해(?)하며 잠시 현실 도피를 꾀하려던 수한. 그러나 이내 제정신을 차리고 눈앞의 소녀, 아니, 정체불명의 존.재.를 노려보기 시작했다.

이런 외진 곳에 어린 소녀가, 그것도 온갖 몬스터들이 난무하는 한복판에서 먼지 하나 묻지 않은 코스프레 복장─솔직히 그 복장에서 정신적 데미지가 너무 컸다─으로 서 있다? 그것은 도저히 상식적으로 말도 안 되는 일. 분명 상대는 인간의 형

상을 한, 혹은 인간의 경지를 뛰어넘은 특별한 존재임이 분명
했다. 그리고 그 결정적인 증거가 지금 이 순간 수한이 느끼
는 압박감.

그렇다. 분명 그 일부만이 드러났음에도 전신에 소름을 돋
게 만드는 절대적 거력의 잔재. 이건 설마…….

"이… 거… 아무래도 정말 된통 걸린 것 같은데……."

'NEW WORLD'를 청 제국과 팔라스 연합으로 분단한 지
형적 거대 장벽 드래곤 산맥(혹은 장백산맥). 험한 산세와 무
수한 몬스터들의 존재로 인해 그 누구의 침입도 허용하지 않
는 절대 금지지역. 하지만 단지 그런 장애뿐이라면 이미 예전
에 무수한 탐험가들의 손에 의해 함락되었을 터. 그들을 막는
진정한 장애는 정작 따로 있었던 것이다.

피와 폭력을 숭상하며 그 스스로의 무력만을 최고 가치로
치는, 모든 청 제국인들이 두려워 마지않는 극악 마인들의 집
단. 일명 마교(魔敎)로까지 불리는 묵천마신교의 본단. 그것
이 바로 장백산맥의 정 중앙에 위치해 있었다. 자연 청 제국
측 사람들 중 정신이 온전한 사람이 그런 곳에 갈 리 만무. 그
렇다면 팔라스 연합 측의 드래곤 산맥은?

장백산맥보다 월등히 많은 수의 몬스터와 두 배가량 넓은
거친 산세. 그것은 어디까지나 부록이다. 드래곤 산맥의 출입
을 막는 것은 오직 단 하나. 레벨 300대 절정고수들만 해도
일만에 달한다는 제국제일세 묵천마신교에 필적하는, 아니,

능가한다고 알려진 단일 개체. 바로 카오틱 드래곤이라 불리는 절대자가 그 장애물이었다.

바로 지금 수한의 눈에 어린 소녀의 형상을 한 존재가 말이다.

"대단하군. 설마 이렇게까지 대단할 줄 몰랐어. 기껏 시험한다고 준비해 둔 마물들을 일거에 처리할 줄이야……."

고저가 없는 냉혹한, 하지만 더없이 맑고 투명하여 듣는 사람의 기분까지 상쾌하게 만드는 음성. 그 목소리의 주인인 소녀는 수한이 이룬 시체들의 산을 바라보며 차분히 감탄성을 토했다. 그리고 이내 천천히 수한을 향해 고개를 돌리며 말을 잇는 소녀, 아니, 소녀의 형상을 한 절대 존재.

"하지만 아직 시험이 끝난 게 아니야. 매직 미사일!"

피피피피핑!

"칫, 빌어먹을……."

카오틱 드래곤의 말이 끝나기가 무섭게 수한을 행해 쇄도하는 수백, 수천 개의 빛줄기. 수한은 자신도 모르게 혀를 차며 몸을 날릴 수밖에 없었다. 하지만…….

피피피피핑!

"큭, 이거 유도미사일(?)이었냐?"

피하기가 무섭게 수한을 뒤쫓는 빛줄기. 거기다 시간이 지남에 따라 빛줄기의 수는 점차 많아지더니 더 더욱 그를 압박하기 시작한다. 결국 단순한 회피만으론 도저히 견뎌낼 재간이 없는 상황.

"좋아, 이렇게 나온다면 나도 정면 승부다!!"

티티티티티팅!

초반부터 끌려 다니는 것을 막기 위해 일순간 반전해 양손을 떨치는 수한. 그러자 그의 정면엔 장막(掌幕)이 구현되어 빛줄기들을 튕겨내기 시작한다. 역시 대범위 방어 무공 중 최고의 방어력을 자랑하는 스킬답게 그를 완벽하게 보호하는 장막. 하지만 바로 그 순간 수한의 등 뒤에서 들리는 가슴 서늘한 음성.

"…늦었어. 헬 파이어!"

콰콰쾅!

지척에서 터진 강렬한 화염의 대폭발. 대인 공격 마법 중 최강이라는 헬 파이어의 위력이다. 그리고 그 광경을 보건대 제아무리 수한이 먼치킨을 부르짖더라도 절대 무사하지 못할 것 같아 보였으니…….

"…끝인가?"

헬 파이어의 여파로 사방으로 휘날리는 흙먼지와 불꽃 속에서 카오틱 드래곤은 작게 중얼거렸다. 몬스터들을 상대로 제법 선전하긴 했지만 역시 진정한 강자와의 대전 경험은 부족하다는 건가? 너무 쉽게 빈틈을 보여 결정타를 맞은 수한에게 카오틱 드래곤은 작은 실망감을 감추지 못했다. 하지만 그, 아니, 그녀가 지닌 성정상 이대로 확인도 없이 돌아갈 수

는 없는 일. 이내 그녀의 의지에 따라 장내를 감싸던 분진들은 일시에 사라진다. 그리고,

"응? 저건?"

분진들이 사라지며 서서히 드러나는 장내, 그 중심에 멀쩡히 서 있는 인영. 순간, 카오틱 드래곤은 약간이나마 놀라지 않을 수 없었다. 방금 전, 분명 헬 파이어가 수한의 몸을 강타했음을 그녀의 두 눈으로 똑똑히 보았건만 어찌 저리도 멀쩡할 수 있단 말인가? 그녀 자신조차 헬 파이어의 위력을 전혀 무시할 수 없다는 사실을 고려할 때 도저히 믿을 수 없는 일. 거기다 그 인영의 형상이 뭔가 이상하다.

"…잔상?"

그 뒤가 훤히 보일 정도로 흐릿하면서도 끊임없이 흔들거리는 모습. 그것은 마치 실체가 없는 유령이 대낮에 떠 있는 듯한 광경이었다. 그렇다면……?!

"설마……?"

"설마는 무슨 얼어 죽일 설마!!"

카오틱 드래곤이 잔상에서 눈을 떼어 주위의 기척을 느낄 찰나, 등 뒤에서 들리는 벽력성과 같은 고함 소리. 이에 일시간 당황해 황급히 등을 돌리자 그녀를 향해 수천여 개의 장영이 물밀듯이 덮친다.

헬 파이어가 터지기 직전 이형환위에 의한 회피, 그리고 잔상이 유지되는 사이 그녀가 그랬듯 역시 등 뒤를 장악한 수

한. 방금 전 그녀의 공격에 대한 보복이라는 듯 전력을 다해 장력을 내갈겼다. 그러나,

"역시 늦어! 앱설루트 실드(Absolute Shield)!"

티티티티티티티티티팅!

그 찰나의 당황이 거짓말이라는 듯, 혹은 그 본인이 가진 절대적 권능을 나타내기라도 하듯 순간적으로 절대 방어 마법을 구현하는 카오틱 드래곤. 덕분에 수한 나름대로 회심에 찬 공격은 일순간에 무위로 돌아간다. 역시 이름값을 한다는 걸까? 결국 상황은 장군 멍군.

"칫, 그럼 할 수 없지."

우우우우우웅!

자신의 공격이 반투명한 막에 막히자 수한은 장력을 갈기다 말고 장환을 운용하기 시작했다. 장력에 비해 무려 몇 배나 공격력이 높은, 그의 먼치킨 본신 공격력을 일곱 배나 뻥튀기 하는 장환. 이 정도라면 충분히 저 방어막을 깨뜨릴 수 있으리라. 하지만 상대는 그 찰나의 운용 시간조차 용납하지 않는 절대강자.

"블링크(Blink)! 파이어 볼(Fire Ball)! 윈드 커터(Wind Cutter)! 아이스 블래스트(Ice Blast)! 라이트닝(Lightning)!"

공간 이동 마법인 블링크를 통해 새차 수한의 등 뒤를 상악한 카오틱 드래곤. 그리고 순식간에 구현되어지는 화(火), 풍(風), 수(水), 전(電)계의 연속 마법 공격. 비록 그 하나하나

는 고위급 마법이 아니라고는 하지만 그것을 구현한 자는 카오틱 드래곤이다. 자연 그 위력은 능히 수한의 생명을 위협할 정도.

꽈꽈꽈꽈쾅!

"으캬캬캬캬캬! 이건 해도 해도 정말 너무하잖아?!"

갑작스런 파상 마법 공격에 운용하던 장환조차 내팽개친 채 몸을 날리는 수한. 워낙 정신이 없던지라 자신의 모습이 얼마나 경망스럽게 내비치는지조차 알지 못한다. 평상시 그가 행하던 품위 유지용 표리부동신공을 생각한다면 도저히 믿을 수 없는 일.

그러나 그가 누구던가? 절정고수가 흘러넘친다는 마교의 교주이자 신법의 최고봉이라는 이형환위를 습득했으며, 묵천비영신법이라는 유니크 신법을 마스터한 초절정고수. 그 이름값에 걸맞게 수한은 이내 유연하게 카오틱 드래곤의 마법 공세를 피하기 시작했다. 물론 카오틱 드래곤이 재차 마법을 쓰지 않았다면 그랬을 거라는 의미다.

"그래비티(Gravity)!"

"크어억?! 이건?"

카오틱 드래곤의 외침과 함께 일순간 수한의 몸을 짓누르는 압력. 마치 사이어인 별에 추락한 지구인의 심정이 이러할까? 수한은 갑작스럽게 거의 다섯 배나 늘어난 몸무게 탓에 잠시 휘청거릴 수밖에 없었다. 그리고 그 순간을 기다리기라도 한 듯 그를 덮치는 가지각색의 대인 공격계 마법들.

휘이이이잉!

"젠장, 빌어먹을!!"

이 상황에 욕설이 튀어나오지 않으면 그는 진정 성인의 반열에 들어간 존재이리라. 결국 수한은 자신이 아는 모든 욕설을 내뱉으며 호신강기로 상대의 마법 공세에 버틸 수밖에 없었다. 아니, 단순히 버티는 것만으론 부족해 이형환위를 시전해야만 했다. 될 수 있는 한 MP 소모를 최소로 하기 위해 사용하지 않으려 했건만……. 그러나 이런 위기 상황에 쓰지 않으면 언제 이것을 쓰랴.

파팟!

"제법……."

역시 먼치킨 근력은 위대하다고 할까? 평상시의 다섯 배 중력을 견딘 채 이형환위를 시전하는 데 성공한 수한. 덕분에 가중력 마법 범위에서 벗어나 재차 모습을 감출 수 있었다. 그러자 그 광경에 짧게나마 감탄성을 토하는 카오틱 드래곤. 그러나 그녀의 진정한 역량은 이제부터가 시작이었다.

"블리자드(Blizzard)! 썬더스톰(Thunder Storm)! 토네이도(Tornado)!"

휘이이이잉!

방금 전 물량으로 내세운 대인 공격 마법을 수한이 쉽게(?) 피하자 이번엔 아예 대범위 공격 마법을 마구잡이로 구현하는 카오틱 드래곤. 단순한 하위 마법도 아닌, 최상급 범위 공격 마법을 캐스팅도 없이 시동어만으로 발동하는 그녀의 모습은 진정 먼치킨 사기 캐릭의 극치가 아닐 수 없었다. 결국 이형환위로 피한 보람도 없이 무지막지한 마법 공격을 온몸으로 받아내게 된 수한.

"으아아아아아~! 이건 사기야!!"

블리자드의 냉기에 서린 짜릿한 썬더스톰의 전격을 더욱 거세게 퍼뜨리는 토네이도. 대범위 공격 마법의 위력을 더욱 극대화시킨 카오틱 드래곤만의 중첩 마법 발동에 수한은 자신도 모르게 비명을 내질렀다. 이건 어디로 피해도 정통으로 맞을 수밖에 없지 않은가? 결국 그 해일같이 덮쳐 오는 사기 마법 공격에 수한은 최후의 발악, 즉 그만의 최종 오의를 발동시켜야만 했다.

"으아아아아!! 십방장환!!"

우우우우우우웅!

마지막 순간, 수한을 중심으로 터져 나오는 미증유의 거력. 그것은 수한이 가장 최근에 얻은 그만의 특수 스킬이었으며, 시전 시 본신 공격력의 열두 배의 데미지로 주위 20미터 내 공간을 제압한다는 궁극기(窮極技:Ultimate Skill) 십방장환(十方掌環)이었다.

물론 이 스킬은 그 가공할 위력에 걸맞게 MP 소모량이 극악 중에 극악. 한번 썼다 하면 그 끝을 모른다는 수한의 MP량을 거의 거덜내 버리니 지금의 행동은 어쩌면 최후의 승부수라고도 볼 수 있다. 하지만 그 위력만은 팔선 중 일인인 곤륜검선과의 대결에서 무승부를 만들 정도. 이것이라면 이 엄청난 공세를 이겨낼 뿐만 아니라 저 사기 캐릭에게도 어느 정도 타격을 줄 수 있으리라.

…라고 수한은 굳게 믿었다. 하지만 지금껏 그가 했던 긍정적인 예측 중 어느 것 하나 들어맞은 적이 있었던가? 우리는 수한이 진정한 저주 캐릭의 표본과도 같은 존재임을 잊지 말아야 한다.

"캔슬(Cancel)."

이제 얄밉기까지 하는 카오틱 드래곤의 음성과 함께 일순간에 사라진 십방장환의 기세. 그 사이로 수한을 덮치는 최상급 범위 공격 마법의 삼단 콤보. 이에 자신에게 닥친 불행을 도저히 믿을 수 없다는 듯 두 눈을 부릅뜬 수한. 그리고,

쿠콰콰콰콰콰쾅!

하늘이 무너지고 땅이 뒤흔들리는 듯한 굉음과 장내를 뒤덮은 온갖 파편. 마법의 조종이라는 드래곤, 그리고 그 드래곤 중에서도 특별한 존재인 카오틱 드래곤이 구현한 마법 공격답게 그 위력은 한 점으로 집중되어져 더욱 가공할 위력을 느러냈나. 이 성노라년 설령 한계 레벨을 넘어선 '초월자'라 하더라도 무사할지 못할 터. 그리고 잠시 뒤, 카오틱 드래곤의 의지에 따라 소음과 흙먼지들이 잦아든 장내.

"흐흠~ 이번엔 과연 어떨까?"

이제 어느 정도 기대가 된다는 걸까? 약간은 흥미가 동한다는 듯 천천히 수한이 있던 곳으로 다가가는 카오틱 드래곤. 하지만 그런 그녀의 눈앞엔 회색으로 물든 수한의 시체가 놓여 있을 따름이다.

"칫, 괜히 기대를 한 건가?"

약간은 예상에서 벗어난, 그리고 기대에 미치지 못한 결과. 나름대로 수한에 대한 믿음이 있었기에 이번 역시 무사할 줄 알았건만……. 그러나 초월자조차 되지 못한 자에겐 너무 큰 기대였던 모양이다. 결국 아쉬움의 찬 중얼거림을 남긴 채 발걸음을 돌리는 카오틱 드래곤. 그러나 마지막 순간 뭔가 미진한 구석이 남아서일까?

"가만, 그게 있었군."

이제 막 장내를 떠나려는 찰나 순간적으로 무언인가를 떠올린 카오틱 드래곤. 그것은 오직 그와 일부 초월자에게만 허락되어진 지식. 그것에 의하면 저기 회색으로 물든 자의 정체는…….

"실수했어. 상대가 '필멸자'라는 사실을 잊다니……. 그렇다면……."

뭔가 의미심장한 말을 중얼거리며 천천히 수한에게 다가가는 카오틱 드래곤. 순간, 수한의 몸이 움찔한 것처럼 보인 것은 단순한 착각일까? 어쨌든 회색으로 물든 채 쓰러진 수한의 정면에 도달한 카오틱 드래곤은 최후의 크리티컬을 날린다.

"캔슬."

슈우우우우욱!

"젠장… '죽은 척하기' 마저 취소시킬 수 있다니……."

카오틱 드래곤의 말과 함께 서서히 회색에서 본래의 천연색(?)으로 되돌아가는 수한. 그는 자신의 눈앞에 서 있는 카오틱 드래곤에게 정말 질려 버릴 수밖에 없었다.

*   *   *

삐이이이익!

"…큐티 보이의 의식이 끊겼습니다."

사방을 진동시키는 날카로운 기계음, 그리고 연이어 장내를 장악하는 한숨 소리. 결국 수영은 입에 물고 있던 담배를 내팽개쳤다.

"빌어먹을!!"

*   *   *

"으으윽! 아야야! 골이 흔들린다."

한 점 빛조차 용납할 수 없다는 듯 오직 어둠만이 존재하는 공간. 그곳에서 수한은 뒷머리에 볼록 튀어나온 혹을 매만지며 간신히 제정신을 차렸다. 그리고 잠시 멍하니 주위를 둘러보다 이내 자신이 뭔가 수상쩍은 장소에 있음을 깨닫곤 화들짝 놀라는데…….

"헉, 여기가 어디야?! 난 누구? 이건 좀 아니군. 어쨌든 어떻게 된 거지?"

잠시 정신착란과 기억상실 초기 증세를 보이며 당황하는 수한. 난데없이 낯선 장소, 그것도 칠흑 같은 어둠에 내팽개쳐진 사람이 늘 그렇듯 온갖 호들갑을 떨며 불안에 떤다. 하지만 아무리 경호성을 내지르며 두 눈을 부릅떠 봤자 눈앞의 광경이 변할 리 만무. 대신 점차 머리가 명료해지자 정신을 잃기 직전의 기억을 떠올리며 침착을 되찾기 시작했다.

"…그렇군. 잡혀온 건가?"

이곳에 오기 전까지 진정 최강을 구가하던 절대강자 수한. 단신으로 백여 곳이 넘는 정파 측 군소 문파를 박살 내었고, 모종의 음모를 꾸며 제국의 주요 절정고수 400여 명을 피 구덩이에 빠뜨린 전적도 있다. 심지어 한계 레벨을 넘어선 팔선 중 한 명과 대등한 접전을 벌였던 그. 그런데 그런 그를 거의 가지고 논 카오틱 드래곤.

뭐 하나 제대로 반항조차 못한 채 질질 끌려 다니다 그나마 승부수를 던진 궁극기 십방장환. 그러나 그 역시 '캔슬'이란 말 한마디에 무위로 돌아갔고, 심지어 최후의 순간 쪽팔리는 것조차 무릅쓰고 발동한 그만의 삼대비기 중 최고의 구명절초, 주인공 급이 아니면 얻지도 못한다는 히든피스의 산물인 '죽은 척하기' 조차 그것에 무효화가 되었다.

덤벼봐야 '캔슬' 인가 뭔가 한번에 기껏 구현된 스킬은 일시에 사라지는 데 반해 상대는 무제한 마나 탱크라도 된다는 듯 무지막지한 스킬을 난사하는 절망적인 상황. 아마 지금 다시 카오틱 드래곤과 붙는다 해도 이길 싹수조차 보이지 않으리라.

그러니 그런 마당에 수한이 뭘 할 수 있겠는가? 도저히 이길 수 없는, 아니, 상대할 수조차 없다는 판단에 이형환위를 연속 시전, 재빨리 도주하는 것이 최선일 따름. 그러나 카오틱 드래곤은 그것을 기다리기라도 했다는 듯 순간적으로 '타임스톱(Time Stop)' 을 발동했으니……

결국 마지막으로 기억에 남는 건 '타임스톱' 에 걸려 꼼짝달싹 못하는 자신과 그런 그에게 다가오는 작디작은 가냘픈 손. 뭐, 부가적으로 그 작은 손에 의한 무지막지한 구타와 뒤통수를 때린 강한 충격은 그냥 넘어가자. 어쨌든 그런 일이 있은 뒤 정신이 차렸을 땐 지금과 같은 상황.

"…일단 이곳이 어딘지부터 살펴봐야겠지?"

사방 천지가 어둠 속에 잠겨 있다곤 하지만 수한은 고수다. 그것도 절정을 넘어 초절정에 도달한, '초월자' 문턱에서 낑낑거리는 한계 레벨의 존재인 것이다. 즉, 이 정도 어둠에 그

리 큰 제약을 받지 않는다는 의미. 때문에 그가 두 눈에 힘을 주자 사방이 서서히 밝아졌다. 그리고,

"동굴?"

수한의 눈에 그 모습을 드러내는 정경. 다양한 크기의 종유석이 천장에 덕지덕지 달려 있고, 생전 처음 보는 기암괴석들이 사방에 널려 있다. 이거야말로 전형적인 동굴 안 풍경이 아니고 무엇이겠는가? 그리고 그 의미는 이곳이……

"일반적인 패턴으로 볼 때 보통 동굴은 아니겠고… 역시 드래곤 레어… 으헉?!"

자기가 한 말에 스스로가 놀라는 수한. 하긴, 자신이 지금 호랑이 굴도 아닌 드래곤 굴(?)에 있다고 하니 어찌 기겁하지 않을 수 있으랴? 그것도 보통 드래곤이 아닌 그를 거의 가지고 놀던 카오틱 드래곤임에야……. 그런데 바로 그때, 그렇게 기겁하는 수한을 다시 한 번 화들짝 놀라게 만드는 갑작스런 장내 변화.

화르르르륵!

"으허허헉?! 또 뭐냐?!"

사방에서 불쑥 치솟는 불길. 자세히 살펴보니 수한의 좌우 양옆에 횃불이 일렬로 쭉 늘어서 있는 게 아닌가? 덕분에 방금 전까지 어둠만이 잠식해 있던 동굴은 이제 대낮같이 밝아졌고, 수한은 그 중심에서 어리버리 서 있는 신세가 되었다. 그리고 그의 가뜩이나 쿵덕거리는 심장에 재차 큰 부담을 주

는 또 다른 변화.

우우웅!

"윽? 이번엔 화살표냐?"

수한의 정면에 그 모습을 드러내는 1미터 남짓 되는 붉은색 화살표. 마치 자신을 따라오라는 듯 그의 눈앞에서 괜히 알짱거린다. 이에 호기심이 없는 사람이라도 따르지 않을 수 없는 노릇.

"크윽, 뭔가 불안하지만… 역시 따라가야겠지?"

결국 지금 자신이 처한 상황을 제대로 파악하기 위해, 그리고 가슴 밑바닥에서 솟구치는 불안감을 조금이나마 잠재우기 위해 수한은 화살표를 따라 동굴 안으로 발걸음을 옮기기 시작했다. 그리고 그렇게 얼마나 시간이 지났을까? 동굴의 크기가 제법 커서인지 대략 한 시간을 걸어서야 도달한 거대한 대전. 그것은 마치 어떤 초월적 존재가 손수 파놓은 듯 정확히 원형을 그린 축구장만 한 호수였다. 그리고 그 호수 안 밑바닥에 '그녀'가 있었다.

"으으으윽~ 역시나……."

한눈에 다 들어오지 않는, 아니, 열심히 둘러봐야 그 일부만이 보이는 거대한 존재. 그나마 수한이 서 있는 곳보다 아래인 호수 밑바닥에 위치했기에 볼 수 있지, 그렇지 않았다면 그냥 모르고 지나칠 뻔했다. 거기다 이렇게 가까이에서 보니 예전—일 년 전쯤—운 나쁘게(?) 저 멀리 하늘에 떠 있던 모습을 봤을 때와는 비교조차 할 수 없는 위압감이 느껴진다. 이에 먼치킨 초급(?)인 수한도 별수없는지 절로 달달 떨리기 시작하는 두 다리.

"이렇게 크기가 차이 나서야 무슨 방법도 없잖아?"

웬만한 축구장 크기의 거대한 생물체. 저런 놈에게 장환을 던져 봤자 자그만 생채기가 전부일 게 뻔하다. 아니, 어떻게 하려고 해도 도통 견적(?)을 뽑을 수가 없다. 결국 눈앞의 괴물과 싸운다는 망상을 버리고 자신의 예상이 들어맞은 이 빌어먹을 상황에 대해 매우 진지하게 고민하기 시작하는 수한.

'일단은 이곳을 벗어나는 것이 최선이겠지? 그냥 도망갈까? 아니지. 저 괴물의 사기 같은 능력을 고려할 때, 금세 다시 잡혀올 것 같은…… . 그럼 제발 보내달라고 사정을 할까? 다시는 팔라스 연합 쪽에 얼씬도 안 할 테니 풀어달라고? 으윽~ 왠지 그것도 별로 가능성이…… .'

나름대로 열심히 맷돌을 굴리지만 그 스스로 생각해 봐도 뭔가 좀 아니다 싶다. 결국 머리를 부여잡은 채 끙끙거리기만 하는 수한. 그런데 바로 그때 한참 생각에 잠겨 있던 그의 심장 박동 수를 두 배가량 빨라지게 만드는 굉음.

쿠르르르르르릉!

"으헉? 이제 좀 그만할 것이지…… ."

동굴에서 정신을 차린 뒤 워낙 여러 번 놀란 탓에 로그아웃 후 반드시 청심환을 먹어야겠다고 다짐하는 수한. 그리고 그런 그의 눈앞에서 서서히 파문이 일어나는 호수.

"으으윽~ 드디어……."

앞으로 벌어질 무시무시한 일에 대한 두려움 때문일까? 수한의 몸은 다시 한 번 떨리기 시작했다. 그리고 나쁜 일에 대해선 단 한 번도 빗나간 적이 없다는 저주 캐릭의 예감답게 호수 중앙에서 불쑥 그 모습을 드러내는 거체.

촤아아아아아!

—이제 정신이 들었나 보군.

거센 물보라와 함께 등장한 웬만한 빌딩 크기의 물체. 하지만 그것은 어디까지나 빙산의 일각일 뿐이다. 수면 밖으로 드러난 머리 밑으로 그 수 배에 달하는 몸체와 날개가 있었으니……. 이런 걸 상대로 싸운다는 건 그야말로 항공모함에 돌진하는 종이비행기의 경우가 아니고 무엇이겠는가? 하지만 할 말은 해야 직성이 풀리는 법.

"대체 왜 날 이곳에 데려온 거냐?!"

대체 어디서 그런 용기가 났는지 자신을 내려다보는 카오틱 드래곤을 똑바로 노려보며 소리치는 수한. 비록 두 다리는 그의 의지를 배반한 채 심하게 게다리춤을 추긴 했지만 어쨌든 나름대로 용기있는 행동. 이에 카오틱 드래곤의 비웃음 섞인 대답이 그의 귀에 울려 피진다.

—글쎄, 왜일까?

"이 자식이……!"

상대의 조롱에 일순간 얼굴 붉어지는 수한. 순간, 그의 뇌리엔 카오틱 드래곤이 그의 누나인 수영과 동류일지도 모른다는 불길한 예감이 스치고 지나갔다. 그리고 그런 예측을 증명이라도 하듯 그를 절망의 무저갱에 빠뜨리는 광경이 장내에 펼쳐졌으니…….

우우우웅!

"어라? 그건 설마……?"

카오틱 드래곤의 거대한 얼굴 옆에 난데없이 등장한 족히 수천여 권에 달하는 책. 그런데 그것들은 왠지 수한에게 낯익은 것들이 아닌가? 그렇다면 혹시?

"말도 안 돼!! 행랑창!"

연신 설마를 중얼거리며 다급히 행랑창을 소환하는 수한. 그리고 행랑창 내부를 보는 순간 자신의 불길한 예상이 들어맞았는지 갑자기 거품을 물기 시작한다.

"어떻게?!"

수한의 행랑창을 꽉꽉 채웠던 만여 권의 마공 비급들. 비록 청 제국에선 불쏘시개 내지 음모 조작용 아이템밖에 되지 않는 쓰레기지만 팔라스 연합에서라면 능히 레어 급 이상의 취급을 받을, 그리고 현실에서의 빚 청산을 가능케 할 수한만의 소중한 자산. 그런데 그것들이 지금 이 순간 그의 행랑창에 단 한 권도 없는 게 아닌가? 즉, 카오틱 드래곤 옆 허공에 부유하고 있는 저 책 무더기들이 바로…….

"으아아아아!! 돌려줘!!"

먹고 있던 사탕을 빼앗긴 세 살배기의 처절함이 이러할까? 아니, 어찌 지금의 수한의 기분을 그것과 비교할 수 있으랴? 수한은 그야말로 울고불고 난리도 아니다. 하긴 잡템조차 금쪽같이 여기는 그에게 빛 청산의 유일한 희망이자 가장 비싼 아이템들을 무더기로 빼앗았으니 그런 반응도 충분히 공감 갈 만한 일. 문제는 카오틱 드래곤이 그것에 전혀 공감하지 않았다는 데 있었다.

―흥, 정말 기가 막히는군. 이런 것들이 팔라스 연합에 유입된다면 대체 무슨 일이 벌어질지 너는 감히 상상이나 할 수 있겠느냐?!

"……."

수한을 향해 광포한 살기를 내뿜으며 자신의 분노를 숨기지 않는 카오틱 드래곤. 하긴, 그녀의 말대로 다른 지역의 아이템, 그것도 무려 만여 권이 달하는 최하 레어 급 스킬북의 유입이 어찌 문제를 일으키지 않겠는가? 틀림없이 팔라스 연합의 근간을 뒤흔들 큰 혼란을 야기시킬 게 뻔하다. 그러니 카오틱 드래곤의 조치는 지극히 타당한 일일 터. 하지만 수한이 괜히 수한이겠는가?

"서, 그래도 한두 권 징도라면……."

―이놈이 아직도 정신을 못 차리고!!

콰르르르르릉!

"으어억!!"

어찌어찌 해볼 요량으로 입을 열지만 그에 대한 대답은 더욱 광포해진 살기뿐. 덕분에 수한은 더욱 기가 죽어 슬슬 눈치나 살피는 신세가 되었다. 하지만 아이템에 대한 그의 집착은 그런 압박마저 무시할 정도라는 걸까? 슬금슬금 눈치를 살피며 모종의 일을 꾀하는 불굴의 수한.

'절대 뺏길 수 없지. 저게 어떤 물건들인데……. 일단 머리 부분만 호수 밖으로 내민 채 방심하고 있으니 갑자기 기습하면 어느 정도 승산이 있을 거야. 아, 그래. 크리티컬을 잘 노려서…….'

반성은커녕 음흉한 속내를 감춘 채 기습을 노리는 수한. 과거 온갖 고난과 역경 속에서도 청 제국을 단신으로 피바다로 물들인 대살성답게 도통 포기를 모른다. 그리고 그런 그의 일차 목표는 카오틱 드래곤의 큼직한 눈.

눈망울이 너무나 크고 맑아 퐁당 빠질 것 같다는 말이 단순한 문학적 표현이 아니라 사실 그대로인 압도적인 눈 크기. 저게 진정 특정 생물체의 눈인지, 아니면 어느 백만장자의 개인용 풀장인지 구분이 안 된다. 그러니 저런 큼직한 목표를 향해 자신이 이형환위를 발동해 순간적으로 달려든다면 어찌 막을 수 있으랴.

'크크크크, 좋아. 잘하면 마공 비급 따윈 비교조차 할 수 없는 대박이다.'

대부분 생물체의 공통적인 급소가 눈이라는 일반론에 의해 자신에게 어느 정도 승산이 있다는 판단 때문일까? 어느새 망상 모드로 접어들어 자신의 장밋빛 미래를 점치는 수한. 하긴, 카오틱 드래곤의 뼈와 가죽이라면 어디 보통 보물이겠는가? 물론 그의 의도가 성공한다면 말이다.

─너도 한계 레벨에 도달했으니 그에 걸맞은…….

"차아앗!!"

잠자코 있는 수한이 얌전히 반성하고 있다는 생각에서인지 한참 잔소리를 늘어놓으며 수한의 개과천선(?)을 바라는 카오틱 드래곤. 그러다 어느 순간, 그녀의 빈틈을 발견한 수한이 힘찬 기합성과 함께 펄쩍 몸을 날린다. 적어도 이 순간만큼은 이 기습이 절대 실패할 리 없다고 굳게 믿는 수한. 하지만,

"어라?"

휘이익! 쿵!

이형환위를 전개할 때마다 느껴지던 무음의 정적과 한없이 느려지던 주위 풍경. 그러나 이번만은 아무런 변화가 없다. 아니, 기본적으로 늘 솜털같이 가볍던 몸조차 한없이 무겁게 느껴진다. 덕분에 허공에 채 1미터도 오르지 못하고 추락하는 수한. 그리고 그런 그를 비웃는 시선으로 내려다보는 카오틱 드래곤.

"이게 대체 어떻게 된……?"

늘 한결같이 자신의 의지에 따라 움직이던 육체가 자신을 배반했다는 사실을 도저히 믿을 수 없어서일까? 땅바닥에 보기 흉하게 나뒹군 채 멍하니 누워 있는 수한. 카오틱 드래곤이 뭔가 특수한 마법을 발동했다면 그나마 이해라도 할 수 있다. 하지만 분명 아무런 낌새도 없었는데? 그렇다면 설마……?!

순간적으로 뇌리를 스쳐 지나간 불길함 예감. 상대는 자신의 행랑창 안 아이템조차 자유자재로 끄집어낼 수 있는 사기 캐릭이다. 그렇다면…….

"상태창!"

불안의 도가니탕에 휩싸인 채 온몸으로 떨기 시작하는 수한. 그는 거의 극에 달한 불안감을 간신히 억누르며 상태창을 소환했다. 그리고 그곳에 나타난 충격적인 사실.

성명:수한(극마지체(極魔之體):마 속성 스킬에 한해 숙련도 +20%), (이벤트 관련:스킬 숙련도 +50%), (저주[Curse]:운을 제외한 모든 능력치 90% 하락, HP량 1,000으로 제한, MP량 0 상태로 동결)

별호:절색마존(絶色魔尊)

직업:권사(묵천마신교의 교주). 성향:마(魔)(적대)

레벨:499(99.9%)

근력(STR):2330(―2097)

민첩(DEX):120(―108)

근골(CON):1200(―1080)

지력(INT):240(―216)

지혜(WIS):240(―216)

공력(MEN):1440(―1296)

운(LUCK):138

보너스 스탯:0

생명(HP):1000/64990(HP량 1,000으로 제한)

내공(MP):0/31295(아수라태천경 무공을 운용할 시 MP 소모량 *1/2)(MP량 동결)

공격력:2639(―2150). 아수라태천경 무공을 운용할 시 *1.5

방어력:685(―526)

체력:54.3%

포만감:79.4%

　일반 유저가 봤다면 사기라고 울부짖을 것 같은 상태창의 내용. 성명 옆에 있는 부가 설명조차 충격적이다. 마 속성 스킬에 한해 숙련도 +20%, 그리고 이벤트로 인해 스킬 숙련도 +50%. 그 의미는 스킬을 익히는 족족 무조건 숙련도가 70% 달성된다는 뜻? 스킬 숙련도를 올리기 위해 지금 이 순간에도 열심히 노가다를 하는 유저들에게 당장 짱돌 투척 내지, 사시미 난무가 일어날 것 같은 내용이다.

어디 그뿐이랴? 일반적인 절정고수의 스탯 총 합이 대략 500에서 600대. 그나마 아주 특별한 기연을 얻었을 경우 1,000남짓인 것을 고려할 때 수한의 상태창에 나타난 스탯 총 합은 그야말로 경악 그 자체. 세상에! 스탯 총 합이 무려 5,000을 넘어선다. 이 정도라면 일반적인 초월자의 그것과도 비등한, 아니, 능가하는 수준. 거기다 그런 스탯 수치로 인해 6만을 넘어선 HP량과 3만에 달하는 MP량, 그리고 무려 2,600 에 달하는 공격력—거짓말 안 보태고 저렙의 경우 톡 치면 즉사 다—은 진정 먼치킨의 진수가 무엇이랴? 하지만 지금은 그 먼 치킨의 표본과 같은 상태창엔 크나큰 문제가 있었으니······. 그것은 바로 성명 옆 부가 설명 부분에 붙은 저주[Curse]였다.

"크아아악! 저주?! 이게 뭐야?!"

능력치 옆에 붙은 괄호와 마이너스 표시. 이게 대체 뭐란 말인가? 덕분에 모든 능력치가 90% 다운, 본신 능력치의 고 작 10% 정도만 남았다. 물론 그것만 해도 웬만한 절정고수 수준이긴 하지만 지금껏 힘빨, 몸빵, 무한 내공 탱크로 살아 온 수한에겐 너무나 가혹한(?) 조치. 특히 가장 결정적인 타격 은 바로 MP량이 0인 상태로 동결되었다는 것이다. 그 의미인 즉,

"스, 스킬을 시전할 수 없다?"

그렇다. 이제야 방금 전 이형환위가 제대로 발동되지 않는 지 그 이유가 설명된다. 스킬을 시전하기 위한 최소한의 조

건, 내공이 0인 상태이니 어찌 스킬이 발동되겠는가?

―쯧쯧, 설마 그 정도 금제도 없이 그냥 내버려 둘 줄 알았나?

"이… 럴수가……?"

너무 큰 충격에 방심 상태가 되어 멍하니 있는 수한. 마교의 교주이자 천하제일고수를 구가하던 자신이 이제 내공이 전폐된 폐인이 되다니……. 절망과 좌절, 그리고 후회의 감정이 그의 머리를 잠식해 들어갔다. 그리고 마지막 순간, 가슴속 깊숙한 곳에서 솟구쳐 오르는 불길. 그것은 그 누군가에 대한 격렬한 분노와 증오였다.

"크아아아!! 차라리 날 죽여라!!"

극심한 분노에 사로잡혀 자신도 모르게 발광 모드로 전환한 수한. 그의 두 눈은 시퍼렇게 뒤집혔고, 그의 온몸은 다크오라에 휩싸인 채 마왕 강림을 알린다. 심지어 방금 전까지 두려움의 대상이었던 카오틱 드래곤에게 삿대질까지…….

바로 저놈 때문에 빚 청산을 위한 유일한 희망을 빼앗고, 내 캐릭을 쓰레기로 만들어 버린 나쁜 놈. 사흘 밤낮을 욕해도 뭔가 부족할, 아주 지독한…….

―정말 그래줄까?

푸식~

카오틱 드래곤의 담담한 말 한마디에 덜컹 정지하는 수한. 동시에 지옥의 염화같이 활활 불타오르던 분노 역시 피식 꺼져 버린다. 아, 그놈의 생존 본능이 뭔지 방금 전까지의 발광 자폭 모드에서 급격히 극악 비굴 모드로 전환하는 수한. 넙죽 허리를 숙이더니 살려달라고 빌기 시작한다.

"아니요! 살려만 줍쇼!"

아무래도 수한은 장수할 것 같다.

어쨌든 한차례 살리네 마네 실랑이가 있은 뒤 서서히 진정 국면(?)에 접어드는 장내 분위기. 그 한가운데에서 눈치없는 수한도 슬슬 뭔가를 깨닫기 시작했다.

눈앞의 존재는 자신을 죽일 생각이 없다. 만약 그럴 생각이 있었다면 이곳에 데려올 필요도 없이 그를 진작 회색으로 물 들였을 터. 그렇다면 대체 왜 이렇게 번거로운 일을 벌이는 걸까? 하지만 그 의문을 해소하기 이전에 수한에겐 그보다 더 중요한 문제가 있었다.

"저, 한두 권만이라도……."

세상에 다시없는 처량한 표정을 지은 채 카오틱 드래곤을 바라보는 수한. 정말 장하다. 설마 이렇게까지 할 줄은 몰랐 다. 카오틱 드래곤조차 마공 비급을 끝끝내 포기하지 않는 수 한의 모습이 어이없는지 그 큰 입을 쩍 벌릴 정도다. 하지만 바로 그 순간 그 누구도 예상치 못한 반전.

파아아아악!

—으윽, 이건?!

수한의 몸 주위를 감싸는 궁상스러움의 극의(極意), 그리고 배경으로 뜨는 거지 신의 강림. 일단 그것을 바라보는 순간 그것은 도저히 빠져나올 수 없는 깊고 깊은 늪과도 같았다. 심지어 카오틱 드래곤조차 두 눈이 풀릴 정도로.

NPC에게 불쌍히 보여 금전이나 음식을 지원받는다. '죽은 척하기', '미친 척하기'와 더불어 수한의 삼대비기 중 하나이며 히든피스인 '구걸하기'의 내용이다. 얼핏 들기엔 아무 짝에도 쓸모없는 거지 전용 스킬. 그러나 지금 이 순간, 그것이 너무나 절묘한 타이밍에 작렬했다.

카오틱 드래곤은 수한에 대해 완전히 마음을 놓은 상태였고, 수한조차 얼떨결에 시전한 '구걸하기'. 덕분에 그것은 아주 찰나의 순간이나마 카오틱 드래곤의 실낱같은 동정심을 자극했고, 한두 권 정도는 문제없을 거라는 안이한 생각을 가지게 만들었다. 오직 아이템에 대한 수한의 그 끝을 모르는 집착이 만든 성과.

─크흠~ 좋다. 그렇게까지 사정을 하는데 안 줄 수도 없지.

'으샤!'

카오틱 드래곤의 말에 수한은 속으로 환호성을 내질렀다. 힘든 건 어디까지나 처음뿐. 비록 아주 작은 일이긴 하지만 일단 한번 양보한 이상 그것을 계속하게 만드는 것은 아주 쉬운 일인 것이다. 때문에 수한은 이것을 기점으로 마공 비급 전부를 되찾을 수 있을 거라는 희망을 가지게 되었다. 물론 지금은 일단 주어진 것에 만족해야겠지만.

—옜다, 받아라.

펄럭!

"크윽, 감사~"

만 권에 달하는 책 중 두 권이 수한의 눈앞에 떨어진다. 이에 누가 뺏을세라 황급히 달려드는 수한. 나머지 비급들에 대해 아쉬운 마음을 금할 수 없지만 이거라도 어딘가? 그런데 사람 마음이란 게 참 간사해서 앉으면 눕고 싶고, 누우면 자고 싶은 법. 주어진 비급의 제목을 보는 순간 수한의 얼굴이 조금 일그러진다.

혼원천마경(混元天魔經)—심법편, 금마철갑피(金魔鐵甲皮).

척 보기에도 범상치 않는 제목의 비급들. 하지만 정작 그 내용을 살펴보면 실망감을 금치 못한다.

혼원천마경의 경우, 그 등급은 유니크. 그것도 세트 무공서다. 세트 무공서의 특징상 한 비급에 심법을 비롯한 다수의 공격 무공이 수록되어져 그 모두를 익힐 경우 그 위력이 일반 무공보다 1.5배 강한 게 특징. 다시 말해, 혼원천마경은 수한이 익힌 아수라태천경에 버금가는 최고의 스킬 북이라는 의미다. 그러니 그 가치는 수한이 가져온 비급 중에서도 최상급에 속해야 정상. 그런데 문제는 혼원천마경 일부가 훼손되었다는 점이다.

본래 심법(心法), 신법(身法), 검법(劍法), 이렇게 총 세 편으로 나누어져 있던 혼원천마경. 그중 심법, 즉 내공 심법을 기본으로 해 나머지 두 개를 자동으로 습득한다는 게 이 비급의 기본 설정이다. 그런데 운이 없게도 비급 내용 중 신법과 검법편이 크게 훼손되어 익힐 수 없는 상태. 거기다 혼원천마경을 습득 시 다른 무공을 절대 익힐 수 없다는 제약까지 있었으니……. 혼원천마경을 익힐 경우 공력 성취에 탁월한 최상급 내공 심법을 얻는 대신, 이후엔 아무런 공격 무공을 익힐 수 없다는 의미. 결국 혼원천마경은 겉으론 유니크 세트 무공서이되 모든 마교도가 기피하는 저주 스킬 북이 되고 말았다.

그렇다면 금마철갑피의 경우엔 또 어떠한가? 이것 역시 혼원천마경과 막상막하를 이루는, 아니, 그 이상으로 골치 아픈 무공이다. 일단 이것을 익힐 경우, 혼원천마경의 경우와 같이 다른 무공을 습득할 수 없으며, 거기다 공력의 성취조차 전혀 이룰 수 없다. 얼핏 들으면 이것이 왜 레어 급 스킬 북인지 도저히 이해할 수 없는 비급인 셈. 그러나 굼벵이도 구르는 재주가 있다는 말처럼 이 쓰레기 무공에도 나름대로 장점이 있다(물론 그것이 장점일지는 모르겠지만).

금마철갑피는 본래 내공을 위주로 하는 무공이 아닌 외공 전문 무공. 그 탓에 숙련도가 오를수록 공력의 증가를 가져오는 게 아니라 근골의 증가 폭이 커지고 몸의 외부가 단단해진다. 즉, 익히면 익힐수록 MP가 아닌 HP가 늘어나고, 자체 본신 방어력이 높아진다는 의미다. 한마디로 순수 몸빵 전용 무공이라고 해야 할까? 그러니 검기와 강기가 난무하는 청 제국에선 전혀 인기가 없을 수밖에……

"에효~ 하지만 이거라도 감지덕지지."

왜 하필 이런 쓰레기 비급을 던져 줬는지 카오틱 드래곤이 원망스럽다. 그러나 어쩌겠는가? 수한의 입장에선 이거라도 아쉬운데. 결국 수한은 그 두 권의 비급을 조심스럽게 행랑창에 갈무리할 수밖에 없었다. 그런데 그런 수한의 태도에서 뭔가 기분 나쁜 낌새를 눈치 채서일까?

─불만이 있는가 보지?

"예? 아니요. 아닙니다."

혹시나도 줬던 걸 다시 빼앗길까 봐 설레발을 치는 수한. 속으론 온갖 욕설이 난무하지만 겉으로 헤헤거리며 아부를 시작한다. 물론 카오틱 드래곤은 방금 전 자신이 뭔가 당했다는 사실 때문인지 그리 호응해 주지 않았지만, 아니, 도리어 심통이 단단히 났는지 마지막엔 수한에게 청천벽력 같은 소리 해댄다.

─흐흠~ 그래? 불만이 없다라……. 뭐, 그럼 됐군. 난 이만 잠이나 자야겠다. 그러니 넌 알아서 네 갈 길 가라.

"예? 그게 무슨 소립니까?!"

카오틱 드래곤의 잠자겠다는 말에 비굴 아부 모드에서 재차 삿대질 모드로 전환하는 수한. 그렇다고 그가 카오틱 드래곤에게 연모의 정을 품어 이런 과격한 반응을 보이는 건 아니다. 다만 눈앞의 이 육중하면서도 거대한 괴물 녀석이 잠을 자면 그의 입장에선 매우 난감해지는 탓이었다.

마공 비급을 돌려받는 건 둘째 치고 카오틱 드래곤의 저주 탓에 캐릭의 대부분 능력치가 봉인당한 상태. 지금으로선 팔라스 연합에 가기는커녕 청 제국에 돌아갈 가능성조차 없다. 설령 수많은 마물들을 피해 돌아간다고 해도 폐인이 된 자신을 누가 마교의 교주로 인정해 주겠는가? 그러니 잠들기 전에 적어도 이 저주만은 풀어줘야 할 게 아닌가? 물론 수한의 입장에서 그렇다는 것뿐 카오틱 드래곤에겐 하등 신경 쓸 문제가 아니다.

"잠들기 전에 저주라도 풀어주십시오!!"

─크크크, 내가 왜 그래야 하는데?

냉정한 카오틱 드래곤의 말에 금세 좌절 모드로 급전환하는 수한. 하지만 아쉬운 쪽은 어디까지나 그이기에 도저히 상대를 설득할 방법이 없다. 결국 그가 할 수 있는 건 상대가 언제 깨어날지 하염없이 기다리는 것뿐.

"그럼 대체 언제쯤 잠에서 깨어나실지……?"

─글쎄, 요즘 들어 불면증이라서……. 자봤자 오래 자진 않을 거다.

마지막 희망을 담아 간절한 표정으로 묻는 수한에게 불면증 환자로서의 고뇌를 드러내는 카오틱 드래곤. 이에 내심 안도의 한숨을 내쉬는 수한이지만 원래 말이란 건 끝까지 들어봐야 하는 법.

─자봤자 고작 100년 정도? 뭐, 이번 수면기는 그 정도만 자고 일어날 예정이다.

"크억, 백 년?!"

드래곤의 생활 리듬이 어찌 사람의 그것과 같겠는가? 결국 약간의 기대를 품었던 수한만 미치고 팔짝 뛸 노릇. 게임 시간으로 100년이라면 현실 시간으로 따져도 25년. 설마 그가 그때까지 이 게임에 매달릴 리 없지 않은가? 아니, 그것과는 상관없이 카오틱 드래곤의 밉살스러운 말은 그냥 순순히 현재 그의 캐릭을 포기하라는 것과 진배없다. 자연 지랄 발광 모드로 접어든 수한.

"크아아악! 그게 뭐야?! 나보고 게임 접으라고?! 이건 사기야! 아니, 음모야!!"

땅바닥에 데굴데굴 구르며 세 살배기마냥 떼쓰기에 전념하는 수한. 그 모습이 얼마나 보기 흉했는지 카오틱 드래곤조차 미간을 찌푸릴 정도이다.

─이 녀석이!

쿠르르르르릉!

도저히 눈 뜨고 보지 못할 광경에 그 커다란 몸까지 뒤척이며 화를 내는 카오틱 드래곤. 덕분에 동굴 전체가 진동하며 살갗을 베는 듯한 살기가 장내를 장악한다. 이에 폐인이 된 수한의 몸은 순식간에 굳어버렸으니. 거기다 재차 연타를 날리는 카오틱 드래곤.

―다시 한 번 소란을 피운다면 정말 네놈을 죽여주마!!

"히끅!"

평상시의 정상적인 몸이라도 견디지 힘든 압박을 지금과 같이 능력치가 대폭 하락한 몸으로 감당해 낼 리 없다. 이에 그 여린(?) 몸을 오돌오돌 떨며 겁에 질린 듯 딸꾹질만 하는 수한. 그 모습이 조금 안쓰러워서일까? 카오틱 드래곤은 노호성을 거둔 채 조금은 차분한 음성으로 수한을 달래기(?) 시작했다.

―너도 알 테지만 넌 초월자가 아니면서도 초월자와 비등한 강자. 초월자로서 족.쇄.를 차지 않은 네가 함부로 분탕질을 한다면 세상에 누가 너를 막으랴?

"하지만……."

―쯧, 그럼 나보고 어쩌란 말이냐? 난 이제 수면기에 접어든다. 그런데 너 같은 위험 인물을 그냥 내버려 두라고? 나로선 이게 최선이다.

"그럴 수가……!"

카오틱 드래곤의 약해진 기세에 어떻게든 동정표를 얻기 위해 칭얼거리지만 카오틱 드래곤은 극히 단호하다. 결국 고개를 푹 숙인 채 게임 인생에서 처음으로 뭔가를 포기하는 수한. 그런 그를 뒤로한 채 카오틱 드래곤은 서서히 호수로 가라앉기 시작했다.

그리고 마지막 순간, 동굴 전체에 울려 펴지는 그 누군가의 절규.

"크아아아! 빌어먹을!!"

Chapter 4

마왕을 만나다

화르르륵!

어둠을 밝히는 횃불만이 유일한 빛이 되어주는 공간. 천장에 매달린 종유석과 사방을 가로막은 암벽으로 보아 그곳이 제법 큰 동굴임을 알 수 있었다. 그리고 그 중심에 멍하니 앉아 있는 한 명의 인영. 바로 수한이다.

"…이제 어떡하지?"

평상시 힘을 주체 못하던 열혈 모드가 아닌, 다 죽어가는 음성. 수한은 그렇게 기운을 잃은 채 중얼거렸다. 하긴 과거 청 제국을 좁다 여기며 온갖 패악(?)을 저질렀던 절대강자인 그가 지금은 능력치가 십분의 일로 봉인당했으니……. 어디 그뿐이랴. 저주로 인해 텅텅 빈 MP량과 1,000으로 제한되어진 HP량 탓에 스킬 운용은커녕 맨몸으로 싸우는 것조차 힘든 상황. 이제 남은 일은 지금의 캐릭을 언제 버릴 것인지 결정하는 것뿐이다. 그러나,

"무슨 방법이 없을까? 이대론 너무……."

끝끝내 미련을 버리지 못한 채 로그아웃조차 미루는 수한. 하긴 지금의 캐릭을 키우기 위해 그가 겪었던 고난과 역경을 생각한다면, 그리고 마침내 이룩한 찬란한 영광과 악명(?)들을 생각한다면 지금의 이 캐릭을 어찌 삭제할 수 있으랴? 하지만 방법이 없다.

"회사에 이의를……. 아니야. 거기선 처음부터 이런 일을 각오하라고 했으니… 큭, 젠장……."

'NEW WORLD' 의 세상에선 죽어도 다시 부활하는 일반 유저들을 '불멸자' 라 부르며 질시와 두려움의 대상으로 본다. 하긴, 죽어도 죽지 않는 그들에 대해 현실의 인간과 거의 비등한 지능과 사고방식을 가진 NPC들로선 그것이 당연한 반응. 하지만 우연히 얻은 히든피스로 인해 '필멸자' 라는 특수한 캐릭을 키울 수 있었던 수한은 그런 일반적인 유저와 달랐다.

불멸자라면 누구나 가지고 있는 이마의 '저주의 인장'. 그러나 수한은 필멸자라는 특수성 탓인지 그런 인장이 없었고, 덕분에 아무런 제한 없이 마교의 전대 교주인 천마혈존의 제

자가 되는 기연을 얻었다. 어디 그뿐이랴? 일반적인 유저가 스킬 숙련도를 올리기 위해 단순 노가다를 했다면 수한은 NPC와 거의 비슷한 수준의, 아니, 그것보다도 훨씬 빠른 시간 내에 스킬들을 마스터해 왔다. 그 단적인 예로 최고의 기재라도 평생에 걸쳐 수련해야 할 최상급 유니크 무공서인 아수라태천경을 단 2년 남짓 만에 마스터했지 않은가? 그 결과 그는 청 제국에 그 모습을 드러낸 지 단 4년[G.T] 만에 '절색마존' 이라는 악명으로 천하를 피로 물들일 수 있었다.

하지만 모든 일에는 그만한 대가가 필요한 법. '필멸자' 라는 히든피스를 얻어 천상천하유아독존을 외치는 대신, 수한은 히든피스를 얻은 직후 회사 측이 제안한 모종의 약관에 동의해야만 했다. 그 내용은 지금의 캐릭이 단 한 번이라도 죽을 경우 캐릭 자체가 삭제된다는 패널티, 그리고 유저로서 누리는 권리 중 일부를 포기한다는 것. 다시 말해, 지금과 같은 억울한 처지에 있더라도 어디 하나 하소연할 곳이 없다는 뜻이다.

"아, 정말 뭔가 방법이 없다는 거냐?!"

아무리 머릴 쥐어뜯고 굴려도 도통 떠오르는 생각이 없다. 하긴 그런 머리가 있었더라면 고작(?) 한계 레벨 499에 도달한 주제에 레벨 1,200내로 알려신 천외천의 설대강자 카오틱 드래곤이 있는 드래곤 산맥에 오지도 않았을 터. 결국 수한에게 남은 건 좌절과 절망의 구렁텅이에서 하염없이 자기 학대를 하는 것뿐이었다. 그리고 그런 발광 아닌 발광은 이내 이성 상실과 겁대가리 상실이라는 극단적인 결과를 초래했으니…….

"크크크크, 좋아! 이렇게 된 이상 막가는 거다!"

더 이상 잃은 것이 없는 자가 가지는 섬뜩한 광기. 이로써 수한은 그나마 자신을 지탱하던 마지막 이성의 끈이 끊어졌다. 물론 그렇게 이성이 끊어져 봤자 뭘 할 수 있겠는가? 호수에 뛰어들어 잠자는 카오틱 드래곤에게 불침을 놓겠는가, 아니면 간지럼을 태우겠는가? 지금의 본신 능력치론 그런 어리광(?)조차 불가능하다. 결국 수한이 할 수 있는 일이라곤,

"크크크크, 드래곤 레어가 보물 창고란 건 누구나 다 아는 불변의 진리! 이 변종 도마뱀 녀석아, 날 이대로 보내준 걸 후회하게 만들어주마."

판타지 소설에서의 드래곤에 대한 위상은 그야말로 천차만별이다. 절대적인 존재로서 세상에 군림하는가 하면, 주인공에게 득템의 기쁨을 알려주고자 뼈와 가죽을 상납하는 덩치만 큰 도마뱀으로 등장하기도 한다. 그러나 단 하나 절대 변하지 않은 설정이 있었으니, 그것은 드래곤이 사는 레어엔 그동안 드래곤이 모아온 온갖 보물들이 넘친다는 사실. 그러니 드래곤 중에서도 최강을 자랑하는 카오틱 드래곤이라면 이곳에 얼마나 많은 보물이 있을지 가히 상상조차 되지 않는다.

"크크크, 이왕 버린(?) 몸, 이렇게 된 이상 이곳에서 아예 빚 상환을 위한 자금 조성이나 해야겠다."

방금 전까지 절망과 좌절만이 가득했던 수한의 눈동자. 그러나 지금은 아이템에 대한 불같은 탐욕만이 존재했다. 어차피 카오틱 드래곤은 수면기에 접어들어 완전히 곯아떨어졌을 터. 이번 기회에 카오틱 드래곤의 레어를 완전히 거덜내기로 마음먹은 것이다. 하지만 세상만사 모든 일이 다 그렇듯 사람 뜻대로 되는 일이 어디 그리 흔하던가?

"크아아아아! 어떻게 이런 일이!? 이건 말도 안 돼!!"

카오틱 드래곤이 호수로 가라앉은 지 열흘째 되는 날, 카오틱 드래곤의 레어인 드래곤 산맥의 어느 이름 모를 동굴 안에선 그 누군가의 절규가 처절히 울려 퍼지고 있었다. 당연한 말이겠지만 수한이 바로 그 절규의 주인.

"크흐흐흑, 정녕 하늘은 날 버렸다는 건가?"

눈물바다를 이루다 못해 통곡의 늪에서 허우적거리는 수한. 아무리 폐인이 되었다지만 명색이 마교의 교주씩이나 했던 인물이 왜 이런 추한 모습을 보이는 걸까? 그러나 그의 입장에선 그럴 수밖에 없는 것이, 레어의 보물 창고를 털어 다시 한 번 인생 반전을 꿈꾸던 그의 희망이 무참히 짓밟힌 탓이다.

드래곤 레어 하면 딱 떠오르는 것이 무엇인가? 힘만 있고 돈없는 주인공들을 위한 드래곤 슬레이어의 전용 보물 창고가 아니던가? 그런데 정작 드래곤 중 최강이라는 카오틱 드래곤의 레어엔 그 넘쳐 난다는 마법서나 아이템들은커녕 번쩍이는 보석조차 없었으니……. 있는 거라곤 거무칙칙한 암석과 거기에 수북이 쌓인 먼지뿐.

이걸 두고 소문난 잔치에 먹을 것이 없다고 해야 하나, 아니면 진성 저주 캐릭인 수한에겐 그런 기연이 도저히 용납되지 않는다는 건가? 하긴, 카오틱 드래곤이 순순히 그를 풀어줄 때부터 뭔가 이상하다 여겼어야 했다. 아이템에 두 눈이 벌게진 녀석에게 자신의 집을 순순히 개방했으니 그 나름대로 이유가 있지 않았겠는가? 어쨌든 한 가지 분명한 사실은 이곳엔 수한이 기대했던 보물이 전혀 없다는 것.

"크흐흐흐흑, 그렇게 기대했건만… 고작 개털(?)이었다니…….."

눈물이 앞을 가리고 흐느낌이 절로 흘러나온다. 이래서야 열흘 전보다 더욱 비관 모드로 접어들 판국. 실제로 수한은 한없이 어두운 절망의 무저갱 속으로 끝없이 침잠해 들어가고 있었다. 그런데 바로 그때,

―내게로 오라.

"으헉! 이건 또 뭐야?"

납량 특집 '전설의 고향' 저승사자 전문 성우의 음성이 이러할까? 듣는 순간 온몸에 맹렬히 돋아나는 소름과 함께 자신도 모르게 철퍼덕 주저앉고 마는 수한. 머릿속으로 울리는 이

음성은 분명 카오틱 드래곤의 것이 아니다. 그렇다면 대체 누가?

"누, 누구냐?"

TV에 방영되는 식상할 대로 식상한 공포 영화를 볼 때도 이불부터 뒤집어쓰는 수한이다. 그런 그에게 이렇게 공포가 뚝뚝 묻어나는 음성과 분위기는 카오틱 드래곤의 천지를 진동시키는 노호성보다 더한 두려움의 대상. 자연 온몸을 발발 떨며 상대의 정체를 알고자 노력한다. 하지만 상대는 그런 수한의 의향에 전혀 동의할 생각이 없는지 같은 말만 반복했으니……

―내게로 오라.

"히이이익~"

재차 반복되는 섬뜩한 음성에 간질 환자로서의 탁월한 재능(?)을 선보이는 수한. 수많은 마물의 시체 위에서 앙천광소를 터뜨리던 그 용감무쌍한 모습은 조금도 찾아볼 수가 없다. 하지만 아무리 두려운 일이라도 그것이 계속 반복되면 결국 적응하는 게 인간. 머리를 울리는 괴음성이 십여 차례 반복되자 겁에 질렸던 수한도 슬슬 짜증이 나기 시작했다.

―내게로…….

"쓰벌, 네놈이 대체 누군지는 알려줘야 내가 갈지 말지 결정을 할 거 아니야?!"

상대의 지나치게 불친절한 설명에 결국 버럭 화를 내는 수

한. 그러자 그의 머리를 울리는 괴음성도 잠시 침묵을 지킨
다. 그리고 지금까지의 방법으론 수한의 흥미를 이끌 수 없다
고 판단했는지 수한의 귀를 솔깃하게 만드는 제안을 하는
데……

　―내게로 오라. 그럼 너에게 힘을 주마.

　"헉, 이것은?!"

　상대의 난데없는 말에 자신도 모르게 탄성을 토하는 수한.
팔라스 연합을 넘어가기 전, 나름대로 사전 조사를 위해 수십
여 권의 판타지 소설을 읽은 그다. 때문에 지금의 상황이 무
얼 뜻하는지도 금세 깨닫게 되었으니……. 너무나 전형적이
지만 그만큼 확실하기에 유혹적인 제안. 설마 이런 식으로 또
다른 기연(?)이 찾아들 줄이야.

　"그래, 어, 어디로 가면 되지? 빨리 말해봐!"

　혹여 상대가 말을 바꿀세라 황급히 그 위치를 캐묻는 수한.
그런 그의 급격한 태도 변화에 상대도 당황했는지 잠시 말을
잃는다. 그러나 그것도 잠시, 이내 수한에게 전해지는 어떤
특정 장소에 대한 설명.

　―…로 오면 된다. 비록 암벽이 그 앞을 가로막고 있긴 하
지만 너의 능력이라면…….

　"아아~ 걱정 마, 걱정 마. 내가 알아서 할 테니."

　상대의 설명에 끝나자마자 황급히 몸을 일으켜 세우는 수
한. 그는 그대로 괴음성이 알려준 장소를 향해 전력질주하기

시작했다. 그리고 그런 그의 입에서 쉴 새 없이 흘러나오는 괴소.

"크크크크, 뭐든 좋다. 저주받은 마검이든 영혼을 잠식하는 반지든 간에… 그저 팔 수만 있으면 된다."

물욕은 공포조차 억눌렀다.

쾅쾅쾅!

투투투툭!

어설프지만 힘찬 주먹질에 무너져 내리는 암석. 그러나 수한은 그에 만족하지 않고 더욱 힘차게 주먹을 내질렀다. 그에 따라 한층 더 빠른 속도로 파혜쳐지는 암벽. 지나가던 광부가 이 광경을 봤다간 당장 전직을 권하며 고액의 연봉을 제시하리라.

비록 내공을 금제당해 무공을 쓸 수 없고, 본신 능력치의 90%가 하락했다곤 하지만 얼마 전까지 먼치킨 초급에까지 도달했던 수한이다. 때문에 그 10%의 능력치만으로도 웬만한 외공 고수의 근력에 육박할 수준. 거기다 암벽 자체도 생각보다 부실(?)했기에 겉으로만 본다면 수한의 광부 숙련도는 그야말로 마스터 급이 아닐 수 없다.

"헉헉, 좋아, 네 말대로 구멍을 대충 흙으로 믹아놓은 거군."

―그렇다. 이제 조금만 더…….

"아씨, 알았어. 알았다구!"

점차 커져 가는 구멍에 흥분된 기색을 감추지 못하는 괴음성. 연신 수한을 독려하며 재촉한다. 이에 짜증을 내면서도 더 열심히 구멍을 넓히는 수한. 결국 그런 노력은 결실을 맺어 마침내 구멍은 수한 하나쯤은 너끈히 지나갈 정도의 크기를 확보했다.

푸스스슥!

"쿨럭쿨럭! 아, 이제 됐네. 좋아, 이제 그냥 앞으로 가기만 하면 되냐?"

―그렇다. 어서 이곳으로 오라.

사방에 자욱한 먼지를 뚫고 괴음성의 열렬한 환영을 받으며 수한은 안으로 진입했다. 그리고 잠시 뒤, 그런 그의 눈앞에 펼쳐진 광경.

"호오~ 이거 제법 뭔가 있어 보이는데? 하지만……."

제법 높다란 단 위에 놓인 작은 구체. 쉴 새 없이 뿜어져 나오는 마기(魔氣)는 그 존재가 결코 평범한 것이 아님을 증명한다. 아니, 평범한 것은 둘째 치고, 사람에게 결코 좋은 영향을 미칠 것 같지 않은 섬뜩한 기운. 척 보기에도 뭔가 대단한 저주가 걸려 있어 절대 사람에게 이로운 물건이 아님에 분명하다. 그러나 정작 수한의 얼굴을 뒤덮는 실망감은 그런 사소한(?) 이유 때문이 아니었으니…….

"에계~ 마검이 아니었어? 하다못해 반지라거나 뭔가 쓸

만한 아이템일 줄 알았는데… 그냥 구슬?"

─무슨 의미로 그런 말을 하는 거냐?

사람조차 감당하기 힘든 수한의 정신 세계를 어찌 아이템(?) 따위가 이해할 수 있으랴? 그저 실망감 섞인 수한의 반응에 혹시나 자신에게 관심을 거둘까 노심초사할 뿐. 그러나 다행히 수한은 눈앞의 존재에 아.주. 관심이 많았다.

"야, 너 무슨 쓸모가 있냐? 일단 자아가 있는 걸 보니 에고 아이템 같은데 무슨 특별한 능력이라도 있냐?"

─…….

지극히 자기 관점에서 상대를 판단하는 수한. 눈앞의 존재가 아이템이라고 철석같이 믿으며 그 존재 가치(?)에 대해 논의하기 시작한다. 물론 그 논의 대상이 되는 입장에선 기가 막힐 노릇.

─크크크, 이거 정말 할 말이 없군. 내가 고.작. 마법으로 가공된 물건 따위로 보이느냐?

"헉? 그럼 뭐야? 아이템이 아닌 거야?"

상대의 반응이 너무 의외여서일까(물론 수한의 입장에서 그렇다는 의미다)? 마치 마른하늘에 벼락이라도 맞은 듯한 표정을 지으며 자신의 실망을 전.혀. 감추지 않는 수한. 덕분에 '말하는 구슬'과 수한 사이에 난데없이 긴장감이 감돈다. 하지만 그런 무거운 분위기도 잠시뿐. 내심 아쉬운 것이 많은 구슬과 그에 못잖게 뭔가 기대를 품고 있는 수한은 이내 대화를 재개했다.

"크험~ 뭐, 아이템이 아니라니 할 수 없군. 하지만 내게 힘을 준다고?"

—그렇다. 네 몸에 풍기는 마기를 보건대 너 역시 '이블린(Evelyn)'님을 섬기는 자일 터. 어서 나를 이 속박에서 풀어 그분의 진정한 권속이 될 영광을 누려라.

"이게 뭔 소리다냐? 좀 알아듣게 얘기할래?"

도저히 이해할 수 없는, 마치 암호와도 같은 '구슬'의 말에 재차 대화가 끊긴다. 수한은 수한대로 난감하고, 구슬은 구슬대로 기가 막힐 노릇.

—넌 그분을 섬기는 자가 아니더냐?

"아, 글쎄, 난 그 이블린인지 뭔지라는 사람하고 하등 상관이 없는 사람이걸랑. 그러니깐 좀 더 알아듣게 얘기해 줄래?"

—그럴 리가?! 비록 마나가 금제된 상태라 하나 네 몸에선 그분의 체취가 물씬 풍기고 있다. 즉, 네놈이 고위급 흑마법사라는 부정할 수 없는 증거!! 그런데도 계속 발뺌할 셈이냐?!

혼자서 떠드는 걸 오냐오냐하니 이젠 화까지 낸다. 이에 수한의 성깔에 가만있을 리 만무.

"아, 이 자식이! 모르는 걸 모른다고 했는데 뭐가 문제야?! 그리고 내가 흑마법사라니?! 난 어디까지 권사(拳士)란 말이야!!"

권법을 주 종으로 쓰는 수한의 입장에서 생전 보지도 못한 흑마법사라는 오해(?)는 정말 억울하기 짝이 없다. 하지만 상대 역시 황당하긴 마찬가지.

─뭐, 권사? 허~ 그런 마기를 내뿜으면서 어떻게 자신이 흑마법사임을 부정할 수 있단 말이냐?! 자신의 의무를 외면하지 마라!

"아, 이게 정말! 나 정말 흑마법사 아니라니까. 마법이라곤 생전 보지도… 아니, 보긴 했지만, 어쨌든 익히지 않았단 말이야!"

카오틱 드래곤이 난사하던 마법들을 떠올리며 자신이 마법을 익히지 않았음을 재차 강력히 주장하는 수한. 그러자 수한보다 조금 더 냉정한 면이 있는 구슬은 뭔가 이상함을 깨달은 듯 말했다.

─마법을 익히지도 않았어? 하지만 마나까지 금제당한 상태에서도 이 정도 마기를 내뿜으려면… 가만, 그렇다면…….

중얼거리며 기억을 더듬던 구슬. 그러다 불현듯 수한의 정체를 눈치 챘다.

─헉! 설마 넌 청 제국 측 사람이냐?

"당연하지."

상대의 물음에 지극히 당연하다는 투로 대답하는 수한. 하지만 정작 상대에게는 전혀 그렇지 않은 모양이다.

─이럴 수가!! 오십여 년이나 참았건만……. 이제야 봉인을 풀 수 있을 거라 여겼건만 어찌 이런 일이……!

얼마 전 절망감에 빠진 수한이 그러했듯 비탄에 찬 고함을 내지르는 구슬. 그 서슬에 괜히 잘못한 것도 없는 수한이 슬그머니 미안해질 지경이다. 그러자 그런 낌새를 눈치 채서일까? 재빨리 수한에게 자신의 신세 한탄을 늘어놓으며 모종의 사전 작업을 거는 구슬. 그렇게 시작된 그의 이야기는 오십여 년 전의 과거에서부터 시작되었다.

흑마법사[Dark Mage]. 마계의 마왕들과 계약해 어둠의 힘을 사역하거나, 혹은 마족을 소환하여 세상을 어지럽히는 마의 무리. 때문에 팔라스 연합에서의 그들의 처지는 청 제국의 마교도와 거의 비슷한 극악 마물을 바라보는 수준이다. 아니, 마교와 같은 거대한 울타리가 없이 그저 뿔뿔이 흩어진 그들로선 더욱 힘든 나날을 보낼 수밖에 없었다.

때문에 세상의 탄압을 견디다 못한 흑마법사들은 지금으로부터 약 오십여 년 전 일대 모험을 단행했으니⋯⋯. 마계로부터 대마왕(大魔王:The Lord of Devil)을 소환하여 세상의 전복을 노렸던 것이다. 그리고 그렇게 소환되어진 것이 바로 수한의 눈앞에 봉인되어진 존재, 마계의 다섯 대마왕 중에서도 수좌를 차지하는 죽은 자들의 군주 '데스 로드(Death Lord)'였다.

비록 강림이 아닌 소환의 형식을 취한 탓에 그 본신 능력을 제대로 발휘할 순 없었다곤 하지만 그의 신분은 레벨 1,000이 넘는 대마왕. 그 권능은 심지어 드래곤조차 능가하여 그를 역소환하기 위해 달려든 다수의 드래곤조차 권속으로 거두어들일 정도였다. 그 결과 열세 마리의 본드래곤과 함께 팔라스연합 전체를 죽음의 그림자로 뒤덮은 데스로드.

그렇게 드래곤조차 당해내질 못하는 그를 누가 막을쏘냐? 결국 팔라스연합에 존재하는 대부분의 왕국은 그의 권능에 무릎을 꿇은 채 노예로서의 삶을 간청할 수밖에 없었고, 이로써 팔라스 연합은 흑마법사들을 주축으로 한 거대한 단일 제국 '암흑제국'이 건설되는 듯 보였다.

―만약 그 당시, 이블린님의 저주를 받을 그 추악한 놈만 등장하지 않았다면 말이지.

누구도 예상치 못한 변수, 아니, 제각기 세상의 한 축을 담당하던 초월자들이라면 누구나 알고 있던 사실. 세상에 존재하는 최강의 생물체 카오틱 드래곤, 자칭 '균형과 조화의 수호자'인 그녀가 데스로드의 난행을 용납할 리 없었다.

그리고 그 사실을 누구보다 잘 알고 있는 데스로드. 중급신(The Middle God) 이상의 권능이 아니고선 도저히 당해낼 수 없다는 카오틱 드래곤은 '상급 초월지(하급신·The Low God)'인 그에게 너무나 벅찬 상대. 설령 소환의 형식이 아닌, 직접 강림했다고 해도 도저히 감당할 자신이 없었다. 때문에 그 절대자의 거대한 날개를 펼쳤다는 소식을 듣는 순간 데스로드는 자신의 진명(眞名) 스킬인 '데스 필드'(Death Field)까지 전개하며 카오틱 드래곤를 맞아 나름대로 만반의 준비를 했었다.

하지만 카오틱 드래곤의 저력은 그의 예상을 훨씬 뛰어넘는 절대 영역. 데스로드에게 진명 스킬인 '데스필드'가 있다면 카오틱 드래곤에겐 드래곤 중에서도 오직 그녀에게만 허락되어진 절대 권능 '카이저 브레스(Kaiser Breath)'가 있었던 것이다. 그리고 그 위력은 데스필드를 포함한 당시 암흑제국의 수도 전체를 날려 버리고도 모자라 데스로드의 든든한 권속인 열세 마리의 본드래곤 중 열두 개체를 일격에 소멸시킬 정도.

결국 데스로드는 세불리를 깨닫고 도주할 수밖에 없었다. 이미 소환된 이후, 자신의 권능 대부분을 소모한 상태. 이 이상 그 자신의 권능이 손상된다면 마계에 있는 본신(本身)에조차 큰 타격을 입게 된다. 하지만 그가 마계로 귀환하기 직전, 다시 한 번 절대 존재로서의 권능을 선보이는 카오틱 드래곤. 놀랍게도 그 괴물은 마계에 있는 데스로드의 본신 자체를 소환하여 진명을 봉인하는, 그야말로 극악 먼치킨의 진수를 펼쳐 보였다.

—정말 상상을 초월하는 괴물이었지, 그놈은. 설마 본신을,

그것도 대마왕을 강제 소환할 줄이야……

"뭐, 이해가 안 가는 것이 있긴 하지만… 옛날에 한창 잘나
갔다는 사실은 알겠어. 하지만 지금은 그 모양 그 꼴인데 어
떻게 내게 힘을 준다는 거지?"

―크윽~ 내 설명을 듣고도 고작 이해한다는 게…….

상대의 도통 알아들을 수 없는 설명, 그것도 지루하기까지
한 이야기에 하품이나 쩍쩍 해대는 수한. 그 모습에 구슬, 아
니, 데스로드의 입장에선 그저 기가 막힐 노릇이었다. 이런
엄청난 전대 비사를, 그것도 이 세상을 지탱하는 규칙에 대한
큰 비밀을 말하는데 고작 이따위 반응을 보이다니…….

―크윽~ 좋다. 더 이상 말해봤자 너에겐 아무런 소용이 없
을 것 같군. 그럼 본론으로 들어가자.

"아함~ 진작 그럴 것이지."

―크으으윽~ 이놈이……!

수한의 변함없는 무관심(?)에 더욱 분노가 끓어오르는 데
스로드. 그러나 어쩌겠는가? 아쉬운 쪽은 어디까지나 그인
데. 결국 자세한 설명은 다 잘라먹고 '계약'에 대해서만 설명
한다.

―힘을 얻는 방법은 간단하다. 네가 현재 나를 가둔 이 봉
인구를 두 손으로 잡으면 너와 모종의 계약을 할 터. 그것에
네가 동의한다면 내가 지닌 대마왕으로서의 권능이 너에게
주어질 것이다.

"흠~ 그래? 간단하네. 하지만……."

―웅? 뭐 문제라도 있나?

"갑자기 떠오른 생각인데 말이야, 왜 내게 힘을 주지 못해 안달하는 거지? 이거 왠지 수상한데?"

생각지 못한 날카로운 질문이어서일까? 순간 말을 잇지 못하는 데스로드. 하지만 대마왕이 괜히 대마왕이겠는가? 수한이 무심결에 떠올린 의문이 채 성장하기 전에 대마왕(?)다운 순발력으로 그 싹을 재빨리 잘라 버린다.

―나는 대마왕으로서, 아니, 세상의 한 축을 담당하는 존재로서 의무가 있다. 내 비록 권능이 그 변종 도마뱀보다 약해 이 봉인을 깰 수 없다고 하지만 언제까지 대마왕의 직위를 비워둘 순 없는 노릇. 그래서 너에게 내 권능을 주어 이블린님의 다섯 권속 중 빈자리를 채우려는 것이다.

자못 진중한 음성으로 차분히 설명하는 데스로드. 이 순간만큼은 그의 음성이 자신을 희생하여 신의 사도로서 그 의무를 다하려는 순교자의 그것과 같아 보인다. 심지어 방금 전까지 장내에 자욱하던 마기가 왠지 순백한 성기사의 오라로 보일 지경. 이렇게까지 하는데 수한도 어느 정도 수긍할 수밖에 없다.

"흐흠~ 뭐, 그렇다면야……."

너무나 유혹적인 제안. 아무런 대가도 없이 그저 계약을 받아들일 경우, 대마왕의 지위와 권능을 이어받는다? 너무 좋은 조건이라서 약간 꺼림칙할 정도다. 마치 100% 무료 경품을 준다고 해놓고 한 달 뒤 고액의 청구서를 날리는 모 홈쇼핑처럼 뭔가 찜찜하다고 할까? 하지만 데스로드의 말이 진실이라면?

무려 레벨 1,000대에 달하는 대마왕의 힘이다. 그것을 획득할 수만 있다면 수한은 과거 청 제국을 종횡하던 그 시절보다 훨씬 강해질 게 뻔할 터. 특히 카오틱 드래곤의 저주를 풀 뚜렷한 방법이 없는 그의 입장에선 이 제안을 도저히 거부할 수가 없었다.

―자, 이제 결단을 내렸나? 그럼 어서 제단 위로 오르도록.

"아, 알았어."

내심 뭔가 불안한 수한에게 데스로드는 더 이상 생각할 시간을 주지 않으려는 듯 재차 재촉했다. 이에 조금 망설이면서도 조심스럽게 계단을 오르는 수한. 그리고 마침내 제단에 있는 열세 개의 계단을 모두 올라 데스로드의 봉인구에 도달했다.

"꿀꺽~ 그럼 시작한다."

―그래, 어서 시작해라.

앞으로 있을 모종의 일에 대한 기대 때문일까? 마른침을 삼키며 떨리는 손으로 봉인구를 잡아가는 수한. 데스로드 역시 흥분을 감추지 못한 채 그 음성이 떨리고 있었다. 그 순간,

파아아아악!

수한의 두 손이 봉인구를 잡는 순간, 폭발적으로 장내를 장악하는 암흑의 마기. 세상에 다시없이 추악했으며, 생자에 대한 격렬한 증오를 품고 있었고, 동시에 죽음에 대한 끝없는 갈망이 느껴진다. 그것이 바로 데스로드의 권능이자 의지. 지금 이 순간, 수한을 뒤덮은 것의 정체였다.

'이제 드디어……'

서서히 수한의 몸을 감싸는 마기 속에서 데스로드는 희열을 감추지 못했다. 무려 오십여 년을 기다린 끝에 드디어 이 지긋지긋한 봉인에서 벗어나는 것이다. 대신 본신을 잃은 채 눈앞의 육신으로 갈아타야 하는 불편을 감수해야겠지만……

'크크크, 바보 같은 녀석. 마왕의 말을 곧이곧대로 듣다니……'

마족과의 계약은 두 번, 세 번 꼭꼭 씹어 음미하고도 결국 인간 쪽이 당하는 것이 상식에 가깝다. 하물며 설명을 듣기가 귀찮아 대번에 계약을 단행하는 녀석을 속이는 게 뭐가 어렵겠는가? 물론 마왕 체면에 거짓말을 할 순 없는 일. 분명 눈앞의 어리버리한 녀석에게 그의 모든 권능이 주어질 것이다. 단지 그가 그 육신을 장악한다는 게 문제지만……

'마법사가 아니라는 사실이 아쉽긴 하지만 뭐, 이거라도 얻고 다른 곳에서 새로운 육신을 찾을 수밖에……. 그리고 이

번에야말로…….'

　아직 계약이 성립되지 않았음에도 이미 수한의 육신을 손에 넣은 듯 앞으로의 계획을 구상하는 데스로드. 어디까지나 마법을 주종하는 마법사 타입의 마왕인 그로선 수한이 마법사가 아닌 전사라는 사실이 못내 아쉽다. 하지만 지금의 상황에선 이거라도 감지덕지. 어서 이 계약을 체결하여 이곳을 벗어나는 게 중요했다. 때문에 보다 서둘러 시작하는 계약의 속박.

　—나를 받아들여 '만마(萬魔)의 어머니'의 첫 번째 아이가 되겠는가?

　사방에 넘실거리는 마기 속에서 천천히 울려 퍼지는 데스로드의 음성. 그것은 도저히 거부할 수 없는 유혹이었으며 강제적 계약. 수한은 마치 환몽 속에 빠진 듯 자신도 모르게 고개를 끄덕일 수밖에 없었다. 그리고 그것으로 계약 성립.

　—크크크크, 이제 끝났다. 설령 네가 날 거부한다고 해도 계약은 절대적!

　계약이 체결되는 순간, 데스로드는 마침내 자신의 본색을 드러냈다. 방금 전보다 더욱 짙은 마기를 내뿜으며 수한의 육신에 강제력을 행사하는 데스로드. 이제 남은 건 상대의 정신 소멸뿐이었다.

　"어, 어~ 지금 뭐 하는 거야? 이거 말이 다르잖아?"

　자신을 속박하는 마기에 그제야 제정신을 차린 수한. 그는 격렬히 저항하며 데스로드에게 따지기 시작했다. 계약 체결 후, 단순히 능력치 상승, 혹은 저주 해소를 기대했던 그의 입장에서 지금의 상황은 사기 계약에 휘말린 희생자 그 자체. 하지만 그런 수한의 반응에 데스로드는 비웃음을 터뜨릴 뿐이었다.

─크하하하하! 너도 동의하지 않았느냐? 이블린님의 첫 번째 권속이 되기로.

"그게 이거와 무슨 상관인데?!"

─크크크, 정말 아무것도 모르는군. 이블린님이 우리 권속들에게 내려주신 규칙은 단 하나! '강자지존(強者之尊)'이다. 즉, 그 지위에 합당한 능력이 없다면 도태되는 것이 당연한 일. 내 비록 너에게 나의 모든 권능을 주었지만 네가 나를 능가하지 못한다면 반대로 너의 모든 것이 나에게 종속되는 것이 바로 계약인 것이다.

"크윽, 이럴 수가?!"

그제야 수한은 자신이 속았음을 깨달았다. 동시에 세상엔 공짜가 없다는 사실을 뼈저리게 체감했다.

파아아악!

수한이 그렇게 자신의 무지를 탓하며 좌절하는 동안, 다시 한 번 허공을 수놓는 마기의 불꽃. 그리고 그것을 기점으로 수한의 육신을 더욱 잠식해 들어가는 데스로드. 상대가 정신 없이 흔들리는 것을 기회 삼아 더욱 강제력을 행사했다. 이제 조금만 더 시간이 지난다면 수한의 육신은 그의 것이 될 터. 하지만 모든 일이 그렇게 잘 풀리고 있는 바로 그 순간 데스로드는 내심 당황하고 있었으니……

'이상하군. 저주에 걸리긴 했으되 정작 그 근간이 되는 권능이 약하다. 이래서야 나와 합신하는 것만으로도 쉽게 풀릴 저주. 대체 그 도마뱀 녀석이 무슨 속셈으로……'

수한의 육신을 차지한 이상 능력치를 금제한 저주는 데스로드에게 부담이 될 수밖에 없다. 때문에 그 자신의 권능을 활용, 그 저주를 해소하려 하는데 카오틱 드래곤이 내린 저주라는 사실에 나름대로 긴장까지 했건만 실타래에 잘 감긴 실마냥 술술 풀리는 저주의 강제력. 적어도 카오틱 드래곤이 지닌 권능의 무서움을 절실히 깨달은 그로선 도저히 이해할 수 없는 일. 그렇게 너무나 쉽게 해소되는 금제에 데스로드는 또 다른 의미로 긴장할 수밖에 없었다.

하지만 이미 계약은 이루어진 상태.

'어쩔 수 없지. 일단 이 일은 나중에 생각하고 이 녀석의 육체부터 장악하자.'

한번 성립된 마족의 계약은 절대적이다. 다시 말해, 수한이나 데스로드에게나 동일하게 적용된다는 의미. 혹시라도 힘과 권능에서 밀린다면 소멸되는 것은 수한이 아니라 데스로드가 되리라. 때문에 수한에 대한 강제력을 보다 강화하며 혹시 모를 카오틱 드래곤의 꼼수에 대비, 저주를 서둘러 풀기 시작하는 데스로드. 하지만 그것은 그의 첫 번째 치명적인 실수였다.

―응? 이건 대체…….

수한의 몸을 잠식하던 저주가 풀림에 따라 서서히 드러나는 그 능력치. 그 끝을 모르는 거력에 데스로드조차 잠시 당황할 수밖에 없었다. 그저 제법 강한 전사인 줄 알았는데 이게 대체 뭐란 말인가? 대마도사를 능가하는 마나량은 둘째 치고, 드래곤과 비견되는 순수 근력. 이거야말로 마법사와 전사의 능력을 지닌 전후방 만능 마법전사의 상태창이 아니고 무엇이랴? 순간, 데스로드의 뇌리에 이런 생각이 스쳐 지나간다.

'헉! 이거 대박이다!!'

오십여 년 전, 그를 소환할 때 그의 육신을 자처하던 대마도사조차 이런 능력치를 지니지 못했다. 아니, 이 정도라면 마나량과 한두 개 스탯을 제외할 경우, 그의 본신 능력치와도 비등한 수준. 이거 잘못하다간 파워 게임에서 수한에게 밀릴 가능성까지 엿보인다. 그러나 데스로드는 상대의 힘이 자신과 거의 비등하다는 사실에 걱정하기는커녕 크게 기꺼웠다.

―크크크크, 이거 방심했으면 내가 반대로 먹힐 뻔했군.

원칙적으로 한다면 거의 대부분의 권능이 봉인당한 지금의 데스로드로선 수한에게 흡수되어야 정상. 하지만 여기서 밝혀지는 또 하나의 트릭. 강자지존이라는 유일한 규칙에 의해 상대의 힘을 흡수한다곤 하지만 그것도 어느 정도 융통성(?)
이 있는 법. 가장 말단의 하급 마물이 아무리 강한 힘을 가지
고 있더라도, 그리고 설령 아주 약해빠진 대마왕이라도 그 둘
사이에는 절대 넘을 수 없는 서열이란 것이 있다.

　'초월자라면 모를까 초월자가 되지 못한 너로선 절대 나를
이기지 못한다.'

　지금까지 단순히 힘으로 억눌렀다면 이번엔 자신에게 부
여된 진명으로서 수한을 속박하는 데스로드. 능력이 달리자
지위로 억누르는 전형적인 상황이다. 그리고 아무리 힘으론
지금의 데스로드를 능가한다곤 하나 초월자가 되지 못한 수
한으로선 그것을 거부할 수 없었으니……. 이에 자신의 대마
왕이란 간판을 믿고 더욱 거침없이 수한의 육신을 공략하는
데스로드. 그것이 바로 데스로드의 두 번째, 그리고 결정적인
실수였다.

　―크크크! 자, 이제 소멸되어라.

　수한의 육신을 거의 장악하자 드디어 마지막을 장식하는
데스로드. 그는 대마왕의 권능으로 수한에게 영혼 소멸을 명
하며 육신의 장악을 마무리 지으려 했다. 그런데 바로 그 순
간 급반전하기 시작하는 상황.

　―으으윽, 이게 무슨?

　어느 순간을 기점으로 수한을 속박하던 계약의 힘이 반대
로 데스로드를 압박하기 시작했다. 심지어 데스로드의 진명

조차 소멸시키는 계약의 속박. 본래 마족의 계약이란 마족에게도 양날의 검과 같은 것. 결국 데스로드는 자신이 믿었던 계약의 힘에 의해 위기를 맞이하게 되었다.

　—이건 말도 안 돼!! 어떻게 이런 일이?!

　도저히 믿을 수 없는, 심지어 황당하기까지 한 상황에 마왕 체면에 비명까지 내지르는 데스로드. 그의 지위는 '만마(萬魔)의 어머니' 이블린(Evelyn)의 다섯 권속 중에서도 첫 번째. 그런데 어떻게 이런 일이?! 마의 권속 중에서도 첫손 꼽히는 그의 권능이 왜 이렇게 능멸당한단 말인가? 그것도 초월자조차 되지 못한 한낱 인간에 의해…….

　—설마 네놈은……?

　계약의 속박에 거칠게 저항하다 불현듯 데스로드의 뇌리에 스치는 기억. 상대는 팔라스 연합 역사상 고작 다섯 명밖에 없다는 마법전사. 거기다 초월자라 오해할 정도의 막강한 능력치를 지닌 채 청 제국에서 넘어왔다. 그것도 이블린님의 권속으로서. 그렇다면 설마…….

　—크아아아악! 이럴 수가! 네놈이 설마 그분의 제1사제일 줄이야……!

　'NEW WORLD'의 세 상급신[The High God]을 대신해 세상을 직, 간접적으로 조율한다는 다섯 중급신[The Middle God]. 그중 5대마왕을 포함한 모든 마물들을 다스린다는 파괴와 정화의 신, 만마(萬魔)의 어머니 이블린(Evelyn). 그러나 청 제국에선 그녀를 또 다른 호칭으로 부르고 있었으니……. 수한을 교주로 둔 묵천마신교가 모시는 절대 신 아수라(阿修羅)가 바로 그 이름이다.

다시 말해 수한은 인간이기는 하나 마계가 아닌 이곳 세상에서 이블린의 권능을 대행하는 제1사제, 즉 '교황'이었던 것이다. 그리고 그것은 비록 수한이 초월자가 아니라 할지라도 그 권위 면에선 데스로드와는 동급이라는 의미. 결국 힘에서 한참 밀리고 그 지위에서조차 동급인 마당에 데스로드가 기댈 곳은 어디에도 없었다.

─크아아아아아!! 이건 말도 안 돼!!

50년간 장기 수감되어 온 선배 저주 캐릭(?)으로서 수한을 능가하는 불운을 선보인 데스로드. 그는 단발마 비명과 함께 서서히 소멸되었다. 그리고 그 반작용으로 데스로드가 지닌 막대한 마기를 흡수하기 시작하는 수한. 그러자 그것을 기다렸다는 듯 언젠가 수한이 경험했던 암흑 공간이 그를 삼키며 딱딱한 기계음을 토한다.

띠링.

─데스로드의 권능을 일부 습득하셨습니다. 권능 습득에 따라 '저주'가 해제됩니다.

─권능 습득에 따라 캐릭 정보가 수정됩니다.

─인간[Human]에서 마족[Devil]으로 종족이 변환되셨습니다.

―종족 변환에 따라 공력 1,000 오르셨습니다. 지력 100 오르셨습니다. 지혜 100 오르셨습니다. 운 50 오르셨습니다.

―극마지체(極魔之體)에서 천마지체(天魔之體)로 체질이 변하셨습니다.

― '천마지체(天魔之體)'를 이룸에 따라 '금강불괴(金剛不壞)'와 '만독불침(萬毒不侵)'을 습득하셨습니다. 스킬창을 확인하십시오.

―캐릭 정보 수정이 진행 중입니다. 캐릭의 능력치 상승 보정 및 기타 정보 수정이 있사오니 한 시간 후 재접속해 주십시오.

"크어억? 이건……?!"

고난 뒤에 낙이 온다곤 하지만 이건 해도 해도 정말 너무했다. 방금 전까지 구슬에게 자신 캐릭을 빼앗길까 봐 전전긍긍하던 수한은 이제 엄청난 기연의 물결에 허우적거리는 신세가 되었다.

그토록 그를 괴롭혔던 저주가 풀린 것은 기본이요, 1,000 단위로 놀고 있는 능력치 상승. 거기다 뭔가 심상치 않아 보이는 스킬까지. 결국 눈앞에 뜬 강제 로그아웃 메시지를 무시한 채 수한은 이렇게 소리쳤다.

"크카카카! 역시 난 주인공이야!!"

*　　　*　　　*

삐이이익!

"큐티 보이가 로그아웃을 완료했습니다."

모니터에 뜬 메시지 내용에 사방에서 안도의 한숨 소리가 흘러나왔다. 전혀 생각지도 못한 반전. 설마 그 운빨 전무, 불행 전문 큐티 보이에게 이런 기적 같은 행운이 생기다니…… . 저마다 이 믿어지지 않은 사실에 경악하면서도 야근을 면하게 됐다는 사실에 기쁨을 감추지 못했다. 하지만 그 기쁨의 중심에서 홀로 담배 연기를 내뿜는 수영. 그녀만큼은 뭔가 못마땅하듯 미간을 찌푸렸으니…… . 그런데 그렇게 가뜩이나 기분이 저조한 사람에게 냅다 뺨을 때리는 인간.

"정말 다행입니다. 설마 하고 계속 조마조마했었는데……."

눈치없는 사람의 전형적인 표본과 같은 인물 최강준. 부팀장이라면 부팀장답게 팀장의 기분을 잘 알아서 챙겨줘야 할 텐데 주위의 축제 분위기에 휩싸여 수영에게 이딴 소릴 해댄다. 당연히 그에 대한 응징은 가혹하다.

"후우~ 딴말할 것 없이 수진에게 일주일 파견 근무!"

"아아악! 제발 그것만은……!"

이유도 모른 채 난데없이 날벼락을 맞은 최강준. 그러나 눈물을 질질 짜는 그를 무시한 채 수영은 재차 줄담배를 피울 따름이다. 그나마 다행(?)이라면 그렇게 최강준에게 화풀이

한 덕에 그녀의 미간이 어느 정도 풀렸다는 것. 하지만 수영의 마음 한구석엔 여전히 불안의 불씨가 남아 있었다.

'대체 어디서부터 잘못된 걸까? 분명 카오틱 드래곤의 수면기는 한 달 전부터 시작이라고 들었는데……. 설마 애초에 루나가 수면 주기를 잘못 가르쳐 준 걸까? 거기다 전화위복이긴 하지만 왜 엉뚱하게 이 시점에서 데스로드가 등장하는 거지?'

예상치 못한 돌출 변수에 더 더욱 복잡해져 가는 수영의 머릿속. 하지만 상황은 이미 그녀의 손아귀에서 크게 벗어난 뒤였다.

*　　　*　　　*

크다면 크고 작다면 작다고 볼 수 있는 동굴 안 호수. 거대한 그 무언인가를 품고 있는 그 호수 위에 두 인영이 서 있었다.

"…준비는 됐나요?"

루나는 약간 망설이다, 눈앞의 그녀에게 재차 물을 수밖에 없었다. 그녀의 권능이라면, 아니, 그 권능과 무관하게 그녀 스스로의 의지만으로도 지금의 일을 거부할 수 있을 터. 하지만 그녀는 그저 담담히 고개를 끄덕일 뿐이다. 앞으로 있을 일에 대해 조금의 불만도 없다는 듯……

"저는 준비되었습니다. 뭐, 이제 쉴 때도 되었지요. 모든 건 '그분'의 뜻대로……."

"알겠습니다. 그럼 준비를……."

그녀의 생각이 여전히 변함없다는 것을 재확인하자 루나는 자신도 모르게 한숨을 내쉬었다. 왜, 어째서 이런 일이……. 그러나 그런 탄식과는 달리 루나는 자신의 일을 멈추지 않았다. 그녀가 그렇듯 루나 역시 거부할 수 있음에도 거부하지 않은 일이기에…….

우우우우우웅!

루나가 수인을 맺음에 따라 점차 형상화되는 거대한 입체 마법진. 단순한 이차원 마법진이라도 그 정도의 크기라면 가히 경천동지할 위력이 있을 터. 그러나 루나가 생성하는 마법진은 무려 입체 마법진이다. 오직 중급신 이상만이 구현할 수 있다는 천외천의 마법. 그것은 이내 호수를 뒤덮고 호수 밑에 있던 거대한 육신을 옭아맸다. 그러자 급속토록 희미해져 가는 루나 앞의 작은 인영.

"약간은 아쉽군요. '로드 타이거' 그와 다시 한 번 승부를 내고 싶었는데……. 뭐, 이제는 어쩔 수 없는 일이지만……."

"지금까지 수고하셨습니다. 이제 '구원자'에게 모든 것을 맡기고 편히 쉬세요."

"글쎄요, 제가 과연 편히 쉴. 수. 있을까요?"

"……."

루나의 위로 아닌 위로에 약간은 냉소적인 말을 남긴 채 사라지는 작은 인영. 루나는 그 잔상이 완전히 소멸될 때까지 잠시 멍하니 서 있었다. 그러나 그녀 역시 인과율을 언제까지 어길 수는 없는 노릇.

　"구원자를 선택한 태을과 그를 각성시킨 수호자, 그리고 그 모든 것을 방관한 나. 이것이 '그분'에게 우리가 할 수 있는 최대한의 저항. 이제 모든 것은 운명에 맡깁니다."

　자조 섞인 혼잣말을 끝으로 루나 역시 마법진에 휩싸이기 시작했다. 그에 따라 서서히 희미해져 가는 루나의 신형.

　드래곤 산맥의 어느 모를 동굴 안에서 벌어진 누구도 알지 못하는 비밀. '균형과 조화의 수호자'는 영원한 잠에 빠져들었고, 세상과 현실을 잇는 조정자는 스스로를 봉인했다. 그리고 그것은 대겁난의 전조가 되었다.

Chapter 5

세상에 나서다

―환영합니다. 카운트를 한 후 접속 완료되오니 자신의 또다른 인생을 마음껏 즐기시기 바랍니다. *5… 4… 3… 2… 1……*.

　파아아악!

　"상태창!!"

　캐릭 정보를 수정한다는 한 시간이 지나자마자 바로 'NEW WORLD'에 접속한 수한. 접속하면 으레 두 눈을 찌르는 강한 빛조차 무시한 채 다급히 상태창을 소환한다. 단지 로그아웃 직전, 변화된 자신의 캐릭 정보를 재확인하기 위해서라기엔 너무나 격렬한 반응. 원체 운이 없던 인간이라 혹시나 자신이 꿈을 꾼 게 아닌가 하는 두려움 탓이리라. 그리고 그런 그의 눈에 펼쳐진 먼치킨 초중급(?)의 캐릭 정보창.

성명:수한[마족(Devil), 천마지체(天魔之體):마 속성 스킬(무공)에 한해 습득 제한 없이 습득 가능. 스킬 습득시 숙련도 +99.9%]

칭호:無

직업:권사(묵천마신교의 교주) 성향:마(魔)(적대)

레벨:499(99.9%)

근력(STR):2,330

민첩(DEX):120

근골(CON):1,200

지력(INT):340

지혜(WIS):340

마력(MEN):2,440

운(LUCK):188

보너스 스탯:0

생명(HP):64,990/64,990

마나(MP):51,295/51,295[아수라태천경 무공을 운용할 시 MP소모량 *1/2]

공격력:2,639[아수라태천경 무공을 운용할 시 *1.5]

방어력:685[*10]

체력:53.1% 포만감:72.5%

"크어억! 이건?!"

이 순간만큼은 '좋아 죽겠다' 라는 말의 의미를 절실히 실감할 수 있다. 가뜩이나 넘쳐흐르던 MP량이 이젠 정말 주체를 못하게 되었으니……. 본래 3만 남짓하던 총MP량에 무려 2만이 추가된 것이다. 덕분에 한창 싸우는 도중 한번 쓰려고 할 때마다 MP가 오링할까 노심초사하던 '십방장환' 을 이젠 두세 번 정도 걱정없이 쓸 수 있게 되었고. 그 말인즉 수한의 최종 오의(?)가 봉인 해제되었다는 의미?

하지만 그런 사소한(?) 변화는 어디까지나 로그아웃할 때부터 짐작했던 내용. 정작 수한을 이렇게 경악하게 만든 건 따로 있었다. 그것은 바로 성명 옆에 붙은 부가 설명.

"스킬 습득시 숙련도 +99.9%?!"

이미 예전부터 '극마지체' 라는 체질과 특수한 이벤트 탓에 스킬을 익힐 때마다 바로 70%의 숙련도를 획득하던 수한이다. 그런데 이번엔 종족 자체가 마족으로 바뀐 탓인지, 아니면 천마지체라는 체질 때문인지 스킬 습득시 숙련도가 무려 99.9%?! 다시 말해, 마 속성 무공에 한정될망정 습득하는 족족 숙련도가 99.9%에 이른다는 뜻이다. 아마 스킬을 습득하고 한두 달이면, 아니, 어쩌면 하루 이틀 만에 그 스킬을 마스터할 수도 있으리라.

"크아아아! 설마 이렇게까지 날 밀어주다니……! 크크크, 정말 이래도 되는 겁니까?"

그 누군가에 알 수 없는 말을 하며 뒤로 넘어가는 수한. 그의 두 눈엔 감동의 눈물을 줄줄 흘린다. 하긴 다른 사람이 죽자 살자 노가다할 때, 그 자신은 고작 0.1%의 숙련도를 채우면 스킬을 마스터하니 어찌 기쁘지 않을쏘냐? 특히 과거 아수라태천경의 무공 숙련도에 목을 맨 경험이 있는 그로선 더욱 기꺼운 일일 터. 하지만 수한에게 밀어닥칠 기쁨의 후속타는 여기서 멈출 기색이 아니었다.

상태창의 능력치 명칭에서 '공력'과 '내공'이 '마력'과 '마나'로 변해 나름대로 판타지풍(?)의 분위기가 물씬 풍긴다는 사실은 그냥 넘어가자. 그리고 지금까지 '별호'라 쓰인 부분이 '칭호'로 바뀐 것도 아마 위의 '마력'과 '마나'와 같은 경우일 테니 이것 역시 무시하자. 중요한 것은 지금까지 그 별호 자리에 당당히 놓여 있던 절색마존(絶色魔尊)이란 칭호가 깨끗이 사라졌다는 사실. 이에 수한은 일반적인 경우와 판이한 반응을 보이며 재차 뒤집어졌다.

"크카카카카, 이럴 수가? 이제 난 자유란 말인가?"

일반적으로 자신에게 부여된 별호라면 누구나 자랑스러워할 터. 설령 그것이 누구나 두려움을 품을 지독한 악명이라할지라도 말이다. 하지만 수한에게 주어진 별호의 경우, 그의 외모를 지나치게 비하(?)하는 탓에 그에겐 그저 하나의 족쇄

일 뿐. 그런데 그것이 이렇게 깨끗이 사라졌으니 수한에겐 이것만큼 기쁜 일이 어디 있으랴?

하지만 한번 밀어주는 김에 아예 뽕을 뽑는다는 그 누군가의 생각 때문일까? 이내 수한의 뇌리에 스치는 기억!!

"아차, 이번에 스킬도 얻었지? 스킬창!"

데스로드를 널름 먹어(?)치운 덕에 두 개의 스킬을 이번에 새로 얻었다는 사실을 그제야 상기한 수한. 이내 스킬창을 소환해 재차 까무러칠 만반의 준비를 마친다. 그리고 그런 그의 눈앞에 상태창을 대신해 떠오르는 스킬창.

[금강불괴(金剛不壞)]

금강석같이 굳세어 어떤 수단으로도 파괴할 수 없다고 알려진 순수 육체가 이룰 수 있는 최고의 경지

방어력 열 배(본신 기본 방어력을 기준). 상대 크리티컬 확률 90% 감소(패시브 스킬)

[만독불침(萬毒不侵)]

세상 그 어떤 것이라도 자체적으로 저항할 수 있는 순수 육체가 이룰 수 있는 최고의 저항력

성(聖) 속성을 제외한 모든 속성 대미지 50% 감소(패시브 스킬)

"크어어어헉?!!"

지나친 기쁨에 뇌에 공급되던 피가 잠시 역류한다. 덕분에 기껏 준비(?)한 것이 무색하게 두 눈을 뒤집고 거품까지 문 채 뒤로 넘어가는 수한. 하지만 금강불괴와 만독불침을 얻은 초합금 마족답게 이내 자리에서 벌떡 일어선다.

"크카카카카! 방어력이 열 배라고?! 그럼 대충 잡아도 데미지 6,000은 그냥 씹는단 말이지? 거기다 페시브 스킬(Passive Skill)이니까 마나 소모도 없이 말이야. 그리고 모든 속성의 데미지를 절반만 먹는다고? 크카카카카! 이제 난 진짜 무적이다!!"

상태창의 방어력 옆에 왜 (*10)란 표시가 있었는지 이제야 이해가 된다. 즉, 수한의 방어력은 이제 본신 기본 방어력 685의 10배인 6,850! 그것도 마나 소모 없이 언제나 항시 유지되는 방어력이 말이다. 어디 그뿐이랴, 수한 스스로가 마족인 탓에 성 속성을 무시할 순 없다지만 그 외 타 속성에 대해선 거의 최고의 저항치를 가지게 되었다. 즉, 사제와 성기사들에게 다굴만 당하지 않는다면 열나게 맞아봤자 간지럽지도 않다는 의미. 이제 수한은 단순히 HP량이 많은 진성 몸빵 캐릭에서 철벽 방어 진화형 몸빵 캐릭이 된 것이다. 이제 그 누가 그의 옥체(?)에 흠집을 낼 수 있으랴?

"크카카카카! 아이고~ 배야! 이제 더 이상 못 웃겠다!"

갑작스런 기연 퍼레이드에 땅바닥을 데굴데굴 구르며 광

소를 터뜨리던 수한. 하지만 과유불급의 이치를 깨달아서일까? 더 이상 배가 아파 웃지 못하는 탓에 이내 자리를 툭툭 치고 일어선다. 그런데 그렇게 간신히 이성을 되찾은 그를 재차 뒤집어지는 일이 발생했으니…….

"헉?! 이건?!"

자리를 털고 일어나 자신도 모르게 휘휘 주위를 둘러보던 수한. 그런 그의 눈에 뭔가 야릇한 물건이 들어왔다. 그것도 하필 데스로드의 봉인구가 있던 자리에. 그렇다면 설마 그것은?!

"크어억?! 아이템이다!!"

다시 한 번 장내에 몰아치는 격렬한 기쁨의 몸부림. 결국 수한은 재차 배를 움켜쥘 수밖에 없었다. 그리고 잠시 뒤, 주위를 초토화시키는 광란의 시간을 끝내고 간신히 이성을 되찾은 수한.

"헥헥헥! 자, 이제 이게 뭔지 슬슬 볼까?"

지금껏 청 제국에서 레어 급 이상의 비급이나 아이템들을 심심찮게 만져 봤지만 이곳 팔라스 연합의 아이템은 처음으로 접해보는 그다. 거기다 아이템은 청 제국보다 팔라스 연합 측 물건을 더 쳐주는 대세를 고려할 때 아이템에 대한 기대는 더욱 커질 수밖에 없다.

아니, 그런 문제는 제쳐 두고서도 눈앞의 물건은 데스로드가 사라진 다음 생성된 아이템. 즉, 레벨 1,000짜리 몹이 죽은 뒤 떨군 아이템이란 뜻이다. 그렇다면 대체 얼마나 좋은 아이템일까? 아마 레어는 기본이고 어쩌면 유니크? 하지만 막상 그 정체불명의 아이템을 살펴보는 순간 수한의 얼굴은 급격히 일그러진다.

"엥? 이거 옷 아니야? 그것도 왜 이렇게 얄팍해?"

수한의 손에 쥐어진 물건. 나름대로 기대를 했건만 그 정체는 옷. 보다 정확히 말하면 마법사나 입을 평범한 검은 로브(Robe)다. 물론 아이템에 대해 어느 정도 지식이 있는 사람이라면 척 보는 순간 그것의 범상치 않은 포스를 느끼겠지만 안타깝게도 수한은 그런 식견이 전혀 없는, 좋은 아이템은 뭐든 튼튼하고 빛이 번쩍여야 된다는 지론을 지닌 범인(凡人). 때문에 기껏 가졌던 큰 기대를 휘휘 집어던진 채 로브마저 집어 던지려 한다. 하지만…….

"헉! 내가 무슨 짓을……?"

로브를 던지려는 자세 그대로 몸이 굳어진 수한. 그렇다. 이 무슨 추태란 말인가? 갑작스런 큰 기연 탓에 아이템을 소홀히 여기는 마음을 가지다니……. 지금의 자신에겐 잡템조차도 보물일 터. 그런데 이런 실수를…….

"허허, 내가 배가 불렀군. 잠시 뭐에 씌었나 봐."

자신의 크나큰(?) 실수를 통감하며 잠시 눈을 감고 반성하는 수한. 현실에서의 고통스런 빚 독촉과 그로 인한 괴로움을 상기하며 지금 자신의 입장을 다시 한 번 되새긴다. 그리고 그렇게 잠시 뒤, 아이템에 대한 무서운 집착을 번뜩이며 두 눈을 뜨는 수한.

"후우~ 좋아, 이제 됐다. 그럼 어디 한 번 볼까? 정보창!"

아이템이 봉인되어져 있을 경우엔 '감정서'를 사용하거나, 혹은 마을의 감정인에게 감정을 받아야만 그 정보를 알 수 있다. 그러나 이왕 하는 김에 끝까지 밀어준다는 그 누군가의 생각 때문일까? 아무런 장애 없이 펼쳐지는 정보창.

[감춰진 어둠(Hidden Darkness)]
종류:로브(Robe)
등급:유니크
속성:마(魔)
제한:레벨 400 이상의 마(魔) 속성 소유자
방어력:1,000
내구력:무한
무게:10
설명:지상에 소환된 고위 마족들이 자신의 정체를 감추고자 할 때 유용하게 쓰이는 아이템. 정체를 감추는 것 외에 다양한 옵션이 있어 마족들 사이에서 큰 인기.

자신의 속성과 능력치를 숨긴다(사제의 속선 탐지 마법을 비롯한 모든 스캔 마법들을 100% 무시). 능력치의 전 스탯 10% 상승. 마법 시전시 마법 효과 30% 상승. 성 속성을 제외한 마법 데미지 30% 감소. 보온, 보냉 효과. 자체 수복, 청결 마법 운용.

　"크어억?!"

　설령 눈앞의 로브가 일반 매직 아이템이라 할지라도 수한은 크게 기꺼워했을 것이다. 그런데 막상 뚜껑을 열어보니 무려 유니크?! 거기다 정보창에 나타난 내용은 그야말로 극악 사기 아이템의 전형적인 옵션이다. 이에 다시 한 번 거품을 문 채 뒤로 쓰러지는 수한.

　로브 주제에 1,000이라는 웬만한 갑옷의 방어력을 지니고 속성을 숨길 수 있다는 특징은 그야말로 기본 중의 기본. 정작 중요한 것은 '능력치의 전 스탯 10% 상승'이란 대목이다. 유니크 아이템의 보너스 스탯은 대략 150에서 200 사이. 즉, 능력치 10% 상승이란 옵션보다 일반 유니크 아이템의 보너스 스탯이 높은 게 일반적이다. 하지만 만약 수한이 이 로브를 착용한다면?

　방금 전, 새로이 보너스 스탯 1,000 이상을 획득한 수한의 총 스탯의 합은 대략 6,000을 넘어 7,000에 육박하는 수준. 다시 말해, 그가 이 로브를 착용할 경우 거의 700에 달하는 능력치가 상승한다는 의미다. 어디 그뿐인가? 보온, 보냉 효과, 자체 수복, 청결 마법은 그냥 넘어간다고 치고······.

　마법 시전시—비록 마법을 익히진 못했지만—마법 효과 30%

상승, 성 속성을 제외한 마법 데미지 30% 감소라는 내용은 가뜩이나 먼치킨인 수한을 더욱 먼치킨으로 만들어 버린다. 즉, 눈앞의 로브는 유니크 급 중에서도 최상급의, 아니, 유니크를 넘어 천외천이라 불리는 이벤트 급에 버금가는 기물. 이제 그런 사기 아이템을 손에 넣은 수한을 그 누가 당해낼까?

"크카카카카카카! 누가 나 좀 말려줘~!"

바닥을 데굴데굴 구르며 앙천광소를 멈출 줄 모르는 수한. 이제 그의 발광은 아무도 멈출 수 없다. 그리고 그렇게 만 하루가 지나,

"헥헥! 아이고, 배야!"

가진 바 체력을 거의 소진한 다음에서야 간신히 제정신을 차린 수한. 배뿐만이 아니라 전신이 다 아프고 쑤셔서 더 이상 웃지도 못한다. 거기다 그에겐 웃는 일보다 더욱 중요한 할 일이 있지 않은가?

"크크크, 좋아. 이제 저주는 풀렸다. 거기다 새로운 힘을 얻기까지 했다. 그럼 누가 나를 막을 수 있으랴?"

카오틱 드래곤이 100년을 기약하고 수면기에 접어든 상황. 그 괴물만 아니라면 이제 정말 무서울 게 없는 수한이다. 심지어 과거 그에게 일말의 두려움을 주었던 팔선조차 지금은 너끈히 상대할 수 있을 것 같았다. 물론 수한 혼자만의 생각이지만.

어쨌든 자신감이 하늘을 찌르는 상태가 되어 보무도 당당

하게 동굴 밖을 향하는 수한. 보다 먼치킨스러워진, 인간이 아닌 마족으로서 앞으로의 계획을 구상하는 그다.

"크크크크, 좋아. 일단 큰 도시로 가서 두 권이나마 비급을 파는 거야. 그리고 대충 정보를 수집한 다음엔 던전 탐험을 하면서 아이템 수거를……."

지닌 바 능력에 비해 너무나 조촐한 계획. 차라리 세계 정복을 꿈꾼다면 이해라도 할 텐데……. 하지만 수한도 나름대로 생각이 있었다.

더 이상 유저나 NPC들에게 쫓기는 도망자 생활을 하지 않겠다.

사람들에게 두려움과 공포의 대상이 된 것은 이미 청 제국에서 지겹도록 한 일. 그러나 지금은 새로 얻은 로브 덕에 속성과 능력치를 숨길 수 있기에 신분에 대해선 더 이상 걱정할 필요가 없다. 그러니 이번에야말로 평범한 유저로서의 게임을 즐길 수 있으리라. 물론 그 와중에 열심히 아이템을 수거(?)해야겠지만…….

"크크크크, 팔라스 연합이여! 나 수한이 지금 너에게로 간다!!"

드래곤 산맥의 그 누구도 모르는 심처. 과거 청 제국을 피로 물들였던 고금제일악마는 이제 진짜 악마가 되어 아이템에 대한 무한한 탐욕과 소박한 유저로서의 꿈을 간직한 채 팔라스 연합을 향하기 시작했다.

"후아~ 태양이다! 아, 자유의 상징~!"

감옥에서 이십여 년을 썩다가 이제야 막 탈옥한 빠삐용의 심정이 이러할까? 서서히 떠오르는 눈부신 일출의 여운을 즐기며 수한은 감격하고 또 감격했다. 레어를 빠져나올 당시 새벽녘이기에 그냥 지나쳤지만 이렇게 태양 빛을 만끽하니 그제야 자신이 카오틱 드래곤의 손에서 완전히 벗어났다는 사실을 제대로 실감하게 된 것이다. 그러나 그 자신이 마족인 만큼 일출이 마냥 반갑지는 않다.

"쯧~ 게임하는 동안엔 선탠 같은 건 꿈도 못 꾸겠군."

점차 지나치게 따가워지는 태양 빛을 느끼며 금세 말을 바꾸는 수한. 이제 더 이상 태양은 그에게 좋은 영향을 끼치는 존재가 아닌 것이다. 물론 그에 대한 대가가 충분히 큰 만큼 더 이상 불만을 가지진 않지만…….

"크흠~ 뭐, 일단은 큰 문제가 아니니 넘어가고, 슬슬 이동해 볼까?"

약간 불편하긴 하지만 레벨과 능력치가 장난이 아닌 만큼 태양 빛에 그대로 쓰러질 일은 없을 터. 적어도 수한은 뱀파이어가 아니다. 때문에 자외선에 의한 직접적인 폐해를 접어둔 채 다른 곳으로 관심을 돌리는 수한. 그런데 뭔가가 좀 이상하다.

"응? 그리고 보니 몹들이 다 어디 갔지?"

태양이 뜨고 주위 시야가 한층 밝아지자 그제야 뭔가 위화 감을 눈치 챈 수한. 카오틱 드래곤을 조우하기 직전까지 줄기 차게 덤벼들던 몹들이 단 한 마리도 보이지 않는 게 아닌가? 레어를 빠져나와 지금껏 뛰어온 시간과 이동 속도—혹여 카오 틱 드래곤이 깨어날까 신법을 최고 속도로 전개했다—를 감안할 때 현재 수한의 위치는 드래곤 산맥에서 거의 벗어났을 터. 그런데 그동안 마물들의 주요 서식처인 드래곤 산맥에서 몹 들을 전혀 만나지 못했다? 하다못해 스쳐 지나가는 녀석이라 도 있어야 정상이 아닌가? 그렇다면 혹시……?

"헉, 마족에게 이런 페널티가?!"

생각지도 못한 마족의 능력. 그렇다. 아무리 흉포하고 거 친 마물이라 하더라도 그보다 훨씬 상위 존재인 마족에겐 감 히 접근조차 않는 것이다. 선천적으로 마기에 민감한 마물들 로선 그것이 당연한 반응일 터. 심지어 로브를 뒤집어씀으로 써 속성을 숨긴 상태에서조차 마물들은 본능적으로 수한의 강력한 마기를 느끼고 그를 피한 것이리라. 물론 팔라스 연합 으로 가는 길목에 푼돈(?)이나마 수거하려던 수한의 입장에 선 그야말로 청천벽력과도 같은 일.

"에효~ 결국 아무리 노력해도 정상적인 게임 생활은 글렀 군."

몹 사냥은 RPG게임의 가장 큰 재미. 그런데 접근조차 하지 않은 몹들을 상대로 어찌 사냥을 할 수 있으랴. 그렇다고 마물이 아닌 사람이나 유사 종족들을 사냥할 수도 없는 일. 그랬다간 바로 청 제국 일의 반복이다. 결국 수한은 몹 사냥에 대한 미련을 깨끗이 떨쳐 버리고 좋은 측면만 생각하기로 했다.

"뭐, 어차피 아이템 드랍율도 극악인데 귀찮은 일이 줄었다고 생각하자."

말은 그렇게 하지만 아쉬움이 뚝뚝 묻어난 수한의 음성. 그러나 마족이 됨으로써 얻은 능력치 상승, 스킬, 아이템을 생각할 때 그 정도야 감수해야 하지 않겠는가? 때문에 억지로 마음 한구석을 장악한 아쉬움을 떨쳐 버리며 갈 길을 재촉한다.

그러다 이내 자신이 마족이라는 사실의 연장선에서 문득 떠오르는 생각에 재차 몸이 경직시키는데…….

종족이 인간에서 마족으로 변했다. 덕분에 태양 빛이 거슬리고 마물들은 접근조차 하지 않는다. 변한 건 단지 그것뿐일까?

"크윽! 설마……?"

순간 엄습하는 불안감. 몇몇 변화들에 발맞춰 혹시 겉모습도 바뀐 게 아닐까? 흡수한 마왕의 이름이 데스로드라고 하니, 즉 언데드의 왕이란 의미일 터. 그렇다면 혹시 내 모습이 해골바가지가 되었다거나…….

과거 게임상에서 지금의 외모를 형성하게 된 직접적인 원인인 환골탈태(換骨奪胎)의 경험이 있는 수한. 그런 그에게 캐릭의 갑작스런 외모 변화는 결코 낯선 일이 아니다. 물론 당시엔 그 스스로가 외모를 수정하긴 했지만—현실상에서의 강압이 있었지만—적어도 그때는 인간이었지 않은가? 하지만 이번엔 과연 어떤 변화가 있을지 감히 상상조차 되지 않는다. 무려 종.족.이 바뀐 마당에 지금의 외모가 그의 뜻대로(?) 과거의 그것을 유지하고 있을까?

"물론 약간 남성(?)다워진다면 큰 불만은 없겠지만… 설마 피부 색이 변했다거나… 아니지. 혹시 뿔이라도?"

황급히 로브의 소맷자락에 가려진 손을 확인하거나 얼굴을 만지작거리며 자신의 외모 변화에 지대한 관심을 가지는 수한. 다행히 태양 아래의 피부 색은 청색이나 회색이 아닌 인간의 그것이었고, 얼굴에도 뚜렷한 변화가 없는 것 같다. 하지만 평범한 게임 생활을 원하는 수한에겐 작은 불안도 견디기 힘든 일. 괜히 뭔가 이상하게 변해서 사람들에게 배척당한다면 청 제국에서의 생활과 무엇이 다르겠는가? 그러니 반드시 확인해야겠다.

"어디 보자. 이 근처에 강이나 개울이……."

청력을 높여 주위에 물가가 있는지 탐색하는 수한. 다행히 금세 제법 큰 강가를 발견, 그곳으로 후닥닥 달려간다. 그리고 그렇게 잠시 뒤 수한은 강가에 비친 본인의 모습을 확인하게 되었으니……. 그런데 그 모습이 참으로 애매(?)하다.

"크윽, 이거 다행이라고 해야 하나, 아니면…….."

천만다행으로 강가에 비친 건 살점 하나 붙지 않은 해골바가지의 형상이 아니었다. 그렇다고 이전과 비교해 뭔가 뚜렷한 변화가 있는 것도 아니다. 하지만 어떤 의미에서 보면 수한에게는 더욱 끔찍한 모습.

지금껏 초절정고수답게 혈색이 좋고 발그레해서 주위 사람들의 눈을 즐겁게(?) 해주던 수한의 얼굴. 그런데 역시 언데드 관련의 마족이 된 탓일까? 창백해질 대로 창백해져 얼굴엔 붉은 기운이 눈곱만치 보이지 않는다. 그렇다고 그 모습이 시체나 귀신같이 보기 흉하냐? 만약 그랬다면 차라리 기쁘기라도 했을 텐데…….

지금 이 순간, 물위로 비치는 수한의 얼굴은 예전의 청순미소녀(?) 버전에다 진성(眞性) 병약가련미를 옵션으로 붙이고 보다 성숙해진 형상.

즉, 피부는 백설공주가 언니라고 울부짖을, 마치 분이 묻어날 것같이 새하얀 데다가 실핏줄이 비칠 정도로 한없이 투명. 어디 그뿐이랴? 지금껏 소녀(?)로서의 귀여움을 강조하던 약간 통통하던 볼살은 적당하게 빠져 남자의 보호 본능을 더욱 자극하면서도 색기가 묻어나는 성숙미를 느낄 수 있다. 즉, 소녀에서 뇌자(?)로 성장한 것이다.

'남자는 힘이다' 가 수한의 평소 지론이고, 그의 가장 큰 콤플렉스가 작은 키와 예쁘장한 얼굴인 것을 고려할 때, 지금의 변화는 그야말로 설상가상(雪上加霜)에 난감무쌍(難堪無雙)!!
이래서야 어필층(?)이 전보다 더욱 넓어질 게 뻔하다.

"에효~ 이번만큼은 정말 남자로 취급받고 싶었는
데……."

과거 천상천화(天上天花)로 불리며 청 제국 제일의 미녀로
군림하던 절색마존은 앞으로의 여정이 참으로 걱정스러웠
다. 그런데 바로 그때, 그의 고민을 일시에 날려 버리는 소음!

카카캉!

"크아아아악!"

쿠오오오오!

어디선가 바람을 타고 들려오는 그것은 금속성 마찰음과
인간의 비명, 그리고 몹의 노호성이다. 다시 말해, 마물에 대
항해 자신의 생명을 지키고자 하는 인간들의 처절한 몸부림!
이거야말로 주인공의 등장을 알리는 오프닝 곡이 아니고 무
엇이겠는가?

"크크크, 좋아. 내가 안 갈 수가 없지."

대체 무슨 생각을 떠올린 것인지 사악무비한 괴소를 터뜨
리는 수한. 그는 천천히, 그러나 실제론 전광석화와 같이 몸
을 돌려 소음의 발생지로 향했다. 그런데 막상 그곳에 도달하
기 직전, 잠시 멈칫하는 수한. 그러더니 로브에 달린 후드를
푹 뒤집어쓴다.

얼굴이 얼굴(?)인 만큼 그의 입장에선 어쩔 수 없는 노릇.

어쨌든 그렇게 나름대로 준비를 마친 수한은 자신의 속마음을 거침없이 드러내며 위기에 빠진 사람들을 구원(?)하고자 몸을 날렸다.

"크크크, 내가 간다! 조금만 기다려라, 물주들아!"

"파이어볼!!"

콰콰콰쾅!

크에에에엑!

'마니머니' 길드의 부길마이자 레벨 200대 중반의 마법사 '팝콘'. 그는 법사 캐릭을 키우는 유저답게 판타지에서 가장 전형적이다 못해 식상한 파이어볼로 오우거 한 마리에게 제법 치명적인 부상을 입힐 수 있었다. 하지만 애초에 그와 그의 동료들을 덮친 오우거의 수는 무려 일곱. 그나마 지금의 공격으로 세 마리 오우거를 처리하긴 했지만 아직도 네 마리가 그들 일행을 향해 그 큰 이빨과 팔뚝으로 적대감을 표현하고 있는 상황이다. 거기다 더욱 최악인 건,

"윽~ 난 이제 MP 오링났다. 어떻하냐?"

"크아악! 이 자식이!! 네놈이 빠지면 우린 어떡해?!"

가뜩이나 몰리는 상황에서 무책임한 팝콘의 말에 마니머니 길드의 길마인 네느는 기가 막혀 자신도 모르게 울부짖었다. 그나마 일발 역전을 꾀할 수 있는 유일한 희망인 마법사란 녀석이 '역시 법사는 마나 관리가 중요하다'고 중얼거리

며 슬그머니 뒤로 물러나는데 어찌 기가 막히지 않으랴? 하지만 그렇다고 이미 마나가 떨어진 법사를 몸빵으로 세울 순 없는 노릇.

"젠장! 너, 나중에 두고 보자! 그렇게 좋아하는 옥수수로 아예 틀니를 만들어주마!"

우우웅!

생각 같아서야 팝콘을 당장 씹어 먹고 싶지만 그랬다간 눈앞의 식인귀에게 씹어 먹힐 판국. 때문에 레드는 팝콘에 대한 분노를 검에 실어 재차 거칠게 소드 오러(Sword Aura)를 휘둘렀다. 하지만 그가 제아무리 레벨 300대의 특급 용병이라지만 본신 무력은 청 제국의 절정고수에 비할 바가 아니었고, 더구나 그의 상대는 지상 최강의 몹이라 불리는 레벨 300의 오우거 세 마리.

쿠오오오오!

"칫, 이놈들은 내가 어떻게든 시간을 끌 테니까 나머진 어떻게든 한 마리라도 잡아!! 어서!!"

세 오우거의 파상공세를 간신히 받아내는, 아니, 피하기에도 바쁜 레드. 그가 할 수 있는 거라곤 길드원들과 용병대의 NPC용병들이 남은 한 마리 오우거를 한시라도 빨리 처리해 그를 돕길 기대하는 것 외엔 아무것도 없었다. 하지만 마니머니 길드와 대외적으로 알려진 길드의 화신 리치(Rich) 용병대는 길마 레드와 부길마 팝콘을 중심으로 세워진 집단. 즉, 그

둘을 제외한다면 그리 뚜렷한 인재가 없어 대부분 레벨 100대의 2차 전직군뿐이었다. 때문에 레드의 간절한 기대와는 달리 용병대들의 수가 아무리 많아봤자 레벨 300인 오우거의 상대로는 너무나 부족했다.

쿠오오오!

쿠쿵!

"아아악!"

거친 포효와 함께 손에 든 몽둥이로 지면을 내려치는 오우거. 이에 땅에는 거대한 구덩이가 생성되었고, 흙이 폭발하듯 사방으로 비산한다. 그러자 주위에 있던 길드원들과 NPC용병들은 그 여파에 휩쓸려 어이없이 회색으로 물들었으니……. 그렇게 눈곱만치도 도움이 안 되는 길드원들의 모습에 레드로선 그야말로 미치고 팔짝 뛸 노릇.

"아아악! 빌어먹을! 역시 이번 의뢰는 받아들이는 게 아니었어!!"

만약 가능만 하다면 일주일 전으로 되돌아가 지금의 이 지옥 같은 상황을 만든 그 빌어먹을 의뢰를 취소하고 싶은 레드. 하지만 어쩌랴. 이미 의뢰는 받아들였고, 지금은 절체절명의 위기 상황. 결국 당시 거액의 의뢰비에 눈이 뒤집힌 스스로를 원망할 뿐이다.

쿠오오오오!

콰쾅!

"아악! 크아악!"

레드가 그렇게 자기 비하(?)하는 순간에도 우수수 회색으로 물드는 길드원과 그에 버금가는 속도로 소모되는 레드의 체력. 이렇게 10분만 지난다면 레드를 위시한 리치 용병대 전원은 전멸을 면치 못할 게 뻔해 보였다. 아니, 저 구석에서 벌써부터 이번 의뢰의 위약금을 계산하는 팝콘의 모습을 보건대 전멸은 기정사실이었다.

적어도 '그것' 이 등장하기 전에는 말이다.

우우우우웅!

푸카카카칵!

공기를 진동시키는 굉음과 함께 갑작스럽게 그 모습을 드러낸 빛의 원반. 지금껏 용병들을 일방적으로 학살하던 오우거는 그것에 의해 단숨에 갈가리 찢겨 거대한 고깃덩어리로 화했다. 이에 자동적으로 멈추어진 싸움. 장내는 이제 경악과 공포에 잠식되어 무거운 침묵만이 흘렀다. 심지어 레드를 몰아붙이던 오우거들조차 뭔가 질린 듯한 눈으로 빛의 원반을 바라볼 정도.

크룽?!

우우우우웅!

하지만 싸움이 멈췄든 말든, 심지어 오우거가 겁에 질리든 말든 재차 살육을 벌이는 빛의 원반. 지금껏 중급 용병단을 전멸 직전까지 몰아붙인 오우거들을 일순간 도살장의 소마냥 해체해 버린다, 그것도 단 일격에. 리치 용병대의 일부는 그 압도적인 광경에 자신도 모르게 주저앉았고, 또 그중 또 일부는 요실금 환자가 될 수밖에 없었다.

하지만 그렇게 단순히 겁에 질려 버린 자들과는 달리 구석에서 손익 계산을 하던 팝콘은 그 순간 빛의 원반의 주인으로 짐작되는, 수풀 사이에 서 있는 검은 로브를 향해 맹렬히 달려가고 있었다.

"아이고~ 감사합니다. 이 은혜는 반드시 갚겠습니다. 아, 저는 리치 용병대의 팝콘이라 합니다. 성함은 어떻게 되시는지……?"

"엥? 저 녀석, 왜 안 하던 짓을 하고 그러는 거지?"

평상시 법사는 행동이 무거워야 한다는 말도 안 되는 이유로 대부분 일을 길마인 레드에게 맡긴 채 한발 물러나던 팝콘이다. 그런데 지금은 누구보다 빨리 후닥닥 날려나가 저런 극공의 태도를 취하다니……. 그 광경에 자연 레드는 어리둥절해질 수밖에 없었다. 하지만 법사 캐릭을 키울 정도로 머리 좋은 팝콘이니만큼 이런 행동엔 나름대로 이유가 있을 터. 더구나 그 상대는 오우거 네 마리를 단숨에 참살한 괴물 중의 괴물이다.

"크흠~ 도움에 감시합니다. 저는 리치 용병대를 책임진 레드라고 합니다. 이 일에 어떻게 사의를 표해야 할지……."

열심히 손을 비비는 와중에도 은근슬쩍 눈을 부라리는 팝콘의 모습에 마지못해 검은 로브에게 말을 건네는 레드. 하지만 그런 그의 태도에 불구하고 정작 상대는 무반응, 아니, 무반응이라기보다 보다 뭔가 좀 이상해 보였다.

두건을 깊숙이 눌러쓴 탓에 성별조차 알 수 없는, 하지만 그가 지닌 엄청난 무력을 보건대 결코 평범하지 않은 존재. 그렇게 말없이 서 있는 자의 시선이 왠지 팝콘과 레드의 이마를 향한 것 같지 않은가? 마치 그들의 이마에 있는 '불멸자의 인', 즉 유저로서의 표식에 지대한 관심이 있다는 듯. 그리고 그런 추측을 뒷받침하는 검은 로브의 입에서 흘러나오는 뭔가 이상야릇한 음성.

"유… 아니, 불멸자?"

거기엔 실망과 기대, 그리고 약간의 반가움이 스며 있었다.

힘겨운 싸움이 있은 직후였기에 리치 용병대 대부분의 체력은 바닥을 기었다. 특히 혼자서 오우거 세 마리를 상대했던 레드의 경우엔 두말할 나위도 없는 일. 때문에 지금껏 야영했던 자리에서 재차 판을 벌리는 그들이다. 다행히 오우거들의 난입이 막 아침을 먹던 시점에 벌어진 탓에 따로 준비할 것도 없었지만.

"크크크, 그나마 음식들을 한쪽에 치워놓고 싸우길 잘했군. 안 그랬으면 그냥 쫄쫄 굶을 뻔했잖아? 안 그래?"

옥수수를 너무 좋아하는 나머지 가상 현실 세상에서조차

식료품 대부분이 옥수수인 팝콘. 연신 능글맞은 표정을 지으며 싸움 도중 틈틈이 식료품을 챙긴 자신의 업적(?)을 자화자찬한다. 그러자 그 모습이 너무나 사랑(?)스러워서인지 그 면상에다 냅다 주먹을 갈기는 레드.

퍼어억!

"캑! 이게 무슨 짓이야?!"

벌렁 뒤로 나자빠지는 팝콘은 난데없이 봉변을 당한 사람답게 레드에게 격렬히 따진다. 하지만 이미 오우거와의 싸움에서부터 이를 갈던 레드로선 자신의 지극히 관대한 처분에 아쉬워할 뿐. 적어도 옥수수를 씹을 수 있는 이빨은 멀쩡하지 않은가? 결국 팝콘은 레드의 재차 이은 무시무시한 눈 부라림에 깨갱거리며 꼬리를 말 수밖에 없다. 그리고 그렇게 팝콘을 응징한 뒤 그제야 슬그머니 팝콘의 옆구리를 찌르며 본론으로 들어가는 레드.

"야, 그나저나 왜 저 사람한테 꼬리를 그렇게 흔드는 거야?"

아까부터 검은 로브를 아주 상전으로 모시는 팝콘의 태도가 마음에 안 들어서일까? 하긴, 아무리 도움을 받았다고는 하지만 생전 처음 보는 사람을, 그것도 NPC에게 대하는 팝콘의 선사동 아부 보느는 확실히 비성상이었다. 하지만 그런 레드의 말에 정작 팝콘은 도리어 고개를 설레설레 흔들 뿐.

"쯧쯧, 모르는 건 바로 너다. 너, 저 사람이 얼마나 봉인지⋯⋯."

"엥? 봉? 웃기고 있네. 야, 아까 못 봤냐? 저놈이 썰어놓은 오우거 시체에서 그 흔한 힘줄 하나 안 나왔다. 저게 바로 말로만 듣던 저주 캐릭이란 거야. 그런데 봉이라고?"

레드의 철(?)없는 말에 절로 한숨이 나오는 팝콘. 하지만 이런 단순 무식함이 곧 그의 장점—그만큼 이용해 먹기 편하다는 뜻이다—인 만큼 팝콘은 그냥 넘어가기로 했다. 어차피 하루 이틀 당한 것도 아니니 이 정도쯤이야⋯⋯. 대신 검은 로브에 대한 철저한 사전 교육이 실시된다.

"야, 방금 전 오우거를 단 일격에 처리한 그 마법이 무슨 마법인지 알겠냐?

팔라스 연합에서만 게임을 한 탓에 청 제국의 최상급 특수 스킬인 '장환(掌還)'을 미처 못 알아본 팝콘. 도저히 이해 불가능인 존재인 만큼 법사 캐릭답게 그것을 마법이라 애초에 단정 지어버렸다. 물론 팝콘보다 지적 관심이 현저하게 부족한 레드가 그것에 반박할 리 만무. 대신 자신의 무식이 드러난다는 게 두려워서인지 버럭 소리를 질러 팝콘을 기겁하게 만든다.

"내가 어떻게 알겠냐? 난 법사가 아니라 전사란 말이야!"

"헉! 야, 야! 조용히 좀 해!"

레드의 난데없는 돌출 행동에 검은 로브가 있는 쪽을 연신 힐끔거리며 눈치를 살피는 팝콘. 다행히 검은 로브는 아무런 동요 없이 가만히 앉아 명상에 잠겼을 뿐이다. 이에 안도의 한숨을 내쉬며 팝콘은 한결 더 목소리를 낮춰 설명을 이어나 갔다.

"야, 야~ 진정해, 진정. 솔직히 말해 나도 그런 마법은 처음 본다. 그러니 제발 진정해. 그것보다 단 한 방에 오우거 세 마리를 두 동강 내다니, 그 정도 데미지면 웬만한 6서클 마법으론 어림도 없는 일이야."

"에? 그런 거야? 그런데 그게 왜?"

팝콘도 모른다는 말에 내심 흡족(?)해하며 레드도 조금씩 팝콘의 말에 관심을 가지기 시작했다. 그러자 더욱 탄력이 붙기 시작하는 팝콘의 설명.

"생각해 봐라. 마법사인 내가 모르는 마법이라니……. 뭐, 내가 고작 3차 전직 마법사이니 그럴 수도 있겠지. 하지만 방금 전 그 마법의 위력을 보건대 저 사람은 대마도사인 게 분명해."

"컥?! 대마도사?!"

대마도사란 말이 결정타여서일까? 순간 레드는 모든 것을 이해할 수 있었다. 상대의 압도적인 강함과 팝콘의 태도에 대해. 그렇다. 상대는 히든피스라고까지 알려진 전설의 5차 전식군 대마도사(Arch Mage)인 것이다.

팔라스 연합은 파티 플레이를 지향하는 판타지 세상을 구현한 만큼 일 대 일 대전에 중점을 둔 청 제국과 달리 매우 다양한 직업을 존재하고 있다. 그리고 그 직업들 대부분이 4차 전직, 또는 그보다 적은 전직으로 최종 상위 직업을 가지는 게 일반적. 하지만 그런 설정은 어디까지나 일반적인 경우에만 통용된다.

마법사(Mage). 레벨뿐만이 아니라 직업과 지니고 있는 스킬이 강함의 척도가 되는 팔라스 연합에서 유일하게 그 능력이 측정 불가능한 직업. 일명 한 방 역전이 가능한 직업군인 것이다. 그 단적인 예로 레벨 300대 초반인 레드보다 레벨 200대 중반인 팝콘이 오우거들에게 더 큰 피해를 주는 것만 봐도 직업이 가지는 특수함을 알 수 있으리라.

물론 그런 마법사들에게도 약점이 있었으니, 마법을 발동되기까지 어느 정도 시간이 걸리고, 일 대 일 대전에서 약한 면모를 보인다는 점. 하지만 마법사가 제대로 마법을 구현할 경우, 그 위력은 그야말로 경천동지. 심지어 마법사가 속한 파티 플레이어들이 그보다 열 배나 많은 전사 집단을 전멸시킨 건 이야깃거리도 아니었다.

거기다 레벨 300에 전직이 가능한 4차 전직군 마도사(Wizard)의 경우엔 6서클 이상의 마법인 대범위 마법을 구현할 수 있었기에 단일 개체로 다수를 상대할 수 있는 유일한 존재이기도 했다. 물론 그 마도사 역시 그런 마법을 발동하기까지는 긴 캐스팅 시간이 필요하고, 일 대 일 근접전에선 하위 레벨의 타 직업군에게 약한 면모를 보인다. 하지만 그런 마도사보다 상위 직업인 4차 전직의 일반적인 룰을 깨버린 5차 전직 직업인 대마도 사의 경우 그런 일방적인 룰이 통하지 않았으니……

4서클 이하의 마법에 대해선 단지 시동어만으로 마법을 발동하며, 6서클 이상의 경우엔 오분지 일의 캐스킹만으로도 마법을 시전할 수 있는 8서클 마스터. 그 먼치킨 존재가 가지는 의미는 근접, 원격 모두 능한 진정한 전투의 달인 네크로맨서와 더불어 단일 존재로 일국과도 맞설 수 있다는 괴물 중의 괴물인 것이다.

"설마… 강하긴 하지만 그 정도까진……"

도저히 믿을 수 없는 말에 자신도 모르게 팝콘의 말을 부정하는 레드. 하긴 대마도사가 어디 보통 직업이던가? 근 100년 동안 팔라스 연합에 등장한 대마도사는 고작 두 명뿐이었고, 현존하는 대마도사는 고작 한 명. 그렇게 희귀한 존재가 바로 눈앞에 있다고 하니 어찌 믿을 수 있으랴? 하지만 팝콘도 나름대로 믿음의 근거가 있었다.

"쯧, 생각 좀 해봐라, 여기가 어딘지."

"어디라니? 그야 영원의 숲… 아, 그렇구나."

팝콘의 말에 둔하기 그지없는 레도조차 이내 탄성을 발하며 고개를 끄덕인다. 그렇다. 현재 일행이 있는 장소는 팔라스 연합의 이대금지시역 중 하나인 드래곤 산맥에 인접한 '영원의 숲'. 방금 전 용병대 일행을 기습했던 오우거 같은 몹들이 사방에 널린 지역인 것이다. 그러니 그런 곳에 근접전에 약한 마법사가 아무런 지원도 없이 혼자 있다는 건 그 마법사가 적어도 마도사 급, 아니, 대마도사가 아니고선 도저히 불가능하다는 의미.

결국 이로써 레도조차 검은 로브의 정체에 대한 의심을 거두었다. 하긴 이렇게 조목조목 설명을 해주는데 설득당하지 않으면 이상한 일일 터. 그러나 정작 검은 로브, 즉 수한의 입장에선 그들의 대화에 그저 기가 막힐 노릇.

'허~ 팔자에도 없는 은거고수(?) 노릇을 하게 생겼군.'

고수답게 청력을 높여 레드와 팝콘의 대화를 엿듣던 수한. 그는 자신을 대마도사라 여기며 어떻게든 인연을 맺어 이용해 먹겠다는 레드와 팝콘의 대화에 절로 헛웃음이 터져 나왔다. 하긴 자신이 유저라고 밝히지 않은 이상 그들로선 당연한 반응일 터. 거기다 그런 그들의 착각이 수한에게 마냥 나쁜 것만은 아니었으니……. 현재 그의 입장이 참으로 묘한 탓이다.

'여기서 유저라는 사실이 밝히면 괜히 혼란만 가져오겠지?'

팔라스 연합의 중앙에서 우연히 만난 거라면 자신의 실력을 어느 정도 감추며 정.상.적인 유저나 NPC 행세를 하는 게 가능하리라. 하지만 이미 본신 능력의 일부가 드러난 상황에, 그것도 하필 이런 장소에서 만나 저런 오해를 사고 있으니 그것은 이미 틀린 일. 그런데 여기서 자신이 유저라는 사실을 밝힌다면 정말 골치 아픈 일이 한두 가지가 아니다.

'틀림없이 시시콜콜한 것까지 의문을 품을 것이고, 자칫 잘못하면 내가 청 제국에서 넘어왔다는 사실까지 알게 되겠지. 그랬다간 정상적인 게임은커녕······.'

유저가 청 제국에서 팔라스 연합으로 넘어왔다는 사실은 'NEW WORLD' 전체를 떠들썩하게 만들 대사건이다. 그 누구도 성공치 못한 일이기에, 아니, 그게 가능한지조차 확신 못했던 일이니만큼 그로 인한 파장은 정말 장난이 아닐 터. 그리고 자연 그런 불가능한 일을 해낸 존재에게 대해 의문을 품는 것이 당연지사. 그렇게 된다면 수한의 정체, 즉 마교의 교주이자 고금제일악마라 칭해지는 절색마존이라는 무명이 드러나게 될 게 뻔하다. 만약 그게 밝혀진다면······.

'흐극~ 현피─현실 P.K─는 기본이고 사회적 매장은 선택사항이란 건가?'

워낙 청 제국에서 저지른 일이 대단한지라 상상만으로도 식은땀이 흐른다. 대충 셈을 해봐도 자신으로 인해 죽은 NPC가 수천이고, 게임 접은 유저가 수백여 명. 무슨 일이 있더라도 지금 이 순간만큼 반드시 정체를 숨겨야 했다.

하지만 그것은 그것이고, 역시 할 일은 해야겠지?

"크흠· 이보게."

"넹~ 부르셨습니까?"

수한이 일부러 목소리를 늙수그레하게 한 채 손짓을 하자 팝콘은 뼈다귀를 본 강아지마냥 발발거리며 달려온다. 이에 레드 역시 쓴웃음을 짓긴 했지만 발걸음을 수한에게로 옮겼으니⋯⋯. 이로써 수한의 수작(?)은 본격적으로 시작된다.

"내가 워낙 외.진. 곳에 있었던 탓에 요즘 세상일에 대해 모르는 것이 많다네. 그러니 미안하지만 그에 대해 이야기를 좀 해주겠나?"

상대의 기대(?)를 저버리지 않은 채 은거고인으로서의 전형적인 질문을 던지는 수한. 이에 레드와 팝콘은 '그럼 그렇지' 하는 기묘한 시선을 교환하며 오해의 깊은 늪으로 더 더욱 빠져들었다. 그리고 그 모습에 속으로 자신은 거짓말한 게 없다며 양심의 가책을 달래는 수한. 뭐, 적어도 틀린 말은 아니다.

"아, 예. 그런데 무슨 이야기부터 해야 할지⋯⋯."

자기 생각에 들어맞았다며 기뻐하는 한편, 질문 내용이 워낙 애매한지라 내심 당황하는 팝콘. 일단 상대가 마법사이니만큼 마탑의 요즘 정세를 묻는 것일 수도 있고, 혹은 최근 등장한 마법 학파의 존재에 대해 알고자 하는 것일 수 있다. 심지어 어떤 특정 마도사의 안부를 묻는 걸일 수 있을 터. 예를 들어, 그놈이 아직도 제정신을 유지하느냐는 식의⋯⋯.

그러니 어디서부터 이야기해야 할지, 그리고 그런 일에 관해 전혀 아는 바가 없는 팝콘의 입장에선 난감할 수밖에 없었다(수한이 NPC라는 가정 하에 지나치게 확대 해석한 결과다). 하지만 다행히 눈앞의 대마도사는 그런 고차원적인 질문이 아닌, 그가 쉽게 답할 수 있는 일반적인 내용을 원했다.

"흐흠~ 일단 요즘 대륙 정세를 주도하는 왕국과 인물들에 대해 알고 싶군."

괜히 건드려서 손해만 볼 것 같은 놈들을 솎아내는, 나름대로 날카로운 질문. 애초부터 게임 정보 제공에 불친절하기로 유명한 'NEW WORLD' 홈페이지인 만큼 이번 기회에 팔라스 연합의 분위기를 어느 정도 파악하려는 수한 나름대로의 노력이리라. 한편, 수한의 물음이 의외로 대답하기 쉬운 내용이자 내심 안도의 한숨을 내쉬는 팝콘. 그는 이내 수한이 목말라 하는 팔라스 연합판 최신 정보를 늘어놓기 시작했다.

"아, 그렇다면 먼저 현재 대륙에 존재하는 왕국들에 대해 설명하겠습니다. 일단 왕국 간의 힘의 균형을 가늠한다면 2강(强), 3중(中), 2약(弱)이라 볼 수 있는데, 그중 2강은 대륙의 중앙을 차지한 신성 나티아 제국과 동단에 위치한 자이드 제국이며……."

수한에게 조금이라도 잘 보이기 위해 아.주. 자세하게 설명을 늘어놓는 팝콘. 덕분에 로브의 두건 안 수한의 눈까풀은 서서히 무거워지기 시작하고, 그의 머리는 연신 중력의 압박을 받는 처지가 되었다. 이래서야 원하는 성보는커녕 은거고수로서의 체면까지 깎일 판국. 결국 수한은 졸음을 견디다 못해 팝콘의 말을 냉큼 요약 정리해 버려 그의 입을 봉해 버린다.

"아, 그러니까 변방의 자이드 제국이 20년 전쯤에 갑자기 강대국으로 부상하더니 몇몇 왕국과 공국을 집어삼켰다는 말이군. 그래서 신성 나티아 제국과 주위 왕국들이 자이드 제국을 견제하고 있는 게 대륙의 판도고. 대충 맞는가?"

"아, 예. 그리고……."

재차 이어지려는 설명에 학을 떼는 수한. 그러나 어쩌겠는가? 아쉬운 쪽은 어디까지나 그인데. 결국 점점 무거워지는 눈을 억지로 치켜뜨며 설명을 마저 들었고, 마지막에 재차 반복 재생하려는 팝콘을 말린 뒤 다시 한 번 자기 입으로 요약 정리해 버린다.

"3중에 속한 프로인 왕국은 원래 잘나가는 곳이었는데, 오십여 년 전 항마전쟁(降魔戰爭) 탓에 쫄딱 망하기 직전이고, 그 옆에 붙은 말론 왕국은 그런 프로인 왕국의 영토를 야금야금 먹어치우고 있단 말이지?"

"아, 예. 그리……."

"알고 있네, 알고 있어. 3중에 속하는 마지막 리든 왕국은 이곳 영원의 숲과 드래곤 산맥에 인접해 국력의 대부분을 소진한 탓에 대륙 정세에 미치는 영향이 거의 없다는 걸."

"그럼 2약의 경우엔……."

"크흠~ 드래곤 산맥과 더불어 이대금지지역에 속하는 '어둠의 숲[Dark Forest]', 그곳에 인접한 가일 공국은 타국의 도움으로 간신히 나라 꼴을 유지하고 있고, 그 옆에 붙은 브리튼 왕국 역시 그와 비슷한 처지인 것도 이미 설명한 내용이네. 그러니까 제발 이제 그만 좀⋯⋯."

대체 얼마나 설명이 지루했는지 이미 대마도사(?)로서의 품위는 온데간데없다. 그저 저 쉴 새 없이 움직이는 입만 봉해 버리면 소원이 없을 지경. 하지만 그 지루한 설명 덕분에 대략이나마 대륙에 현존하는 왕국들과 그들 간의 역학 관계에 대해 파악할 수 있게 되었다. 그리고 그중에서 특히 중요한 건⋯⋯.

'신성 나티아 제국이라⋯⋯. 일단 종교 국가인 만큼 사제들이 득실거리겠지? 근처에도 가지 말아야지. 아, 그리고 자이드 제국이라 했던가? 대륙 최강의 군사 강국이라⋯⋯. 거기에도 얼씬도 하지 말아야겠어.'

그 스스로가 마족인 만큼 사제만큼 꺼림칙한 존재가 어디 있으랴? 그리고 건드려 봤자 손해만 잔뜩 볼 것 같은 군사 강국 역시 경계의 대상. 물론 자신이 마음먹고 한 판 붙으려고 한다면 무서울 것도 없겠지만 역시 다굴엔 장사가 없는 법이다. 거기다 괜히 일을 어렵게 만들 필요는 없지 않은가?

"크험~ 왕국들에 대해선 이제 그만 이야기하게. 대신 대륙의 강자들에 대해 이야기해 주겠나?"

"예? 예, 물론입니다."

수한의 아주 질색하는 모습에 잠시 풀이 죽었던 팝콘. 그러나 다시 수한이 이야기를 청하자 금세 팔팔해진다. 그 광경에 옆에서 고개를 설레설레 흔드는 레드. 저래서야 상대를 이용해 먹기 전에 이용당하기 딱 알맞지 않은가?

"대륙 내 널리 알려진 대표적인 강자들은 모두 아홉 명인데, 세간엔 그들을 나인스타(Nine Star)라 부릅니다. 그들은 제각기 두 명의 대마도사와 세 명의 기사, 두 명의 대사제, 그리고 엘프와 드워프가 각기 한 명씩 속해 있습니다."

"호오~ 그렇게나 많이……."

이번엔 제법 흥미가 동하는지 관심을 가지는 수한. 청 제국에서의 십대고수와 비슷한 전개이니만큼 쉽게 적응되는 탓이리라. 그리고 그런 수한의 기색에 더욱 흥이 난 팝콘. 이번에도 역시 속사포 같은 입담을 자랑하기 시작한다.

"먼저 두 명의 대마도사를 설명하자면—순간 은근슬쩍 수한의 눈치를 살피는 팝콘—인간으로서 최초로 8서클을 돌파한 대마도사 '디스롭' 님과 자이드 제국의 홍염의 마도사 '길란드'가 있습니다. 디스롭님의 경우, 항마전쟁 당시에도 큰 활약을 보이신 분인데……."

"아, 잠깐. 아까부터 궁금한 게 있었는데, 그 항마전쟁이란 게 뭔가?"

결코 성실한 청자로서의 자세가 아니지만 궁금한 것은 못 참는 법. 방금 전의 이야기에서도 등장했던 항마전쟁. 과거 신성 나티아 제국과도 버금가던 프로인 왕국을 지금의 누더기로 만들어 버렸다는 전쟁에 대해 불현듯 궁금해진다. 이에 수한에게 잘 보일 요량으로 더욱 신나게 입을 나불거리는 팝콘.

"아, 그거요? 그게 그러니까… 지금부터 한 50년 전쯤에 흑마법사들이 '데스로드'라는 마왕을 소환해서 벌인 대전쟁인데……."

'데… 스로드?'

팝콘의 말이 계속 이어질수록 점차 벌어지는 수한의 입. 설마 눈앞의 촉새가 말하는 마왕이란 괴물이 얼마 전에 자신이 먹어치운 그 검은 구슬을 말하는 건가? 스스로 자기 프로필을 읊을 때 잠시 감탄하긴 했지만 설마 이렇게까지 대단한 존재일 줄이야…….

이블린의 첫 번째 권속이자 죽은 자들의 군주인 데스로드. 역사상 처음으로 강림한 대마왕으로서 지도상에 존재하는 세 개의 왕국과 열 개의 거산(巨山), 그리고 하나의 바다를 소멸시켰으며, 드래곤조차 그 강대한 힘에 굴복해 마지않던 존재. 비록 마지막 순간 카오틱 드래곤에게 패배했다곤 하나 그의 권능은 너무나 강대하여 항마전쟁이 끝난 지 오십여 년의 세월이 지났건만 그 잔재가 대륙 곳곳에 남아 있다고 한다. 그런 설명을 듣자 왠지 억울한 느낌이 드는 수한.

'그렇게 대단한 녀석을 먹었는데 왜 고작(?) 이것밖에 강해지지 않은 거야?'

능력치가 거의 1,000 이상이나 상승하고, 두 개의 최상급 패시브 스킬을 얻었으며, 말도 안 되는 사기 아이템까지 습득했다. 그런데도 뭔가 부족하다는 건가? 하지만 그런 수한의 도둑놈 심보도 모른 채 자기 이야기에 스스로가 도취된 팝콘. 그는 수한이 듣든 말든 데스로드에 관한 정보를 속속 풀어놓았다.

"놀랍게도 그 영향력은 지금까지 팔라스 연합의 '삼대재앙' 중 두 개로써 드러나……."

"데스로드에 대해선 그만 이야기하고 방금 전에 이야기하던 나인스타에 대해서나 말해주게."

더 이상 이야기를 들었다간 복통(?)이 더욱 심해질 것 같아 수한은 재빨리 화제를 바꿔 버린다. 이에 아쉬움의 눈물을 찔끔 흘린 뒤 다시 원래 이야기로 되돌아가는 팝콘. 하지만 그조차도 그리 순탄치 않았다.

"에, 그러니까… 디스롭님의 경우……."

"크험~ 자세한 이야기는 필요없네. 나인스타들의 이름과 그들이 주로 있는 장소만 말해주게나."

어차피 귀찮다는 이유로 그들을 피해 다닐 처지에 자세한 프로필이 무슨 소용이 있으랴. 그저 이름과 그 현재 위치만 알면 그만일 뿐.

"알겠습니다. 일단 디스롭님은 항마전쟁 이후 행방불명되신 탓에 그 종적이 묘연하고, 길란드의 경우엔 자이드 제국의 황성에 대부분 거주하고 있다고 합니다. 그리고 나인스타에 속한 세 명의 기사에 관해 설명하자면… 프로인 왕국의 왕실 친위대 대장인 트루 나이트 시드, 신성 나티아 제국에 속한 질풍의 성검 란슬롯, 그리고 자이드 제국의 재상 휘하 블랙썬더 기사단의 단장인 전격의 마검사 다스 어벤저, 이렇게 세 명입니다. 뭐, 그들의 거취는… 신분이 기사인 만큼 대부분 자국 내에 머물고 있다고 들었습니다."

"흐흠~ 자이드 제국에선 나인스타가 무려 두 명이나 있구면."

"아니, 세 명입니다. 그리고 신성 나티아 제국이 두 명을 보유하고 있습니다."

'응? 세 명? 그리고 나티아 제국에서도 두 명씩이나?'

하나의 제국에 대륙에 존재하는 아홉 강자 중 무려 세 명이나 보유하고 있다는 사실에 수한은 일순 놀라움을 금치 못했다. 역시 대륙 최강의 군사 강국이란 말이 어울리는 대단한 전력. 거기다 또 다른 제국 역시 두 명의 나인스타를 보유하고 있다고 하지 않은가? 역시 그들 두 제국 근처에는 얼씬도 하지 말아야지.

하지만 팝콘의 말을 계속 들어보니 미처 설명하지 않은 나머지 제국의 인물들은 그렇게까지 대단한 존재가 아닌 모양이다. 물론 수한의 입장에서 그렇다는 의미지만…….

"자이드 제국에 속한 마지막 나인스타는 과거 작은 변방의 소국을 지금의 대제국으로 성장시킨 대륙 최고의 모사입니다. 바로 현 제국의 재상이자 이슈타르의 최고 사제인 '리버스'란 인물이죠. 뭐, 그 본인의 무력에 대해선 나인스타에 속할 만큼 대단한지는 알 수 없지만 어쨌든 지금의 자이드 제국을 단시일 내 성립시킨 만큼 걸출한 인물임에는 분명합니다."

"흐흠~ 그런가? 그럼 나머지 사람들에 대해서나 얘기해 주게."

상대가 단순히(?) 지략에 밝은 천재 정치가란 사실에 금세 관심을 접어버리는 수한. 하긴, 그가 경계하는 건 어디까지나 그를 상대할 수 있는 무력을 지닌 존재들뿐이니 이런 반응은 당연한 일이리라.

"예, 그럼 다음은 신성 나티아 제국의 황제이자 '징벌의 교황'이라 불리는 페러스 안 프레드릭 3세입니다. 뭐, 저희 같은 사람이야 그저 광신도 페러스라 부르지만 말입니다. 워낙 이교도에 대해 극성스러워서…… 크흠, 제 개인적인 생각엔 그 본신 무력은 자이드 제국의 '리버스'처럼 그리 뛰어날 것 같지 않습니다. 다만 대륙의 이대제국 중 한 곳의 황제이며 발드르를 모시는 제1사제, 즉 대승정이라는 지위가 있어 그 위세가 만만치 않기 때문에…… 아참, 그리고 그가 지닌 신기(神器) '인과의 방패[Buckler Of Retribution]'도 있군요."

"신기?"

팝콘의 말 중 신기란 단어에 수한의 대박 센서가 번쩍 불을 발한다. 신기? 설마…….

"신기란 대체 뭔가?"

"예? 아, 예. 'NEW WORLD', 아니, 이곳 팔라스 연합의 근간을 이루는 신들이 제각기 자신의 권능을 담은 다섯 개의 무구, 혹은 물건들을 말합니다."

무구? 아이템? 이 얼마나 영혼의 일각을 울리는 아름다운 단어란 말인가? 거기다 신기라 칭해질 정도라면 최소한 최상급 유니크 아이템일 터. 그렇다. 이것이야말로 자신이 팔라스 연합에 온 이유인 것이다.

"그, 그것들의 이름과 모양, 그리고 위치를 알 수 있겠나?"

지나친 정신적 충격에 의해 수전증이 있는 사람마냥 두 손을 떨어대며 수한은 팝콘을 몰아세웠다. 지금까지의 축 늘어진 모습과는 너무나 다른 격렬한 반응. 이에 팝콘은 찔끔 겁을 먹었지만 상대의 호감도가 쭉쭉 올라간다는 착각에 빠져 재차 신나게 입을 열기 시작했다.

"에, 이름이나 형태는 워낙 유명한지라 대부분 저도 잘 알고 있지만… 그 위치까진……. 하지만 일단 아는 데까지 말씀드리겠습니다. 일단 신기들 중에서도 가장 유명하며 최고의 아이템인 일명 '신의 가호(God's Blessing)'라 불리는 팔찌가 있습니다. 그 형태에 대해선 구구절절 억측과 말이 많은지라 저도 뭐라 정확히 설명할 순 없지만 일단은 교단의 대사제조차 자신의 목숨을 담보로 쓸 수 있는 '기적(The Miracle)'을 제약없이 발현할 수 있는 물건이기에……."

'엥? 기적?

줄줄 이어나가는 팝콘의 설명 중 수한의 머리에 번뜩 떠오르는 기억. 왠지 기적에 관련된 매우 괴롭고 끔찍한 일이 불쑥 고개를 쳐든다. 하지만 지금 그의 눈앞에선 대박 급 아이템에 대한 정보가 흘러나오고 있는 상황. 때문에 억지로나마 그 잡념을 쫓고 설명에 다시 집중했다.

"두 번째로 유명한 신기는 뭐니 뭐니 해도 영광의 검[Claymore Of Glory]입니다. 예전 프로인 왕국이 한창 잘나갈 때 그 저력의 원동력이라고 할까요? 세상에서 가장 강한 자만이 들 수 있는 최강의 검. 카~ 그 말에 혹한 자유 기사들과 강자들이 프로인 왕국에 자리 잡고, 어느새 프로인 국왕에게 충성을 맹세했었는데… 하지만 지금은 뭐, 왕국이 개판이 다 돼서 고작 상징적인 의미를 지닌 채 어느 골방에 처박혀 있다는 소문이……."

"흐음~ 다음은 또 뭔가?"

사용 제한 조건이 까다로운 건 팔기 곤란하다. 때문에 수한의 머릿속에선 영광의 검[Claymore Of Glory]이란 존재가 이내 삭제되었다.

"다음엔… 아, 방금 전에도 말씀드렸던 '인과의 방패'입니다. 아마 현존하는 신기 중 가장 많은 주인을 맞이했던 신기일 겁니다. 뭐, 그래 봤자 신성 나티아 제국이 받드는 발드르(Baldr)의 제1권속, 즉 대승정만이 쓸 수 있기…….”

“흐음~ 그럼 그것도 통과. 다른 신기에 대해 이야기하게.”

어차피 쓸 수 있는 사람이 제한된 아이템은 아무리 좋아도 그림에 떡일 뿐. 거기다 마족의 극성인 사제들이 지닌 물건이니 어찌 그에게 좋은 물건이겠는가? 때문에 수한은 과감히(?) 그것을 포기하고 다른 신기에게 관심을 돌렸다.

“네 번째 신기는 ‘바람의 정화[The Flower Of Wind]’라 불리우는 활입니다. 솔직히 이건 인간을 위한 무구가 아닌 엘프들을 위한 무구인지라…….”

“…통과.”

눈치가 아주 없는 것은 아닌지 수한이 원하는 정보가 뭔지 드디어 알아차린 팝콘. 그는 인간이 쓸 수 없는 아이템, 즉 바람의 정화에 대해선 슬그머니 말꼬리를 늘였다. 그러자 그의 기대에 부응하듯 바람의 정화를 무시한 채 바로 마지막 신기에 대해 설명을 요구하는 수한.

“마지막 신기는 워낙 출처가 애매한지라… 그저 소문으로만 듣던 물건입니다. 거기다 인간이 쓸 수 없는 마(魔)의 속성을 지닌 존재만이 쓸 수 있는 무구…….”

“쯧, 그럼 통… 아니, 보다 자세히 설명해 보게.”

인간이 쓸 수 없다는 말에 그냥 무시하려 했지만 마 속성만이 쓸 수 있다는 설명에 금세 말을 바꾼다. 팔 순 없겠지만 적어도 자신은 쓸 수 있지 않겠는가? 뭐, 지금도 주체 못할 만큼 강하긴 하지만 지금보다 더 강해진다고 손해 볼 것도 없으니……. 하지만 이번 역시 통과를 외칠 줄 알았던 수한이 의외로 관심을 가지자 이 마지막 신기에 대해 아는 바가 적은 팝콘의 입장에선 크게 당황할 노릇.

"아, 그게 그러니까… 아, 일단 단검 형태를 띠고 있다고 들었습니다. 이름은… 저도 잘 모르겠지만 일단은 마 속성을 지닌 존재에게 아주 큰 영향력을 행사한다고……."

"흐흠, 그 외엔 아는 게 없는가?"

"아, 예. 제가 아는 건 이것밖에……."

팝콘이 어물거리자 내심 실망감을 감추지 못하는 수한. 그나마 자신이 쓸 수 있는 아이템이 나왔는데 그에 관한 정보가 없다 하니 이토록 안타까울 수가……. 한편, 그런 말없는 수한의 실망에 왠지 기가 죽은 팝콘. 하긴 기껏 기회(?)를 얻었는데 그것을 활용하지 못했으니 어찌 의기소침해지지 않겠는가? 하지만 아직 이야기깃거리가 바닥난 게 아니기에 재차 희망을 가진다.

"아, 저, 나인스타 중 두 명이 아직 남았는데……."

"그렇군. 그들에 대해 말해보게."

"예, 일단 그들은 인간이 아니라 각각 엘프와 드워프로서 그중 엘프는 윈드 라이더(Wind Rider)라 불리는 최상급 정령술사입니다. 일설엔 그가 지닌 무력이 엘프 전체의 30%를 차지한다는 절대강자죠. 그리고 드워프는 저 멀리 북동쪽 회색 산맥에서 드워프들의 수장을 자처하며 '로드 타이거'라 칭해지는 존재인데… 그의 특징은 최초로 생산 직종을 전부 마스터한 그랜드 마스터(Grand Master)로서 비록 그 무력에 대해선 크게 부각된 건 없지만 그가 만드는 무구의 성능이 워낙 좋은지라 나인스타 중 한 명이 되었다는…….

"호오~ 그거 흥미가 동하는군."

단지 무기와 방어구를 만드는 재주만으로 대륙의 아홉 강자 중 한 명에 꼽힌다? 그 말은 그가 만든 무구가 얼마나 대단한지 알려주는 직접적인 증거. 만약 그 드워프를 사로잡아 상급의 아이템을 무한대로 찍어낸다면?

'크크크크, 이거 사업 구상이 물밀듯이 떠오르는데?'

머릿속을 가득 메운 온갖 사악무비한 계획에 부르르 회열에 떠는 수한. 그런 그의 다크 오라에 주위 사람은 자신도 모르게 소름이 돋는다. 하지만 그런 압력에 굴복하기엔 지금껏 투자(?)한 게 아깝다는 걸까? 지금껏 입 아프게 설명하며 수한의 비위를 맞추던 팝콘. 그의 진짜 속내는 이제부터 시작이었다.

"저, 더 궁금하신 건 없으십니까?"

"아, 이제 됐네, 대충 어느 정도 감을 잡았으니. 덕분에 큰 도움이 되었네."

"저, 그럼 앞으로의 계획은 있으신지……."

"웅? 뭐, 지금 당장은 없다고 보네. 왜, 뭔가 부탁할 게 있는가?"

이미 레드와 팝콘의 대화를 엿들을 때부터 지금의 상황을 어느 정도 예측한 수한. 때문에 약간 능청스럽게 상대의 속셈을 직접 캐묻는다. 뭐, 공.짜.로 일할 마음이 원자 핵 속의 쿼크만큼도 없는 그이니 이 정도 아량(?)이야 서비스 차원의 문제. 하지만 그런 상대의 검은 손길을 모르는 팝콘은 그저 수한의 말에 기꺼울 따름이다. 거기다 그는 수한의 약점을 정확히 꿰뚫어 보고 있었으니…….

"저… 혹시 큰돈 만지실 생각이 없으십니까?"

마법사란 직종 자체가 돈이 많이 드는 직업이다. 스킬북은 다른 직업의 그것에 비해 매우 희귀하고, 설령 구한다고 해도 상급 마법의 경우 그것을 익히기 위해선 모종의 퀘스트나 조건을 충당해야 한다. 즉, 돈이 엄청 많이 든다는 뜻이다. 하물며 마법을 몹 사냥에 주로 쓰는 유저가 그러한데 마법 실험에 돈을 처바르는 NPC 마법사의 경우엔 얼마나 돈이 많이 필요하겠는가? 때문에 팝콘은 눈앞의 대마도사가 자신의 제안을 거부하지 않을 것이라 여겼다.

물론 그것은 팝콘의 착각일 따름. 대마도사쯤 되면 일국의 왕조차 맨발로 달려나와 반길 만한 대단한 존재다. 그런 인물이 어찌 한낱 용병대의 푼돈 따위에 연연하겠는가? 그러니 실제 NPC 대마도사였다면 그런 그의 제안은 일고의 가치도 없는 일일 터.

하지만 실제로 수한은 NPC 대마도사가 아니었고, 현재 돈에 관해선 너무나 절실한 처지. 즉, 팝콘의 어이없는 제안은 그에게 거의 크리티컬 다중 연발과도 같은 강력한 위력을 발휘했다. 그러니 자연……

"그게 뭔가?"

팝콘의 손을 덥석 부여잡으며 두 눈에 광기를 띠는 수한. 팔라스 연합의 미래에 검은 구름이 끼기 시작하는 순간이다.

Chapter 6

엘프를 만나다

영원의 숲[The Forest Of Eternity]. 팔라스 연합의 이대금지지역 중 하나인 드래곤 산맥에 인접한 거대한 녹색 우림. 무수한 몬스터와 맹수, 그리고 인간이 살기 열악한 환경들로 이대금지지역에 버금가는, 따라서 웬만한 실력자가 아니고선 감히 접근조차 할 수 없는 위험 지대. 실제로 그런 위험성 탓에 몇몇 폭렙을 노린 파티 플레이어 외엔 사람의 흔적을 전혀 찾아볼 수 없다는 게 일반적인 상식이다.

그런데 정작 그 위험천만한 숲의 중심에선 그런 위험성을 보호막 삼아 은밀히 생활하는 존재들이 있었으니…….

"엘프?!"

"예, 그렇습니다. 지금부터 석 달 전쯤 숲을 탐사하던 모험가가 우연히 이곳에서 엘프를 목격했답니다. 덕분에 몇몇 높으신 분들과 마탑에선 이 일에 관심을 가지고……."

"흐음~ 엘프란 말이지……."

팝콘의 말에 잠시 골똘히 생각에 잠기는 수한. 그는 머릿속으로 지금껏 읽어온 판타지 소설을 토대로 대략적이나마 갖추어진 팔라스 연합의 정보를 다시 한 번 되새기기 시작했다.

엘프(Elf). 판타지 소설에 거의 빠짐없이 등장하는 요정족 중 한 갈래이며 미남 미녀들에 대한 표준형 비유법을 제공한 미의 화신. 그런 유명한 종족이니만큼 판타지 세상을 구현한 'NEW WORLD'에 없을 리 없었고, 다수의 유저들은 그런 엘프 캐릭에 매력을 느꼈다. 실제로 게임 초기엔 엘프 캐릭을 키우고자 했던 유저들이 랜덤 방식으로 캐릭 종족이 생성된다는 사실에 큰 불만을 품었을 정도. 하지만 초기의 그런 높은 인기와 달리 지금에 이르러선 유저와 NPC를 통틀어 엘프의 모습을 본 사람이 극히 드물게 되었으니 그 원인은 그 지나친 미모로 인한 인간들의 탐심.

이왕이면 추한 것보다 아름다운 것을 찾는 게 인지상정이다. 설령 자신만의 독특한 심미관 탓에 남들과 판이한 미적 감각을 가진다 해도 결국 나름대로 아름다운 것을 추구하는 것이 본성. 그런 의미에서 볼 때 엘프의 미는 절대적이진 않지만 그래도 다수의 압도적인 지지를 받는 아름다움이라 볼 수 있다.

뭐, 여기까지는 큰 문제가 없다. 정작 문제는 'NEW WORLD'의 인간형 NPC들의 욕구가 지나치게 잘 구현되어졌다는 점.

인간보다 아름답다. 거기다 그 수명이 인간보다 훨씬 길어 그 아름다움 역시 오래 지속된다. 하지만 그 종족 수가 너무나 적어 인간보다 우위에 있는 능력치에 불구하고 대륙에 미치는 영향력이 작다. 한마디로 너무나 탐나면서도 큰 부담이 되지 않은 존재. 그런 엘프에 대해 너무나 인간(?)다운 NPC들이 욕심내지 않을 리 없었고, 그 결과 다수의 고위 귀족들과 돈 많은 졸부들은 그들을 노예나 성노로 삼았다.

소비가 있으면 공급도 생기는 법. 엘프를 원하는 수많은 사람들의 욕구를 충족시키기 위해 자연 그에 못잖은 수의 엘프 사냥꾼들이 팔라스 연합에 등장했다. 그리고 그로 인한 무차별적인 엘프에 대한 습격과 납치, 포획. 결국 인간의 탐욕과 물량 공세에 밀린 엘프들은 인간의 접근이 용이하지 않은 깊은 숲에서 숨어사는 신세가 되었다.

물론 그런 말도 안 되는 환상을 와장창 깨버리는 지나치게 현실적인(?) 설정에 엘프를 선택한 유저들이 불만을 품지 않을 리 만무. 그러나 애초부터 게임 시스템의 운용이 운영팀의 손에서 벗어나 가상 현실 내에서 자체 구현된다는 게 이 'NEW WORLD'의 매력이었기에 그런 항의는 아무짝에도 쓸

모 없는 일이었다. 그저 게임 초기에 사용자 약관을 자세히 살피지 않은 그 스스로를 원망할 뿐.

결국 가뜩이나 극악 랜덤 확률—최근 밸런스 조절 이후 대략 0.1%—인 엘프 캐릭이 생성된다고 해도 엘프 캐릭을 계속 키우려는 유저가 있을 리 없다. 선천적으로 민첩 수치가 높고 보우마스터 스킬을 자동 습득하면 뭐 하겠는가? 기껏 캐릭을 키웠더니 숲 밖을 벗어나자마자 노예 신세가 되는데. 그리고 유저조차 그 지경이니 NPC야 두말할 나위가 없는 일. 덕분에 팔라스 연합엔 엘프가 멸종했다는 헛소문까지 떠돌고 있는 게 지금의 실정이다. 그런데 지금 이곳에 그 희귀하다던 엘프가 있다?

"아무리 상황이 안 좋다곤 하지만 설마 이런 곳에 엘프가 살 줄은 몰랐군 그래."

"뭐, 숲의 종족이라 불리는 존재이니 나름대로 방법이 있겠지요. 중요한 건 그게 아니고… 지금껏 그 종적을 알 길 없던 엘프가 이곳에서 발견했다는 사실 그 자체가 중요합니다."

그렇다. 팝콘의 말과 약간 다른 의미이긴 하지만 수한에겐 그런 기상천외한 게임 설정과 엘프의 사정 따윈 전혀 중요한 문제가 아니었다. 그에게 오직 엘프가 돈이, 그것도 아주 큰 돈이 된다는 사실과 그 돈 덩어리들이 지금 이곳에 있다는 것이 중요했다.

일반적인 주인공(?)이라면 감히 꿈도 꾸지 못할 생각. 엘프 사냥꾼을 징벌하고 정의가 살아 있음을 만천하에 알리는 게 주인공의 의무가 아니던가? 그런데 정작 수한은 그런 일반적인 수순과 정반대의 모습을 취하고 있었으니……. 하긴, 그가 누구던가? 청 제국에선 그 악명이 자자한 대살성이자 마교의 교주이며, 지금은 돈벌이에 두 눈이 시뻘게진 마족인 것이다. 그러니 현재 그가 취하는 행동은 그 캐릭의 성정에 부합되는 아주 정상적인(?) 악당의 패턴.

'이게 바로 밑천 안 드는 대박 사업이란 거군. 역시 하늘은 날 버리지 않았어.'

눈앞의 악당들을 혼내주는 대신 어떻게 하면 상품(?)을 최대한 상하지 않고 보다 많이 사냥할 수 있는지 골몰하는 수한. 현실에서의 족쇄를 풀 수 있다는 기대감에 그의 얼굴엔 음침한 괴소가 끊이질 않는다.

'크크크크, 두당 무려 1,000골드란 말이지? 시세가 엄청 떨어져서─1년 전만 해도 1실버에 만원이었다. 그러나 지금은 여기 누.구. 때문에 그 시세가 대폭락된 상태─1골드에 대략 5만원 정도니까 이거 열 마리만 잡아도 빚 같은 건 단숨에 갚겠는데?'

이렇게 소년은 흉험한 세상과 타협하는 법을 깨닫고 어른을 향한 계단에 성큼 올라서고 있었다.

*　　　　*　　　　*

태초부터 이어져 내려온 거대한 수림으로 이루어진 공간. 그 중심에서 세 인영이 살아 있는 나무로 이루어진 탁자에 앉아 대화를 나누고 있었다.

"인간들이 이곳을 향해 오고 있습니다."

"길을 잃은 모험가인가?"

"아닙니다. 단순한 모험가로 보기엔 그 수와 무장이 심상치 않습니다."

"사냥꾼인 것 같은가?"

"아무래도……."

앞으로 벌어진 싸움에 대한 두려움 때문일까? 잠시 이어지는 무거운 침묵. 그러나 지금껏 입을 다물고 있던 인영의 입을 열자 그런 침묵도 이내 사라졌다.

"일단 일차 경계선에 그들의 정체를 확인해 보도록 합시다. 그리고 만약 사냥꾼이라면……."

"꿀꺽."

일순 장내를 장악하는 무시무시한 살기. 희로애락의 표현이 적은 그들 종족으로선 도저히 가질 수 없는 격렬한 감정의 표출. 이에 자신도 모르게 마른침을 삼키는 나머지 두 인영.

"이곳에 온 것을 진정 후회하게 만들 겁니다."

나인스타의 일인, '숲의 수호자'를 자처하는 윈드 라이더의 선언은 같은 엘프들에조차 섬뜩한 그 무언가를 담고 있었다.

*   *   *

크아아아아!

평상시라면 누구에게나 일말의 두려움을 안겨줄 몬스터들의 울부짖음. 그러나 정작 그런 몬스터들을 맞이한 사람들의 반응은 극히 태연자약. 도리어 반기는 분위기다.

"오호~ 이번에 트롤인가?"

"크크크, 이거 경험치가 장난이 아니겠는데?"

"경험치뿐이냐? 벌써 주워 모은 아이템만 해도 용병단 일년치 예산이다."

20마리가 넘는 트롤이 눈앞을 가로막고 있음에도 그저 히히덕거리는 레드와 팝콘. 그들 일행이 고작 50여 명의 용병, 그것도 레벨 100대인 자들로 구성된 것을 비추어볼 때 정말 간이 붓다 못해 튀어나온 행동이다. 하지만 그들에겐 나름대로 믿는 구석이 있었으니…….

우우우웅!

서걱서걱!

뭔가 번쩍인다고 느끼는 순간 일제히 사지가 분리되어 땅바닥에 나뒹구는 트롤들. 워낙 순간적으로 벌어진 일이라 당사자인 트롤조차 어리둥절한 기색이다. 그리고 그런 트롤들을 향해 괴소를 지으며 다가가는 레드를 위시한 용병들.

"자, 득템 시간이닷!!"

"오오!!"

저마다 병장기를 굳게 다잡은 채 땅바닥에 버둥거리는 트롤들의 숨통을 끊는 리치 용병대의 용병들. 이미 이런 일이 십여 차례나 겪은 탓에 그 행동은 일사불란하기 그지없었다. 이어 회색으로 물든 트롤들 사이로 서서히 생성되는 물건들. 힘줄과 포션의 원료가 되는 피를 비롯한 각종 재료 아이템들은 이내 용병대의 손에 의해 정리, 분류되기 시작했다. 그리고 마지막엔…….

"대마도사님, 부디 이것을……."

"음, 고맙네."

수거한 아이템들 중 딱 절반만큼을 들고서 공손히 누군가에게 바치는 레드. 이에 상대는 아무 거리낌 없이, 아니, 당연하다는 투로 아이템을 집어 든다. 하지만 주위의 그 누구도 그런 행동에 불만을 드러내지 않았으니……. 왜냐하면 그 인물이 싸움 초기 트롤의 사지를 단숨에 잘라낸 대마도사(?) 수한이었기 때문이다.

"이햐~ 역시 대단하십니다. 그건 대체 몇 서클의 마법이기에 그런 대단한……."

"크흠, 마도를 걷는 자가 함부로 마법에 대해 말할 순 없는 법. 스스로 알아내게."

이제는 대마도사 역할에도 익숙해졌는지 팝콘의 질문에도 자연스럽게 받아넘기는 수한. 덕분에 주위의 감탄과 경외에 찬 시선들은 한층 더 짙어진다. 하긴, 몹들이 나타나기만 하면 마지막 일타만 남긴 채 자신들에게 넘기니 어찌 기껍지 않으랴. 덕분에 경험치는 경험치대로 쌓고 다수의 상급 재료 아이템들 역시 아무런 피해 없이 습득할 수 있게 되었다. 거기다……

"크크크, 저분이 계신 이상 이번 의뢰는 대성공이겠군."

"쯧쯧, 고작 생각하는 거 하고는. 아예 이번 기회에 우리 용병대에 영입시켜야지. 대마도사란 간판과 전력이라면 우리 마니머니 길드가 '퍼펙트 길드'를 누르고 대륙 최고의 길드로 성장하는 것도 꿈만이 아니란 말이야. 거기다 유저를 이렇게까지 이해하는 NPC가 어디 흔할 줄 알아? 무슨 일이 있더라도 꼭 잡아야 돼!"

제 딴엔 수한에게 들리지 않을 거라고 생각하며 자기들끼리 소곤거리는 레드와 팝콘. 그들에게 수한은 결코 단순한 대마도사가 아니었다. 불멸자, 즉 유저의 특징을 잘 아는 절대 강자로서 일부러 자신들에게 몹의 마무리를 맡기며 아이템 분배까지 해주는 철저한 봉 중의 봉(?)인 것이다. 때문에 눈앞의 봉을 어떻게 요리할지 궁리에 궁리를 거듭하는 레드와 팝콘. 그러나 그들은 현 상황에 감춰진 이면의 진실을 전혀 모르고 있었다. 지금까지의 모든 것이 수한의 의도였다는 사실을…….

'크카카카카! 이거 정말 장난이 아닌데?'

행랑창에 수북이 쌓인 아이템에 속으로 광소를 터뜨리는 수한. 본래 캐릭의 속성 탓에 몹을 잡아봐야 경험치와 아이템은커녕 먼지만 풀풀 날리는 그다. 그런 그에게 리치 용병대는 그야말로 득템 도구나 다름없었으니…….

마족이란 이유로 몹들이 접근조차 하지 않아 사냥을 거의 포기했었지만 일단 용병대와 거리를 두자 흥성을 주체 못한 몹들이 용병대을 덮치는 게 아닌가? 이에 냉큼 달려가 몹들의 HP를 딱 두 자리 수로 만들어놓고 그 마무리는 용병들에게 맡겼다. 그 뒤 그들이 수거한 아이템들을 딱 절반만 차지하고도 이전보다 훨씬 득템의 기쁨을 누릴 수 있게 되었으니……. 이거야말로 최고의 공생 관계가 아니고 무엇이랴?

'어차피 세상에 나가봐야 할 일도 없으니 차라리 용병대에 가입해 버려?'

너무나 절묘한 파티 플레이(?)에 은근히 마음이 동하는 수한. 어차피 폼 안의 비급을 팔고 난 뒤엔 뚜렷한 계획도 없다. 그러니 이번 기회에 용병대에 가입해 정상적인 게임을 즐기는 것도 그리 나쁜 일은 아닐 터. 그런데 막상 그렇게 마음을 굳히려는 찰나, 그의 감각에 그 무언가가 걸려든다.

사사사삭!

나무 위로 재빠르게 이동하는, 오직 수한 정도의 고수만이 알아차릴 수 있는 작은 기적. 이에 로브 속 수한의 얼굴엔 뭔가 섬뜩한 미소가 지어진다.

"크크크, 드디어 마중 온 건가?"

"예? 그게 무슨?"

난데없는 수한의 말에 의아해하는 팝콘. 방금 전까지 점잖게 있던 사람이 갑자기 음침한 괴소를 흘리며 몸을 부르르 떠니 뭔가 수상히 여길 수밖에 없다. 설마 이 노인네―대마도사라는 경지와 늙수그레한 음성 탓에 그런 오해를 하고 있었다―가 갈 때가 된 건가? 하지만 그런 의문을 채 풀기도 전에 십여 개의 화살이 날아와 그를 기겁하게 만든다.

파파파팍!

"으헉! 이건?!"

일행의 발밑으로 일렬로 쭉 꽂힌 채 몸통을 부르르 떠는 화살들. 그 신기에 가까운 활 솜씨에 수한을 제외한 나머지 사람들은 크게 경악했다. 이런 실력이라면 설마?! 바로 그때 그들의 기대를 저버릴 수 없다는 듯 그 전형적인 위협 사격만큼이나 식상(?)한 멘트를 날리는 나무 위의 존재들.

"이곳은 인간에게 허락되지 않는 장소입니다. 그러니 이만 돌아가십시오. 만약 그렇지 않을 경우엔……."

저마다 나무 위에 앉거나 선 채 화살을 겨누는 선남선녀들. 역시 그 명성 그대로 뽀얀 피부에 미인형의 얼굴, 그리고 여리여리한 몸매를 지닌 엘프들이었다. 그리고 그 연약한 이미

지와는 달리 그들 얼굴에 서린 살기와 단호함을 미루어 보건대 어설프게 건드렸다간 당장 벌집이 될 판.

하지만 아쉽게도 상대가 너무 나빴다.

"크카카카카! 어서 오너라, 돈 덩어리들!"

드디어 등장한 돈 덩어리(?)들로 인해 일순 이성을 상실한 수한. 지금까지의 대마도사다운 품위를 내팽개친 채, 심지어 정형화된 무림인식 엘프 상견례 3단 법칙—목적과 신분의 주지, 무력을 앞세운 설득, 신법을 자랑하며 마을에 돌입—조차 무시한 채 훌쩍 몸을 날린다. 이어 속전속결을 부르짖으며 행동으로 자신의 의지를 표출했으니……. 그 결과, 장내에 울려 퍼지는 격타성과 함께 우수수 떨어지는 엘프들.

퍼퍼퍼퍽!

"큭! 컥!"

대체 어딜 때릴 데가 있다고 그 여린 몸을 그렇게 쥐어박는지, 원. 하지만 이것도 나름대로 신경 쓴 결과다. 자칫 회색으로 물들까—상품이 상할까—두려워 특별히 스킬을 쓰지 않은 채 단순한 주먹질로 해결하는 수한. 하지만 근력이 원체 먼치킨인 만큼, 그리고 엘프들이 워낙 약골(?)인 탓에 그 정도로도 그들을 빈사 상태로 만들기에 충분했다.

"이럴 수가……?"

결국 수한이 몸을 날린 뒤 레드를 위시한 일행이 가세하려 했을 땐 이미 상황 종료. 워낙 순식간에 벌어진 일이라 그들

스스로의 눈을 의심할 지경이다. 그러나 두 눈을 아무리 비벼 봤자 땅바닥에 나뒹굴고 있는 엘프들이 사라질 리 만무. 레드 일당이 할 수 있는 일이라곤 기괴한 신음성을 토하며 경악하는 것뿐이었다. 물론 그렇다고 해서 언제까지 그렇게 멍하니 있을 순 없는 노릇.

"쯧, 뭐 하냐, 어서 포장(?)해야지?"

일행 중 가장 먼저 제정신을 차린 팝콘. 이미 대마도사의 능력에 대해 측정 불가능을 선언한 그로선 눈앞의 광경에 큰 동요가 있을 리 없었다. 때문에 그만이 홀로 냉정을 유지한 채 일행을 닦달할 수 있었다. 그러자 용병들은 그제야 엘프를 꽁꽁 묶으며 대박의 기쁨을 누리기 시작한다.

"햐~ 이거 대체 돈이 얼마야?"

"낄낄, 설마 내 생전 엘프를 보게 될 줄이야……."

"흐흐흐흐, 이거, 살결이 여간 고운 게 아닌데?"

"헛! 야, 임마! 걘 남자야!"

저마다 다양한 방식으로—심지어 약간 빗나간 므흣함으로— 떠들썩해진 장내. 그리고 그 중심에선 대마도사에 대한 무한한 존경과 그 엄청난 능력에 대한 부러움이 담겨 있다. 자연 그 분위기에 흐뭇(?)해진 수한.

'크크크크, 좋아. 역시 이런 맛에 고수가 된다니까. 그리고 이대로만 한다면 빚 상환은 둘째 치고 갑부도 꿈만은 아닐 터.'

앞으로 펼쳐질 찬란한 미래에 한껏 도취된 수한. 지금까지의 불행을 다 청산한, 현실에서의 빚을 다 갚고 독립의 꿈을 달성할 뿐만 아니라 한 재산 챙겨 떵떵거릴 자신의 모습. 그것은 이내 주체 못할 희열과 광기로 화해 그의 머릿속을 장악했으니……. 아, 이제 그 누가 그를 막을 수 있으랴?

그러나 호사다마(好事多魔)라 했던가, 아니면 진성 저주 캐릭으로서의 불행의 늪이 끝끝내 그를 놓아주지 않아서일까? 수한을 다시 한 번 역습하는 불길한 전조.

투웅!

"컥! 큭! 캑!"

현악기를 일부러 거칠게 튕긴 듯한 묵직한 소리. 동시에 제각기 개성 넘치는 신음성과 함께 회색으로 물들며 쓰러지는 세 명의 용병. 그리고 잠시 무슨 일이 벌어졌는지 이해를 못해 그저 멀뚱히 서 있는 사람들.

하지만 언제까지고 현실을 외면할 순 없는 법.

"이게 무슨?!"

"습격이닷!!"

전혀 예상치 못한 화살 공격에 기겁한 수한과 레드 일당. 황급히 화살이 날아온 방향을 노려보며 경계를 하지만 이미 또 다른 방향에서 희생자들이 생긴 뒤다.

퉁!

"크헉! 캑!"

"이럴 수가?! 어떻게?!"

수한조차 미처 기척을 느끼지 못한 암중 인물. 그는 단 하나의 화살로 세 명의 희생자를 낸 뒤 재차 두 명의 용병을 회색으로 물들였다. 수한 같은 고수조차 제지할 수 없을 정도의 쾌속 은밀함과 단 일격에 서너 명을 회색으로 물들이는 공격력. 그리고 한번 저격을 마친 뒤 재빨리 자리를 이동하니 도저히 방비할 재간이 없다.

거기다 리치 용병대의 불행은 그런 무서운 화살 공격만이 아니었으니…….

"칫, 일단 모여! 화살에 대비한다!"

"이런, 바보 같은……. 미쳤냐?! 화살의 위력을 보면 몰라? 어서 흩어져! 모였다간 단체로 비명횡사다!"

용병대장인 레드는 레드대로, 부대장인 팝콘은 팝콘대로 지시가 중구난방. 그런 수뇌부의 갈등은 자연 장내의 혼란만 가중시켰다. 덕분에 아무런 대응조차 하지 못한 채 더욱 빠른 속도로 쓰러져 가는 용병들. 거기다 그런 두 사람의 모습에 누가 일행의 지휘자인지 금세 알아차릴 수 있을 게 아닌가?

퉁!

"커억! 이런 말도 안 되는……."

아차 하는 사이 가슴을 관통한 화살에 두 눈을 부릅뜬 레드. 레벨 300대인 전사 계열의 캐릭답게 HP가 거의 8,000에 육박했건만 단 일격에 그의 몸은 회색으로 물들기 시작한다.

그리고 단숨에 지휘부를 끝장낼 생각인지 팝콘을 향해 날아드는 또 하나의 화살.

퉁!

"크아악! 감히 내 앞에서 이런 짓을!!"

파파파팡!

이미 한번 당했다. 그런데 또 당할 순 없는 노릇. 수한은 이를 부득부득 갈며 팝콘의 정면을 가로막았다. 동시에 그의 양손에서 극성으로 전개되는 장막. 다행히 원샷 투킬을 기본으로 부르짖던 암중인의 화살은 그의 장막을 넘지 못해 땅바닥에 떨어졌다. 하지만 이 정도로는 그의 분노를 잠재울 수 없는 일.

"크아아아!! 어디 숨을 수 있으면 숨어봐라!"

파파파파팡!

상대의 기척조차 느끼지 못했다는 사실에 자존심이 크게 상한 수한. 이에 광범위 공격형 장력을 극성으로 전개, 주위 십여 미터 공간을 완전히 점해 버린다. 덕분에 괜히 수한을 방패막으로 삼으려다 봉변만 당하는 용병들. 그나마 수한이 장력의 방향과 위력을 조절했길 망정이지 그렇지 않았다면 용병과 엘프 전원이 회색으로 물들었으리라. 하지만 그런 수한의 발광에도 불구하고 끝끝내 모습을 드러내지 않는 암중인.

"칫, 이런 방법으론 안 된다는 건가?"

생각 같아서는 그냥 십방장환을 전개하고 싶다. 그러면 제아무리 대단한 은신술이라 할지라도 결코 견뎌낼 재간이 없을 터. 하지만 그랬다간 엘프 포획 주식회사의 사원(?)들뿐만 아니라 상품들마저 크게 상할 게 뻔하다. 결국 결단을 내리지 못해 끙끙거리는 신세다. 그런데 바로 그때,

"뷰 마나 포스(View Mana Force)!!"

역시 마법사란 호칭을 괜히 얻은 게 아니다. 어느새 마나를 감지하는 탐색 마법으로 암중인의 위치를 파악하려는 팝콘. 덕분에 수한조차 파악 못한 암중인의 위치가 어이없게도 금방 드러났다.

"저깁니다!!"

"크카카카!! 좋아!!!"

파파파파파팡!

팝콘이 가리키는 방향을 향해 광소를 터뜨리며 전력으로 장력을 내갈기는 수한. 그 무지막지한 공세에 그 범위 내 십여 미터는 완전히 초토화되었다. 그리고 그 사이에서 불쑥 모습을 드러내는 가냘픈 인영.

"큭, 실피드(Sylphid)를 단숨에 역소환시키다니……."

지금껏 자신의 존재를 숨겨줬던 바람의 정령이 강제적으로 역소환된 탓일까? 엘프는 미간을 찌푸린 채 약간 비틀거리며 지면에 착지했다. 그리고 그런 상대의 중얼거림에서 뭔가를 깨달은 팝콘.

"조심하십시오. 실피드를 언급한 걸 봐선 상대는 중급 정령 이상을 부리는 정령술사입니다!!"

"엥? 그게 무슨……?"

수한이 대마도사(?)임에도 마법사답지 않은 어리버리함을 보이자 제 딴에 상대의 무서움을 충고하는 팝콘. 하지만 판타지 소설을 통해 일부 지식을 얻었으되 그 성취도가 낮은 수한으로선 정령사의 무서움을 알 리 없었다. 그저 정령을 부리는 주술사 정도로만 취급할 뿐. 때문에 상대가 재차 뭔가를 소환했음에도 그저 멀뚱히 서 있는 치명적인 실수를 저지르고 말았다.

"슈리엘(Suerele)! 나의 적을 속박하라!!"

─알았다, 계약자.

수한이 뭔가 심상치 않음을 감지하려는 찰나, 이미 바람의 상급 정령을 소환한 엘프. 갑주를 걸친 여성 형태의 상급 정령 슈리엘은 이내 수한의 몸을 감싸 안고 그의 몸을 속박하기 시작했다. 그리고 그 광경에 그제야 상대의 정체를 깨달은 팝콘은 그야말로 기절초풍 그 자체.

"상급 정령을 저리 쉽게 소환하다니, 설마… 저자는?"

정령에게 부.탁.이 아닌 명.령.을 할 수 있다는 의미는 그보다 고위급 정령을 부릴 수 있는 뜻. 그렇다면 상급 정령을 일순간에 소환해 당연하다는 듯 명령을 내린 저자의 정체는? 대륙 전체를 통틀어 단 한 명뿐인 최상급 정령사, 거기다 그 종족이 엘프라면 '그자' 말고 대체 누가 있겠는가?

"윈드 라이더?! 이런, 젠장! 파이어볼!!"

상대가 팔라스 연합의 9대강자 나인스타 중 한 명이라는 사실에 기겁하는 팝콘. 대박을 노리고 보물 창고인 줄 알고 왔건만 막상 정신을 차려보니 호랑이 입천장이 아닌가? 이에 욕설을 내뱉으며 그가 구현할 수 있는 최고의 공격 마법을 시전한다. 역시 머리 좋은 마법사다운—수한과는 너무나 거리가 먼—눈부시게 빠른 상황 판단. 하지만 상대는 정령술만으로 나인스타에 속한 절대강자이자 단 일격에 레벨 300대 용병을 회색으로 물들인 궁수이기도 했다.

"실피드!"

콰쾅! 퉁!

"커억!"

바람의 중급 정령인 실피드로 파이어볼을 튕겨내고, 손에 든 단궁으로 팝콘을 회색으로 물들인 엘프, 아니, 윈드 라이더. 역시 고수답게 빠르기도 하다. 거기다 그것만으론 성이 안 차는지 화살로 용병들을 족족 회색으로 물들이는데 그가 그렇게 인간 살육의 묘미를 깨닫는 그 시각, 결박당한 엘프들은 이미 또 다른 엘프 무리들에 의해 풀려나고 있었다. 그리고 그 모든 것은 수한이 잠시 슈리엘에게 잡힌 사이, 그야말로 눈 깜빡할 새 벌어진 일.

"허허, 이런……."

눈앞의 급격한 변화에 너무 기가 막혀서일까? 옴짝달싹할 수 없는 상황에서 허탈한 웃음을 흘리는 수한. 그가 잠시 여자 유령(?)에게 잡혀 있는 사이 중요한 물주 두 명을 포함한 용병들 전원 사망. 거기다 포장 가공(?)을 마친 상품들까지 줄줄 풀려나고 있지 않은가? 여기서 더 참는다면 그는 이미 부처의 화신이다!

"크아아아아! 이 잡것들이 날 물로 봐?!"

자신만 쏙 빼놓았다는 사실이 불만이란 건가? 어쨌든 뭔가 어긋난 영혼의 외침과 함께 수한의 전신에서 뿜어져 나오는 미증유의 거력. 어차피 신경 쓸 물주가 다 죽었다는 생각에 곧바로 궁극기 십방장환을 발동한다.

쿠쿠쿠쿠쿠쿠!

"커억! 이건?!"

뭔가 번쩍한다고 느끼는 순간 역소환도 아닌 그대로 소멸된 슈리엘. 그리고 주위 공간을 일순간에 점하는 힘의 파동. 그 여파는 윈드 라이더를 포함한 다수의 엘프들에게까지 미쳤다. 그리고 그 결과,

푸스스스스!

"커어억! 컥컥!"

회색으로 물들 시체조차 남지 않은 채 그대로 소멸된 십여 명의 엘프들. 그리고 한 움큼의 핏덩어리를 토하며 땅바닥에 나뒹구는 윈드 라이더. 십방장환의 가공할 위력과 그로 인한

처참한 결과에 그 여파에서 벗어난 엘프들조차 몸이 굳어졌다. 이에 자신의 위상(?)을 다시 한 번 만천하에 떨치는 수한.

"크크크크, 감히 조연 주제에 주인공을 무시하다니……."

수한을 중심으로 동심원을 그린 채 거대한 구덩이가 형성된 지면. 그리고 십방장환의 여력이 모두 사라졌음에도 여전히 두 다리를 벌린 채 양손을 하늘 높이 치켜든 자세를 유지하는 수한. 마치 모 만화의 특정 장면 같은—주인공에게 자신의 필살기를 날린 악당 두목의—포즈를 취하며 수한은 그렇게 괴소를 흘렸다. 하지만 모든 일이 다 그렇듯 마무리를 잘 짓지 못하면 말짱 도루묵인 게 세상 이치.

"운디네(Undine)님, 로이엔님을 치유해 주세요!!"

"저도 부탁드립니다, 운다인(Undain)님!"

십방장환의 영향권에서 멀찍이 떨어진 채 발발 떨기만 하던 엘프들. 수한이 잠시 자아도취에 취한 틈을 타 물의 정령을 다발로 소환한다. 그리고 물의 정령이 가진 치유력을 윈드 라이더에게 집중하는데 스타크래프트의 메딕을 능가하는 힐링에 일순간 모든 HP를 만땅으로 채운 윈드 라이더. 그는 자리에서 벌떡 일어나 수한에 대한 자신의 증오심을 마음껏 표출했다.

"크윽, 이 자식, 반드시 씹어 먹어주마!"

엘프 주제에 식성이 너무나 독특한 윈드 라이더. 그렇게 자신의 식인 습관(?)을 밝힌 그의 두 눈엔 섬뜩한 귀화가 넘실거렸다.

*　　　*　　　*

　로이엔은 자신의 책임을 통감했다. 순간의 잘못된 판단으로 인해 그의 소중한 동족이 무려 십여 명이나 세상에 환원된 것이다. 그는 어디까지 사냥꾼 중 뭔가 어수룩한 자를 붙잡아 이곳 정보에 대한 출처들을 알아내려고 했건만……. 하지만 그런 안이한 생각으로 인해 동족들에게 큰 죄를 짓고 말았다.

　믿었던 상급 정령 슈리엘을 단숨에 소멸시키는 것으로도 모자라 동족들을 떼죽음에 이르게 만든 마법사. 애초에 그의 능력을 얕보지 않았더라면, 아니, 처음부터 그를 목표로 저격을 했어야 했는데……. 만약 시간을 되돌릴 수만 있다면 마족에게 영혼이라도 팔고 싶은 심정. 그러나 그런 충동을 느끼는 것과 동시에 마음 한구석에선 트라우마 스위치가 '턱' 하고 켜는 어둡고 탁한 자기 혐오가 치솟는다.

　'크크큭, 이런 생각을 하는 자체가 엘프답지 않은 건가?'

　봄날의 상큼함이 묻어나는 동족들과 달리 골방에 틀어박힌 백수의 좌절 모드, 혹은 모 작가의 음침한 성정을 지닌 로이엔. 그렇다. 그는 불우한 어린 시절을 보낸 탓에 만사를 뒤틀리게 보는 불량(?) 엘프였던 것이다.

　아주 먼 과거, 철없고 어린 시절 엘프 사냥꾼에게 잠시 납치당했던 경험이 있는 로이엔. 그는 수진이 좋아할 만한 온갖 므훗한 체험을 겪어야만 했고, 그 결과 인간에 대한 끝없는 증오심과 엘프답지 않는 독기를 가지게 되었다. 그리고 그로 인한 증오와 원한은 그를 느긋함과 웰빙(?)을 엘프의 품성으로 여기던 동족들과는 달리 혹독한 수련으로 몰아넣어 누구보다 빠른 성취를 얻게 만들었으니……. 현재 그런 그에게 붙여진 칭호는 숲과 엘프의 수호자이자 바람의 최상급 정령술사라는 의미인 윈드 라이더(Wind Rider).

그런데 지금 이 순간, 그렇게 가뜩이나 사연 많고 비뚤어진 로이엔의 눈앞에서 어떤 극악무도한 인.간. 마법사에 의해 동족들이 떼죽음을 당했다. 이 경우 그가 가질 수 있는, 누구나 공감할 수 있는 보편 타당한 행동과 마음가짐이란?

동족들의 처참한 죽음은 불씨가 되었고, 스스로에 대한 자책과 분노는 그 불씨를 태우는 연료로 화했다. 그리고 과거의 끔찍한 기억들은 그 불길을 더욱 활활 타오르게 만드는 촉매 역할을 했으니…….

"으드드득!"

정말 엘프답지 않게 프레스 압축기를 짓누르듯 이를 거칠게 갈며 허리춤의 단궁(短弓:Short Bow)을 뽑아 든 로이엔. 이어 인육의 참맛을 깨우쳐 줄 식 재료(?) 수한을 향해 활시위를 당긴다.

기기기긱!

우우우웅!

만곡을 그리는 활시위와 함께 서서히 화살로 모여드는 마나. 그리고 그렇게 집적되어진 마나로 인해 화살촉에 구현되어진 오러 애로우(Aura Arrow:罡矢). 그것은 그 전체 길이가 30㎝가 채 되지 않는 장난감 같은 단궁에 걸려 수한에게 겨누어졌다. 그리고 활시위가 최고점이 이르는 순간 마침내 수한을 향해 날아가는 오러 애로우.

퉁! 휘이이익!

비록 작긴 하지만 나인스타 중 한 명인 로이엔의 활답게 뭔가 범상치 않아 보이는 단궁. 그렇다. 놀랍게도 그 단궁의 공격력은 일반 장궁의 그것과도 비교할 수 없는 데미지 1,000을 자랑했다. 거기다 엘프의 특정상 선천적으로 보우 마스터의 경지를 이룬 로이엔은 일단 화살을 날렸다 하면 그 데미지가 무조건 50% 상승. 어디 그뿐이랴? 방금 전 그가 날린 오러 애로우의 경우, 청 제국 측에서 말하는 강기(罡氣)를 화살에 부여하는 스킬로서 활과 그 주인의 공격력을 합쳐 그 다섯 배를 구현하는 보우 마스터(Bow Master)만의 비장의 기술.

즉, 지금 이 순간 수한을 노리는 화살은 조금 전 레벨 300대 전사 레드를 일격에 회색으로 물들인 마법사 같은 허약 체질 따윈 하늘이 뒤집히고 땅이 갈라져도 절대 감당할 수 없는 무시무시한 공격력을 지녔다고 할 수 있다. 하지만 정작 그 결과는?

티잉!

지금까지의 몇 줄 설명이 허망하기까지 한 음향 효과. 무려 일만이 넘는 데미지임에도 불구하고 무의식적으로 호신강기를 운용한 수한의 철벽 방어 앞에선 이쑤시개보다 못한 공격이었다. 자연 그 광경에 경악을 금치 못하는 엘프들.

"단순한 마법사가 아니라는 건가?"

"세상에? 어떻게 저런……?"

미간을 더욱 찌푸린 로이엔이나 멀찌막이 떨어진 채 그를 응원하는 엘프들이나 놀라긴 마찬가지. 하지만 역시 고수는 범인들과 뭔가 다른 모양이다. 동족들이 그저 경악만 하고 있는 그때 로이엔은 이미 수한에 대한 또 다른 대응 방식을 실행하고 있었다.

파파팍!

"실피드, 기척을 지워라!"

나무들 사이로 재빠르게 몸을 날린 뒤 정령을 통해 재차 자신의 기척을 지운 로이엔. 마법사 주제에 탐색 마법조차 구현 못하는 상대의 약점을 간파한 그의 적절한 대응이다. 적어도 이것으로 시간을 끈 뒤 빈틈을 보이면 바로 저격하려는 속셈. 덕분에 그때까지도 똥폼(?)을 유지하던 수한으로선 개털만 휘날리는 결과가 되었다.

"어라? 또 숨었네?"

일부러 화살까지 맞췄건만 왜 이리 야박할 수 있단 말인가? 적어도 자신의 장환 정도는 맨몸으로 받아줘야 예의(?)가 아니겠는가? 대체 어떤 사고방식을 가져야 이런 생각을 할 수 있을까? 어쨌든 그런 식으로 로이엔의 비겁함(?)을 성토하며 상대의 종적을 찾고자 노력하는 수한. 그러나 아무리 눈을 크게 뜨고 귀를 기울여 봤자 도통 알아낼 재간이 없다.

"크으, 이거 마법 못하는 사람은 어디 게임하겠냐? 젠장."

자신이 지닌 사기틱한 능력에 만족 못한 채 연신 투덜거리는 수한. 하지만 그 입가에 서린 미소를 보건대 일말의 여유가 남아 있는 게 분명하다. 하긴 그에겐 이 근방 전체를 날려버린다는 최후의 수단이 있지 않은가? 거기다 상대의 공격이 그에게 털끝만큼도 피해를 주지 못하는 상황. 그러니 여기서 초조해지는 건 도리어 상대에게 이로운 행동이리라. 거기다,

"크크크크, 뭐, 숨어 있는 토끼 녀석을 끄집어낼 방법도 있고 말이야."

진정으로 마족다운, 도저히 인간이 가질 수 없는 사악무비한 눈빛을 번뜩이는 수한. 그는 저기 구석진 곳에서 오돌오돌 떨고 있는 엘프들을 바라보며 음흉한 미소를 짓기 시작했다. 그리고 천천히 그곳을 향해 발걸음을 옮기는데…….

"칫, 실수다! 모두 피해!!"

그제야 자신의 실수를 깨달은 로이엔. 그 혼자만 은신하면 뭐 하겠는가? 그의 동족들이 저 괴물 같은 마법사의 영향권 안에서 멀뚱히 서 있는데……. 진작 저들을 대피시키지 못한

자신을 탓하며 로이엔은 다급히 동료들에게 경고했다. 그런데, 아뿔싸!

"크카카카! 걸렸다!"

로이엔이 소리치는 순간, 마치 순간 이동이라도 한 것처럼 그의 정면에서 불쑥 튀어나오는 인영. 로이엔이 종적을 드러내길 기다렸다가 이형환위로 통해 순식간에 접근한 수한이다. 애초부터 그의 목표는 저기 구석에서 오돌오돌 떨고만 있는 잔챙이들이 아닌 로이엔이었던 것.

"큭, 함정인가? 하지만 왜?"

설마 마법사 주제에 근접전을 원할 줄이야⋯⋯. 마법사가 전사와 몸싸움을 해서, 그것도 이렇게 근접한 상황에선 절대 이길 수 없다는 건 상식에 가깝다. 차라리 방금 전같이 어마어마한 범위 마법을 날린다면 모를까, 왜 이런 무모한 방식으로? 하지만 지금까지의 상대가 보인 엄청난 마법으로 미루어 짐작하건대 방심은 절대 금물. 거기다 상대의 의도대로 따르는 것만큼 어리석은 행동도 없다. 때문에 로이엔은 자신의 연이은 실수를 자책함과 동시에 무의식적으로 몸을 뒤로 날렸다.

그러니 그의 상대는 단순한 마법사가 아닌, 순간 이동에 버금가는 이형환위를 자유자재로 구사할 줄 아는 극강의 무림 고수. 결국 그런 무의식적인 노력도 헛되이 수한에게 덥석 멱살을 잡힌다. 그리고 너무나 가공할 인간이라면 도저히 가질 수 없는 힘이 그의 목을 압박하기 시작했으니……

"커억! 캑캑!"

"크크크크, 잡.았.다."

로이엔의 가느다란 목을 손을 움켜쥔 채 그 몸을 통째로 들어올리는 수한. 과거 늘 그랬듯 정파 고수들을 희롱하던 희대의 대마두다운 모습을 연출한다. 아니, 그 정도로는 만족할 수 없어서일까? 방금 전, 자신의 씹어 먹겠다는 로이엔에게 제 딴엔 섬뜩한 말로 보복까지 하는데…….

"크크크, 요놈을 볶아 먹어, 삶아 먹어? 엘프 고기가 그렇게 피부에 좋다던데……."

친누나 수영의 영향을 지나치게 받은 모양이다. 왜 하필 농담을 해도 미용 쪽으로 관심을 두는지, 원. 하지만 주위 사람들은 그런 수한의 헛소리에서 일말의 진실(?)을 느낀 모양.

"안 돼!!"

"샐라맨더(Salamander), 공격해!!"

방금 전까지 부랴부랴 도망가거나 겁에 질려 주저앉아 있던 겁 많은 토끼 엘프들. 그러나 로이엔이 위기에 처하자 사나운 살쾡이로 변해 수한에게 달려든다. 물론 수한의 입장에선 어른에게 달려드는 세 살배기 꼬맹이나 다름없는, 그야말로 가소롭지도 않은 일.

"허허허, 이런. 이러니까 내가 마치 악당 같잖아?

이제야 자신이 악당임을 자각하는 수한. 그럼 지금까지는 대체 뭐라고 생각했단 말인가?

각설하고, 오른손으로 여전히 로이엔을 들어올린 채 자신에게 날아드는 불도마뱀과 가지각색의 마법, 그리고 화살들을 비웃고 있는 수한. 그따위 공격들은 피할 필요도 없다는 듯 왼손을 가볍게 떨친다. 그러자 일순간에 장내를 뒤덮는 장영의 물결.

파파파파팡!

"아아악! 까아아악!"

두 손도 아닌 한 손임에도 일순간에 구현된 장막. 수한의 먼치킨 본신 공격력이 세 배로 늘어나 방어막을 형성하고도 모자라 그 여력이 엘프들을 덮친다. 결국 엘프들, 아니, 상품(?)들의 반항은 그것으로 종결. 수한은 이내 밧줄을 찾아 기절하거나 빈사 상태가 된 그들을 유유히 묶기 시작했다. 그러나 한 손으로 로이엔을 들어올린 채 그런 짓을 하니 어찌 쉬운 노릇이겠는가? 때문에 이제 두 눈을 까뒤집고 침을 질질 흘리는 로이엔을 휙 집어 던지는데,

"크아아악! 이놈!!"

수한의 손아귀에서 벗어나자마자 혈광을 번뜩이며 벌떡 일어나는 로이엔. 이미 뇌에 산소가 공급되지 않아 동공이 풀리고 정신을 잃었음에도 그 육신은 자신의 적을 향해 맹렬히 달려들고 있다. 이것이 바로 근성이면 모든 것이 다 해결된다는 열혈 모드. 그 살벌한 기세에 청 제국에 있을 때부터 무수

한 저주와 성난 시선들을 감내한—훗날 그 배 이상으로 갚아 준—수한이 찔끔할 정도다. 하지만 현실의 벽은 높고도 높은 법. 로이엔의 분전에 대한 수한의 평가는 극히 냉혹했다.

"햐~ 이거 너무 사나운데? 물건에 하자가 있으니 차라리 지금 처리해야겠군."

아, 대체 어디까지 타락할지 상상하는 것조차 두렵다. 만인 이 감동할 근성 열혈 모드의 표본 같은 모습을 보고도 그따위 생각이나 하다니…… 그러나 이미 돈에 영혼이 저당 잡힌, 아니, 그 스스로가 이미 마족인 된 수한은 정말 피도 눈물도 없다는 듯 로이엔을 재차 잡아챘다. 그리고 이번엔 정말 끝장 을 보려는 듯 그 목을 꺾으려고 하는데…….

"크캐캑! 슈리엘!"

—알았다, 계약자.

휘이이잉!

"어라?!"

수한이 목을 틀어쥐는 순간 잠시 제정신이 든 걸까? 삶에 대한 간절한 욕구로 슈리엘을 소환하는 데 성공한 로이엔. 덕 분에 목을 막 부러지기 직전, 수한의 손에서 벗어나는 데 성 공한다. 그리고 갑작스럽게 소환된 슈리엘 탓에 수한의 진면 목을 가리던 로브 두건이 홀러덩 벗겨졌으니……. 그것은 장 내 상황이 새로운 국면을 맞이하게 된 직접적인 원인이 되었 다.

"크으윽! 캑캑캑!"

수한의 손에서 벗어나 간신히 막혔던 숨통이 트인 로이엔.
그는 격한 기침과 함께 눈물까지 글썽이며 숨을 헐떡였다. 그
리곤 도저히 마법사답지 않은 상대의 공격 방식에 전율했다.

'대체 어떻게… 어떻게 저런 몸놀림이 가능한 거지?'

한 번도 아니다. 무려 두 번씩이나 제대로 된 반항조차 못
한 채 목을 제압당한 상황. 그것도 마법이 아닌 단순한 체술
에 의해.

'평범한 마법사가 아니라는 사실을 알았지만… 방금 전 그
움직임은 절대 마법사가 보일 수 있는 게 아니야. 그럼 대체
저자는……?'

저서클의 보조 마법인 탐색 마법조차 구현 못하는 주제에
엄청난 마법 공격을 자유자재로 난사한다. 그리고 도저히 마
법사라 볼 수 없는, 엘프 중에서도 최상급 전사에 속하는 로
이엔을 능가하는 몸놀림. 마치 전투에 특화된 마법사 같은,
아니, 그보다 좀 더 상위 존재인… 설마……?!

공격 마법에 한해 마법을 구현할 수 있으며 동시에 검을 든
존재. 비록 그 극의를 달성할 수 없다곤 하지만 마법사와 전
사 두 계통의 스킬을 모두 습득할 수 있다는 전설상의 직업
마법전사. 소문으로는 저 멀리 자하드 제국의 누군가가 그 경
지에 도달했다곤 하지만 그자는 어디까지 기사의 신분이니

이곳까지 올 여유가 없을 터. 그럼 또 다른 마법전사가 등장한 건가? 하지만 그런 설명만으로는 뭔가가 좀…….

'그래, 아무리 마법전사라도 방금 전 같은 일은 불가능해. 마법전사의 특징은 어디까지나 마법과 검을 동시에 운용할 수 있을 뿐, 높은 경지에는 도달하지 못한다고 들었어. 그런데 이자는 마법과 체술 모두 웬만한 마도사나 상급 기사를 능가하니……. 헉?! 그렇다면 설마?!'

몇 번의 시행착오 끝에 드디어 뭔가 실마리를 잡은 로이엔. 그러나 그 스스로 생각하기에도 너무 터무니없는 생각이라 이내 머릿속에서 지우려고 한다. 하지만 그렇게 진실(?)을 외면하려는 찰나, 결정적 증거를 포착하게 되었으니……. 그것은 바로 지금껏 로브의 두건에 가려진 마법사의 얼굴.

"허억?! 여자?"

수한의 얼굴을 보는 순간 자신도 모르게 기겁해 소리치는 로이엔. 지금껏 수한을 남자, 그것도 나이 지극한 늙은이인 줄 알았던 그에게 난데없이 등장한 절세미인의 얼굴은 그야말로 충격이었다. 하긴 아무리 요리조리 뜯어봐도 절대 이십대 초반을 넘지 않은 애송이, 아니, 소녀(?)에게 거의 일방적으로 쥐어 터지다시피 했으니 그의 신분이나 나이를 고려할 때 경악하지 않으면 이상한 일일 터. 하지만 다행스럽게도(?) 로이엔은 겉모습으로 상대를 판단하는 졸장부가 아니었다.

"크윽, 역시 이놈은……."

지금껏 보인 엄청난 능력에 비해 너무나 젊은, 아니, 어려 보이기까지 한 얼굴. 로이엔이 알기에 마법사란 노화를 막을 마법력이 있다면 그것으로 하나라도 더 마법 실험을 할 족속들이다. 설령 여자 마법사라 하더라도 그것은 변치 않은 사실. 아니, 그 이전에 저 외모에선 폴리모프 같은 마법의 인위적인 성질이 전혀 느껴지지 않는다. 그 말인즉, 정면에 멀뚱히 서 있는 괴물의 겉모습은 결코 손보지 않은 그 본래의 것이라는 의미. 그럼 눈앞의 이 마법사의 정체는 대체 뭐란 말인가?

결코 인간일 리 없다. 세상에 다시없는 천재라도 어찌 이십 대 초반에 캐스팅은커녕 시동어조차 없이 9서클에 버금가는 공격 마법을 시전하고, 최상급 엘프 전사를 능가하는 체술을 보일 수 있겠는가? 그것은 드래곤과 그 '존재'들이 아닌 한 절대 불가능한 일. 그러니 눈앞의 천연(?) 절세미인은 지금껏 엄청난 마법 실력에 비해 뭔가 모자란 마법사라 여겼던 존재는…….

"마족?!"

그 추리 과정이 전혀 엉뚱하긴 하지만 결국 진실(?)에 도달한 로이엔. 상내의 외형이 인간의 모습이라는 것과 마족으로서의 마기(魔氣)가 느껴지지 않는다는 사실—로브가 지닌 능력으로 인해—은 그냥 무시해 버린다. 일단 자기 자신이 납득할 만한 설명이면 모든 게 다 해결이라는 전형적인 착각 캐릭의 모습. 뭐, 솔직히 수한이 마족이니만큼 아주 틀린 생각도 아니지만…….

한편, 로이엔이 그렇게 착각 아닌 착각, 혹은 진실 아닌 진실에 허우적거릴 때, 수한의 상황은 어떠한가? 절색마존이라는 별호 탓에 '절색(絶色)'이란 말조차 금기시 여기던 그에게 면전에다 대고 불쑥 여자 같다는 말을, 아니, 너는 여자 아니냐고 외쳤으니—적어도 수한의 생각은 그러했다—가뜩이나 화급한 성정에 그 진한 핏줄을 증명하듯 어디 누.구.처럼 더러운 성깔을 지닌 그가 지금 이 순간 어떤 반응을 보이겠는가?

"크크크크, 그래. 그렇게 피의 축제(?)를 즐기고 싶다 이거지?"

지나친 분노로 인해 핑글핑글 돌아가는 두 눈과 입가에 주르륵 흐르는 침. 아, 이제 더 이상 그를 막을 방법이 없다.

우우우우웅!

양손에 모여드는 경력과 그로 인해 생성되어지는 두 개의 거대한 장환. 그리고 그에 동조하듯 몸 주위를 감싸는 거무칙칙한 다크 오라와 그 중심에 선 흉신악살의 일그러진 얼굴. 배경으로 뜬 악귀들의 군무는 더 이상 설명할 필요조차 없는 옵션. 그렇다. 이거야말로 수한의 진악마본색(眞惡魔本色)! 그 모습은 로이엔의 추리 퍼즐에 마지막 빈 공란을 채우기에 충분했다.

"역시 마족이구나!"

갑작스럽게 변한 장내의 분위기. 청초한 미녀의 형상에서 마왕 강림의 중심이 되어버린 상대의 모습에 경악해 마지않는 로이엔. 그런 그에게 수한은 사악의 그 끝을 달리는 미소를 지으며 막판 결정타를 날린다.

"크크크크, 이제 알았냐?"

정상적인 게임 생활을 위해 자신의 정체를 숨긴다고 결심한 지 채 하루도 지나지 않아 일을 벌이는 수한이다. 그리고 그런 그의 작심일일(作心一日)로 인해 엘프들은 그야말로 혼비백산. 혹시나 했던 로이엔을 제외한 대다수의 엘프들은 가뜩이나 하얀 얼굴을 더욱 하얗게 질린 채 요실금 환자 흉내를 낸다. 덕분에 장내는 몇몇 하드코어적 마니아들이 좋아할 만한 질퍽한(?) 광경이 펼쳐졌으니……. 하지만 그런 그들을 마냥 탓할 수만은 없는 것이, 마족에 대한 세간의 두려움이 원체 대단한 탓이다.

마족[Devil]. 일반적인 마물들보다 훨씬 고위급에 속하는 이블린의 권속들. 유저를 비롯한 대다수의 NPC들의 다섯 배에 해당하는 기본 스탯을 지닌 채 태어나 레벨 업 할 때조차 보너스 스탯을 다섯 배나 습득하는 존재. 때문에 세상에 구현되어진 종속 중 드래곤을 제외한 최강의 존재가 바로 그들이다. 그러니 그런 사기틱한 능력치를 지닌 절대 악의 권속 마족이 등장했다 하면 세상은 피바다가 무색할 대살겁이 벌어지는 것이 당연지사. 그 대표적인 예가 오십여 년 전, 팔라스 연합 전체를 공포로 물들였던 데스로드가 아니던가? 그런데 그 대단무쌍한 존재가 지금 눈앞에 서 있다? 그것도 엄청 화가 난 상태로?

'큭, 실수다. 정체를 밝히기 전에 일단 먼저 피신부터 시킬걸.'

수한이 본색을 드러내자 그제야 아차 하는 로이엔. 상대의 정체를 파악하는 데 정신이 팔려 정작 가장 중요한 것을 잊은 것이다. 자신은 어떻게 되든 도주할 방법이 있다지만 그의 힘없는 동족들은 어쩌란 말인가? 그렇다고 지금에서야 경고를 한다고 해도 이미 때는 늦었으니…….

"크크크크크크."

장내의 공기를 일순 얼어붙게 만드는 음충맞은(?) 흉소. 그 모습을 보건대 마족은 자신의 정체가 드러났다는 사실—실제론 다른 이유 때문이지만—에 흥분할 대로 흥분한 게 틀림없다. 이런 상황에서 자칫 실수했다간 더 최악의 결과를 낳을 터. 이제 로이엔에겐 오직 최후의 방법만이 남았을 뿐이다.

'어쩔 수 없지. 봉.인.을 해제할 수밖에.'

상대가 설령 인간이라도 해도 지금의 상황에선 도저히 감당할 자신이 없다. 하물며 마족이란 사실이 밝혀진 이상 더 무얼 망설이랴. 때문에 로이엔은 손이 쥔 단궁을 슬쩍 곁눈질하며 모종의 결단을 내렸다.

기본 공격력 1,000에 본신 능력치 20% 상승. 레이에어의 단궁 '바람의 정화[The Flower Of Wind]'가 지닌 전형적인 사기 아이템의 능력이다. 하지만 그 대단한 능력조차 본래 능력의 일부에 지나지 않았으니……. 지나치게 강한 위력과 사용자의 부담을 줄이기 위해 평상시엔 그 능력의 일부가 봉인된 상태인 것이다.

즉, 바람의 정화가 지닌 진정한 가치는 단순히 활의 기능이 국한된 것이 아닌, 또 다른 뭔가가 있다는 뜻. 그리고 지금 이 순간, 그 숨겨진 힘이 그의 의지에 따라 표출되기 시작했다.

"후우~ 시작해 볼까?"

우우우웅!

로이엔의 의념이 바람의 정화에 전해지는 순간, 장내를 감싸는 눈부신 빛과 그를 중심으로 생성되어진 반경 3미터의 거대한 마법진. 그 심상치 않은 모습에 이제 막 피의 축제를 즐기려던 수한의 기세가 한풀 꺾인다. 그리고 히어로의 변신합체 신 때에는 절대 건드리지 않는다는 악당들만의 절대불변의 법칙을 지키기 위해 멀뚱히 서 있기만 하는데… 그사이 점차 활성화되어지는 마법진과 함께 변신 신의 최고 하이라이트(?)를 연출하는 로이엔.

"나, 숲의 검이사 요정들의 활! 지금 너의 봉인된 힘을 원하니 나를 도와 적을 멸하라! 더 플라워 오브 윈드!"

파아아악!

뭔가 쑥스러워하면서도 끝끝내 봉인 해제 주문을 외치는

로이엔. 순간, 마법진을 이루던 룬 문자가 일제히 로이엔의 몸, 아니, 그의 손에 쥔 바람의 정화를 감싸 안았다. 그리고 마지막 순간, 드디어 변신을 마친 히어로(?)!

빠빠빠빠빰(주:배경음)!

"헉, 그것은?!"

변신 신이 끝나자 상대의 변한 모습에 예의상─악당의 절대 불변의 법칙 중 하나다─온갖 호들갑을 떨어주는 수한. 그리고 그런 그의 눈에 당당히 그 모습을 드러낸 로이엔. 지금껏 심플하면서 얇은 풀옷(?)을 입고 있었던 그가 지금은 반투명하면서 화려한 녹색 갑주를 걸치고 있었다.

척 보기에도 방어력이 몇 배나 상승한 모습이었고, 동시에 그 기세가 방금 전과 천양지차. 하지만 그런 변화조차 그의 손에 쥔 단궁의 그것에 비하면 아무것도 아니었으니⋯⋯.

처음엔 고작 30㎝ 남짓의 어린애 장난감 같던 단궁. 그러나 지금은 무려 2미터에 육박하는 거대한 크기로 화했고, 온갖 색색의 보석들로 치장되어 변신물 특유의 화려함을 부각시키고 있다. 거기다 갑주를 걸친 로이엔 이상의 살벌한 기세를 내뿜고 있었으니 마치 카오틱 드래곤이나 수영 누나(?)의 정면에 서 있는 것 같은 무시무시한 위압감. 순간, 수한은 본능적으로 그 단궁, 아니, 장궁의 정체를 깨달았다.

"신기(神器)?!"

얼마 전, 팝콘의 대륙 정세에 대한 설명을 통해 알게 된 오대신기, 팔라스 연합을 지배하는 다섯 신의 권능을 담은 유니크 급 이상의 아이템. 그 어마어마한 위명을 자랑하는 것 중 하나가 바로 눈앞에 있는 저 장궁인 것이다.

'허, 뭔가 심상치 않긴 했지만… 설마 신기를 지녔을 줄이야…….'

오대신기 중 하나를 엘프 중 누군가가 지니고 있다는 사실과 지금의 무시무시한 기세, 그리고 방금 전 주문에서 흘러나온 활의 명칭이 팝콘의 설명에서의 '바람의 정화'와 일치한다는 것을 종합해 보건대 저건 분명 신기임에 분명하다. 즉, 엘프 노예 사업의 선두 주자가 될 뻔한 수한에게 전혀 예상치 못한 복병이 등장했다는 뜻. 왜 하필 지금 이 순간 저런 게 등장하는지, 원. 역시 진성 저주 캐릭의 늪에선 결코 벗어날 방법이 없다는 건가?

"칫, 이거 방심하면 안 되겠는데?"

방금 전과는 확연히 달라진 상대의 기세에 마음을 다잡는 수한. 확실히 지금까지처럼 상품에 흠집을 내지 않으려고 얼렁뚱땅 상대하기엔 상황이 절대 만만치 않다. 그리고 그런 짐작을 증명이라도 하듯 뭔가 심상치 않은 일을 벌이는 로이엔.

끼끼끽!

조금 전처럼 재차 수한을 향해 겨루어지는 활. 그러나 이번엔 그때완 전혀 분위기가 다르다.

우르르르릉!

장내에 펼쳐지는 인위적인 대기의 흐름. 로이엔을 중심으로 반경 십여 미터에 발생한 힘의 강제적인 집약은 수한조차 간담이 서늘할 정도다. 그리고 그 집약된 힘은 이내 로이엔의 화살에 모여들었으니……. 작은 화살에 응축되는 그 무시무시한 거력을 짐작하건대 저건 절대 피해야 할 공격이다. 하지만 정작 수한은…….

"큭, 이거 정말 대단한데? 역시 신기라는 이름이 아깝지 않아."

자신을 향해 똑바로 겨눠진 화살을 응시하며 끝끝내 똥폼(?)을 유지하는 수한. 마치 이 정도는 돼야 자신의 상대가 된다는 투로 피할 생각조차 안 한다. 아마 그 공격을 피하면 자신의 위명에 손상이 된다는 식의 쓸데없는 자존심이 발동한 모양. 방금 전 방심하지 않겠다는 생각은 대체 어디다 팔아먹었는지, 원. 이에 수한을 비웃으며 활시위를 놓는 로이엔.

투웅!

쇄애애애액!

둔중한 현악기 소리와 함께 수한을 향해 날아드는 화살. 이에 수한은 그 정도로는 어림도 없다는 식의 거만한 자세를 취하며 그 화살을 바라만 본다. 역시 이 녀석은 크게 당해봐야 정신이 차리는 놈이다. 하지만 그런 방만한 자세와 별개로 수한은 나름대로 믿는 구석이 있었으니…….

'금강불괴에다 호신강기를 극성으로 운용하고, 거기다 로

브의 방어력까지 더하면… 아, 그래! 장막도 극성으로 펼치
자.'

내심 자신만의 철벽 방어를 믿으며 화살 공격에 대비하는
수한. 대충 계산해 봐도 거의 이만에 달하는 방어력이면 그깟
화살 한 개쯤은 충분히 감당할 수 있다는 계산이리라. 하지만
지금까지의 경험 중 언제 그의 예상이 맞은 적이 있었던가?

찌찌직!

파캉!

"큭, 이런 말도 안 되는……."

수천 개의 장영을 비단 천처럼 가르고 호신강기를 유리 조
각마냥 깨부수는 단 하나의 화살. 놀랍게도 로이엔이 날린 단
한 번의 화살 공격은 수한의 무적 철벽 방어를 일순간에 무력
화시켰다. 아니, 단순히 방어벽을 무력화시킨 것에 그치지 않
고 점차 더 그 힘을 더해만 갔으니…….

고오오오오!

수한의 몸에 닿기 직전, 폭발적으로 확장하여 주위를 감싸
안는 미증유의 거력. 수한은 뭔가 잘못됐다는 것을 깨달았을
땐 이미 때는 늦었다.

콰콰콰쾅!

"크아아아악!"

수한을 중심으로 반경 십여 미터를 일순간에 진공 상태로
만들며 재차 그 주위에 충격파를 전달하는 대폭발. 수한은 그

폭발과 연이은 여파에 비명을 내지르며 십여 미터나 뒤로 나뒹굴었다.

전혀 예상치 못한 대폭발이었고, 동시에 크리티컬에 버금가는 결정타. 이 정도라면 드래곤에게조차 큰 타격을 줄 정도다. 그러니 수한 역시 회색으로 물들어 이 글의 조기 종결을 선언한다는 건가? 하지만 그런 만인의 기대(?)와는 달리 끝끝내 천연색을 유지함으로써 자신의 건재함을 알리는 수한.

"크아아악! 이놈!!"

허용 범위를 넘어선 상대의 재롱(?)에 화기가 머리끝까지 치솟는다. 이에 땅바닥에 파묻힌 상태에서 그대로 벌떡 일어나 두 눈에 혈광까지 번뜩이며 로이엔을 노려보는 수한. 하지만 그런 그의 광포한 반응을 무시한 채 로이엔은 그저 침착하게 활시위를 당기고 있었으니……. 그 모습에 그제야 식은땀이 주르륵 흐르는 수한.

'이거 정말 장난이 아닌데?'

내심 상대의 아이템이 아무리 좋더라도 마왕까지 먹어치운 자신이라면 충분히 감당할 수 있을 줄 알았다. 그런데 웬걸. 방금 전, 최후의 순간 이형환위로 간신히 직격을 면했음에도 먼치킨을 달리던 HP가 일순간에 반절이나 날아갔다. 즉, 정통으로 맞았다면 아무리 자신이라도 회색으로 물들 뻔했다는 뜻. 그만큼 방금 전의 화살 공격은 상상조차 되지 않은 엄청난 위력을 지녔던 것이다.

신기 '바람의 정화'의 봉인된 최후의 능력. 그것은 바로 풍계 마법에 한해 무제한, 무마나, 노캐스팅 마법 구현, 즉 로이엔이 마음먹기 따라 9서클 풍계 마법까지 아무런 제한 없이, 그것도 마나 소모 없이 일순간에 발동할 수 있다는 의미다.

물론 로이엔은 마법사가 아닌 전사인 탓에 마법을 직접 시전하기보다 자신의 보우 스킬에 조합해서 쓰기를 즐겨 했다. 그리고 그렇게 조합 합성된 마법 화살 공격의 위력은 한층 더 강화되었으니, 그 단적인 예가 방금 전 수한에게 날린 공격 최상급 범위 마법인 토네이도를 화살에 응축, 발사한 로이엔만의 궁극기 풍마강림(風魔降臨)이었다.

'후우~ 대단한데? 역시 마족이란 건가? 풍마강림을 맞고도 소멸되지 않다니……. 하지만 이번엔…….'

멀쩡해(?) 보이는 수한의 모습에서 재차 숨을 고르며 활시위를 당기는 로이엔. 이번에야말로 끝장을 내려는지 화살에 모인 기운이 한층 더 격렬해 보인다. 이에 자연 수한으로선 '앗 뜨거워' 하는 기색.

"이런, 또 맞을 순 없지."

이미 크게 한번 당한 마당에 자존심이고 뭐고 없다. 그저 저 무지막지한 화살 공격을 피하는 게 중요할 뿐. 아니, 피하는 것으론 부족하다. 아예 화살을 날리지 못하게 하는 게 낫다.

"으득, 그놈의 활을 당장 두 동강 내주마!"

파파파팍!

수한과 로이엔 간의 거리는 방금 전 폭발로 인해 대략 100여 미터 정도 떨어진 상태. 하지만 수한에겐 신법이 있고 이형환위가 있다. 그러니 그 100미터란 그저 1, 2초를 다투는 거리일 뿐. 때문에 로이엔이 화살을 날리기 전에 수한이 그의 목줄을 잡고 흔드는 것은 여반장 같아 보였다. 그러나 수한이 막 로이엔을 덮치기 직전, 또 다른 변수가 그의 골치를 지끈거리게 만들었으니…….

"슈리엘! 나를 보호하라!"

ㅡ알았다, 계약자!

우우우우웅!

신기 '바람의 정화'는 단순한 풍계 마법 구현의 매개체가 아니다. 풍(風) 속성의 극대화. 그것이 바로 '바람의 정화'가 지닌 진정한 의미이자 근간. 때문에 로이엔이 선천적으로 지닌 바람의 정령에 대한 친화력은 지금 이 순간 한계점을 돌파, 대수한용(?) 보디가드로서 소환한 슈리엘의 수는 한둘이 아닌, 무려 백여 마리에 달했다.

"으헉?! 이게 뭐야?!"

상대의 노골적인 물량 공세에 수한으로선 그야말로 미치고 팔짝 뛸 노릇. 이제 막 밉살맞은 불량 토끼(?) 녀석을 낚아채려는 찰나, 조금 전 잠시나마 그를 속박했던 처녀귀신(?)이 떼거지로 그의 앞을 가로막은 것이다. 아니, 단순히 가로막은 것에 그치지 않고 일제히 그를 향해 돌진하는데 바람의 상급 정령이 무려 백여 마리나 동시에 육탄 공세를 펼치는 상황에 제아무리 수한이라도 어찌 간담이 서늘하지 않으랴. 거기다 상급 정령이라는 이름값을 하는지 이형환위를 펼쳐도 도통 떨어져 나갈 생각을 하지 않는다.

'큭, 이거 진드기 녀석들이 너무 많잖아.'

압도적인 수와 정령 특유의 스피드를 무기로 끝끝내 따라붙는 슈리엘 무리. 그나마 둘러싸인 채 다굴 당하지 않은 것이 다행일 정도로 수한을 일방적으로 몰아붙였다. 덕분에 짜증 수치가 점점 한계에 도달하는 수한.

'이걸 그냥 확!'

생각 같아서야 십방장환을 마구잡이로 시전해 이 처녀귀신들을 몽땅 날려 버리고 싶은 심정. 하지만 궁극기가 괜히 궁극기이겠는가? 그 엄청난 위력에 비례해 마나 소모량 역시 극악 중에 극악. 그나마 데스로드와 합체(?)한 덕에 어느 정도 여유가 있는 것이지, 아무 때나 남발할 수 있는 스킬이 아닌 것이다. 거기다 처녀귀신의 수가 원체 많고, 제각기 퍼져 있는지라 십방장환으로 상대하기엔 너무나 비효율적인 상황. 결국 수한의 선택은 십방장환을 통한 맞대응이 아닌, 재차 이형환위를 활용한 무조건적인 회피였다.

파파파팍!

결단을 내리는 순간 장내를 뒤덮는 수한의 수십여 개의 잔상. 단순한 이형환위로는 슈리엘들을 떨칠 수 없자 아예 스피드가 아닌 잔상으로 승부하려는 속셈이다. 그리고 그런 노력에 보답이라도 하듯 갑작스럽게 늘어난 목표에 혼란스러워하는 슈리엘들. 수한은 그 찰나의 순간을 활용, 로이엔의 코앞까지 다가설 수 있었다. 그런데 막상 목적을 달성하는 순간, 뭔가 좀 이상하다?

'응? 이건……?'

수한의 접근에도 전혀 동요하는 모습을 보이지 않는 로이엔. 순간 왠지 모를 위화감에 머릿속으로 빨간 불이 켜진다. 하지만 이대로 몸을 돌리기엔 이형환위를 너무 중첩 운용한 상태. 결국 그 추진력을 억누르지 못하고 기호지세(騎虎之勢)라는 명분(?) 하에 로이엔의 목을 향해 손을 뻗는 수한. 그런데 막상 그 목을 꺾으려는 순간 수한의 손은 맥없이 허공을 가른다.

"억?! 이건?!"

손뿐만이 아니라 수한의 몸 전체가 통과함에 따라 점차 일그러지는 로이엔의 육신. 설마 잔상? 아니, 이것은 그런 종류의 것이 아니다. 이것은…….

화아아아악!

수한의 정면에 있던 로이엔, 아니, 로이엔의 형상을 한 그무언가. 그것은 경악하는 수한을 끌어안은 채 그 영역을 폭발적으로 확장했다. 그리고 이내 그 본신을 드러냈으니, 그 정체는 바람의 상급 정령 슈리엘.

"이런, 당했다!"

그제야 아차를 연발하지만 이미 때는 늦은 상황. 정령의 능력을 과소평가한 치명적인 실수였다. 설마 정령이란 녀석이 이런 일도 가능할 줄이야……. 결국 그런 방심 아닌 방심과 무지로 인해 수한은 로이엔으로 위장했던 슈리엘에게 속박당한 채 그저 버둥거리는 신세가 되었다. 그리고 그렇게 꼼짝달싹 못하는 그의 모습에 환호성을 내지르는 슈리엘들.

─잡았다!!

─붙들어!!

지금껏 수한과의 숨바꼭질에 질릴 대로 질린 슈리엘들. 이번 기회를 놓칠 수 없다는 듯 수한에게 마구잡이로 달려들었다. 그 결과, 일순간에 사지를 비롯한 전신이 꽁꽁 묶여 버린 수한. 아니, 단순히 묶인 정도가 아니라 정령들에게 아예 파묻혀 버린다. 그리고 그런 그의 눈앞에서 마침내 그 모습을 드러내는 로이엔. 살의로 뒤틀린 살벌한 미소를 지으며 활시위를 서서히 당기는 그의 모습에 수한의 안색은 일순 하얗게 탈색되었다.

끼끼끼끽!

"이번엔 과연 버틸 수 있을까?"

상대가 슈리엘들에게 쫓기는 사이, 또 다른 슈리엘을 소환해 자신의 대역을 맡기고 정작 본인은 기척을 숨긴 채 때를 기다린다. 자잘한 연타보다는 큰 거 한 방으로 끝낸다는 생각에 실행한 계획이었고, 지금 이 순간 멋지게 성공했다. 이제 남은 건 마무리뿐.

"자, 이제 끝을 내자!"

투웅!

쇄애애애애액!

물량으로 몰아붙이는 슈리엘에게 아무리 먼치킨 근력이라도 소용이 없는 법. 결국 슈리엘에게 짓눌린 수한은 손가락 하나 까딱할 수 없는 상태. 즉, 공격을 피하는 것은 고사하고 제대로 된 방어조차 불가능했다. 거기다 이번에야말로 끝장내려는 듯 화살에 실린 기운은 방금 전보다 서너 배는 더 강해 보였으니 이거야말로 회심의 일격, 혹은 결정타, 절체절명의 표본과 같은 광경이 아니고 무엇이랴.

'큭, 이거 내가 크게 당했군.'

수한은 내심 크게 당혹스러웠다. 설마 자신이 이렇게까지 몰릴 줄이야. 조금 전까지 전혀 별 볼일 없던(?) 녀석이 '신기'라는 아이템을 통해 이렇게까지 강해질 줄은 전혀 예상치 못했던 그다. 거기다 이렇게 꼼짝없이 당한 절묘한 함정까지 고려한다면 역시 팔라스 연합의 구대강자 중 하나라는 건가? 하지만 고작 이 정도로 끝이라고 선언하기엔 턱없이 부족하다.

"크아아악! 좋다! 어디 한 번 해보자!!"

이성적으로 판단할 때 지금의 위기 상황에서 '죽은 척하기' 만큼 좋은 스킬은 없을 터. 일단 발동하면 10분간 모든 물리, 마법 데미지를 무시하는 절대 무적 상태가 되는 '죽은 척하기'! 그거라면 설사 드래곤 브레스 한가운데에서라도 능히견딜 수 있을 것이다(물론 카오틱 드래곤에겐 어림도 없는 소리지만). 그런데 막상 그것을 발동하기엔 왠지 자존심이 상하는수한. 카오틱 드래곤 같은 괴물이라면 모를까 고작 저런 불량토끼 따위에게 어찌…….

다분히 감정적인 결정이었고, 위험 부담도 지나치게 컸다.자칫 잘못하다간 그대로 게임 접을 게 뻔한 대위기 상황. 하지만 수한이 괜히 수한이겠는가? 그놈의 자존심이 뭔지…….그는 이성보다는 자신의 감정에 너무나 충실한 인물이었다.때문에 확실한 안전빵보다 위험 부담이 큰, 그러나 일거에 상황을 역전시킬 방법을 선택했으니…….

"십방장환 트리플!"

데스로드의 흡수 이후 넘치는 마나량을 고려한 수한만의신(新) 필살기! 물론 그런 거창한 설명과 달리 따로 스킬 조합을 했다거나 특별한 뭔가가 있는 건 아니다. 그저 십방장환을연달아 세 번 시전하는 것뿐. 하지만 그 위력만은 가히 경천동지(驚天動地)!

십방장환 자체만으로도 수한을 중심으로 구현되는 공격력과 방어력이 제각기 3만이 홀쩍 넘어선다. 그런데 그런 먼치킨 스킬을 연달아 세 번이나 시전했으니……. 어느 정도 흩어진 경력과 충격파를 감안하더라도 반경 30미터 내 전체 데미지는 대략 6~7만가량. 그 정도라면 역전의 발판을 마련하기에 충분했다.

쿠르르르르릉! 콰콰콰쾅!

—아아아악! 까아아악!

일순간에 소멸되거나 역소환된 슈리엘. 수한을 필사적으로 끌어안고 있었던 탓에 십방장환의 데미지에 고스란히 노출되어 전멸을 면치 못한다. 그리고 로이엔이 날린 화살 공격 역시 십방장환의 말도 안 되는 방어력에 밀려 튕겨져 나갔으니……. 상대의 궁극기가 사전 준비 동작이 필요없는, 전신으로 강기를 내뿜는 호신 강기류 장환 공격임을 간파 못한 로이엔의 실책이었다. 그리고 그 결과,

"우에에엑! 캐캑!"

십방장환의 영향권 밖에 있었음에도 입에서 연신 핏덩어리를 토하는 로이엔. 상급 정령 백여 마리가 일시에 역소환된 탓에 소환자인 그에게 그 여파가 고스란히 미친 탓이다. 그 모습을 보건대 수한이 건드릴 필요도 없이 곧 회색으로 물들 것 같은 위급 천만한 상태. 하지만 이대로 끝내기엔 뭔가 아쉬워서일까? 지금껏 어딘가에 숨어 있다가 불쑥 그 실력을 뽐내는 메딕(?) 부대.

"운디네!!"

"운다인님!"

멀찌막이 떨어진 곳에서 일제히 물의 정령을 소환, 로이엔을 치유하는 엘프들. 덕분에 창백한 안색과 연신 비틀거리는 모습을 보일망정 로이엔은 제 힘으로 자리에서 일어설 수 있었다. 그리고 재차 활시위를 당기기 시작하는데, 자연 그 모습에 수한은 기가 질려 버린다.

"지겹다! 이제 제발 죽어라!!"

파파팍!

더 이상 시간 끌 필요도 없고, 그럴 생각도 없다. 때문에 이형환위까지 극성 운용하며 레이에어에게 달려드는 수한. 로이엔과의 50미터 남짓의 거리는 그야말로 일순간이다. 하지만 수한에게 마지막 히든카드가 있었듯, 로이엔에게도 그에 버금가는 최후의 비밀 무기가 있었다.

"아리엘이시여! 제 생명을 대신해 그 모습을 보여주소서!!"

정말 이.것.만은 쓰고 싶지 않았는데……. 하지만 이대로 자신이 당한다면 그의 동족들은 저 마족의 손에 의해 죽음보다도 못할 삶을 살 게 될 터. 그러니 차라리 자신 혼자 희생하는 게 백 번 낫다는 판단 하에 자신의 수명 중 일부를 포기하며 결국 바람의 정령왕 아리엘(Ariel)을 소환하는 로이엔. 수한의 입장에선 그야말로 점입가경의 상황.

푸아아아아아악!

"케에에엑!"

쿠콰콰쾅!

이제 막 로이엔의 목을 잡아 비틀고 그 고기를 씹으려던—어디까지나 기분이 그렇다는 의미다—수한. 그러나 정작 그의 몸은 로이엔의 바로 코앞에서 스스로의 의지를 배신한 채 뒤로 팅겨 나간다. 그리고 그런 수한의 정면에 거친 돌풍과 함께 오연히 그 모습을 드러내는 거대한 존재.

—무슨 일이냐, 바람의 사랑을 받는 자여?

유럽 어느 도시의 거대한 여신상을 보는 듯한 광경. 그 압도적인 크기와 더불어 보는 것만으로도 전신이 짜릿짜릿하게 울리게 만드는 그 무언가를 느낄 수 있다. 그렇다. 눈앞의 이 존재는 수한조차 함부로 대할 수 없는 압도적인 거력의 실체. 그나마 비교 대상이 있다면 카오틱 드래곤 정도는 돼야 가능한 절대 존재인 것이다.

'어헉! 이거 된통 걸렸다!!'

수한은 돌풍의 여파로 지면에 거칠게 처박혔음에도 전혀 아픔이 느껴지지 않았다. 그저 눈앞이 깜깜하고 하늘이 빙글빙글 돌아가는 환상이 보일 뿐. 저런 괴물을 어떻게 상대할 수 있단 말인가? 카오틱 드래곤에게 일방적으로 당한 경험만 있는 그로선 모든 희망이 일시에 사라진다. 하지만 주인공에겐 그 어떤 위급 존망의 상황에서도 실낱같은 찬스가 반드시 주어진다고 했던가?

"크엑! 크윽! 부… 디 저 마족을……."

바람의 정령왕 아리엘에게 자신의 희망을 말하고자 하는 로이엘. 하지만 원체 타격을 크게 입은 상태에서 정령왕을 소환한지라 핏덩어리만 토할 뿐 제대로 말을 잇지 못한다. 덕분에 어리둥절한 신색을 감추지 못한 채 로이엔만을 주시하는 아리엘. 만약 그녀가 조금만 더 자신의 소환자에게 관심이 있었더라면, 아니, 약간 융통성이 있었더라면 그의 말을 알아들었을 텐데…… 하지만 아쉽게도 그녀는 정령왕이었고, 그 탓에 물질계에 소환된 경험이 거의 없는 순진한 소녀(?)였다.

—무슨 말인지 모르겠다, 소환자여. 좀 더 확실히…….

미간을 찌푸린 채 로이엔을 닦달만 하는 아리엘. 그 모습에서 수한은 지옥 구덩이에 내려진 한 가닥 굵은 동아줄을 보았다. 그렇다. 지금이 바로 기회다.

파파팍! 덥석!

—까아아아악! 치한!!

이형환위를 통한 초고속 접근. 그리고 몸 전체를 던진 육탄 공세와 함께 아리엘의 얼굴을 끌어안는다. 그 뒤 그녀의 비명성을 한 귀로 흘리며 재차 발동하는 최후의 히든카드.

"십방장환 트리플!!"

쿠콰콰콰콰콰콰쾅!

—아아아악!

방심이 얼마나 위험한지 극단적으로 보여주는 예. 그럴듯하게 등장한 뒤, 수한에 대해 일절 신경도 쓰지 않던 바람의 정령왕 아리엘. 그녀는 수한의 큰 거 한 방에 너무나 허무하게 역소환되고 말았다. 이에 장내의 분위기는 일순간에 반전되었으니…….

기껏 아리엘을 소환한 로이엔은 칠공에서 피를 내뿜으며 쓰러졌고, 조금 전까지 희망에 들뜨던 엘프들의 기색은 절망그 자체다. 반면,

"크크크! 크하하하하하하!"

스스로의 승리를 자축하며 광소를 터뜨리는 수한. 뭔가 심상치 않아 보이던 처녀귀신을 생각보다 너무나 손쉽게 처리했고, 지겹기 그지없던 불량 토끼 녀석도 쓰러졌다. 길고 긴, 어찌 보면 지겹다고 여길 법한 싸움에서 마침내 승리를 쟁취한 것이다. 이제 또 무엇이 자신을 가로막으랴. 그런데 그렇게 승리의 기쁨을 만끽하는 상황에 재차 수한의 예상을 뒤집어 버리는 음성.

"크르르륵! 아… 직 멀었다."

"으헉?! 너… 너… 아직 안 죽었냐?"

연신 내뿜는 피 거품과 지나친 출혈로 인해 엘프인지 혈인인지 구분조차 되지 않는 로이엔. 그러나 열혈 근성 모드의 그 끝을 달리는 캐릭답게 다시 한 번 일어선다. 그 모습에 정말 질릴 대로 질려 버린 수한.

질겨도 어떻게 이렇게까지 질긴지 저놈은 좀비보다, 아니, 자기 HP량만큼이나 끈질긴 녀석임이 분명하다. 그러니 여기

서 확실히 끝장을 내지 않으면 그 후환이 무궁무진. 저 피투성이 근성 모드를 보건대 삭초제근(削草除根)은 필수 선택 사항이다.

"크크크크! 자, 이제 슬슬 하늘나라로 가야지, 토끼야?"

우우우우웅!

장궁에 의지해 간신히 일어선 로이엔을 비웃으며 양손에 큼직한 장환을 생성하는 수한. 상대의 그 비참한 꼬락서니를 보니 그냥 놔둬도 회색으로 물들 것 같지만 원체 매딕의 힐링 파워가 드센 만큼 이번에야말로 확실히 끝장을 낼 생각이다. 그런데 이게 웬일인가?

피시시시식!

"어라?"

생성되는 것과 동시에 바람 빠진 풍선마냥 꺼져 버린 장환. 이에 수한은 크게 당황하며 그 이유를 찾았다. 하지만 그 이유라고 뭐 별게 있겠는가? 상태창에 드러난 MP량이 문제일 뿐.

'큭, 마나가 없다?'

하긴 궁극기를 그렇게 남발했는데 아직도 마나가 남아 있길 기대하는 것 자체가 도둑놈 심보다. 거기다 한번 상황이 틀어지자 또 다른 문제가 수한을 엄습했으니……

"운디네, 로이엔님을……"

"운디네!!"

"운다인님!!"

언제 또 숫자가 불었는지 장내에 속속 그 모습을 드러내는 엘프들. 그들의 메딕 파워에 로이엔이 서서히 혈색을 되찾는 게 아닌가? 여기서 주저했다간 마나가 오링된 상태에서 저 좀비 같은 불량 엘프와 한 무더기의 엘프들을 상대해야 할 판. 결국 수한이 취할 수 있는 선택은 정해진 것이나 마찬가지다.

"크아아악! 두고 보자!!"

악당들만의 전형적인 멘트이자 '전략적 후퇴'라는 미명으로 남발되는 마지막 궁극 필살기. 수한은 그렇게 '두고 보자'를 외치며 도주할 수밖에 없었다. 하지만 그러는 와중에도 거의 손아귀에 넣을 뻔한 엘프들, 즉 돈 덩어리에 대한 아쉬움만은 도저히 참을 길이 없었으니…….

"크아아아아아아악!"

숲 전체에 메아리가 되어 멀리멀리 퍼져 나가는 울부짖음. 그것은 수한이 팔라스 연합에 들어선 이후 첫.번.째 사업 실패를 알리는 영혼의 절규였다.

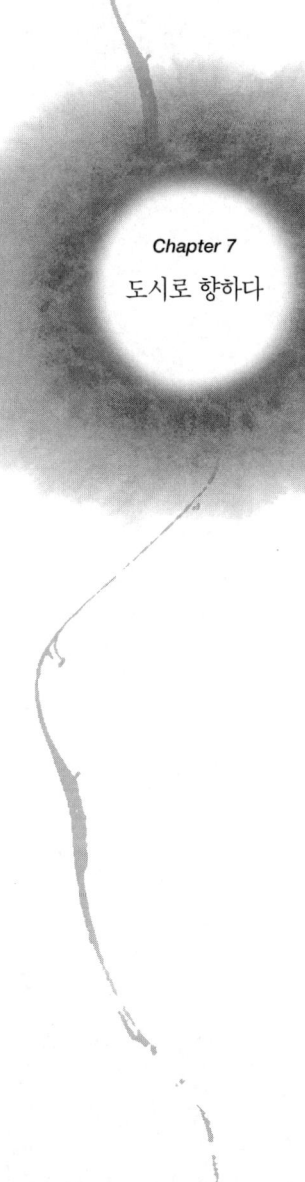

Chapter 7

도시로 향하다

왕왕왕! 크르릉! 왈왈!

한참 동안 이어진 개 짖는 소리―적어도 수한의 귀에는 그렇게 들렸다―에 그저 묵묵히 침묵을 지키던 수한. 그러다 문득 사위가 조용해진 것을 깨닫고 정중히 눈앞의 인영들을 향해 말을 건넨다.

"이거 정말 고맙습니다."

"……"

수한의 난데없는 말에 기가 막힌지 더욱 불길한 정적이 감도는 장내. 하지만 그것은 어디까지 포병 부대 탄약고 앞에서 폭죽을 터뜨리기 직전의―쉬운 말(?)로 폭풍전야(暴風前夜)

의—고요함일 뿐이다. 그 증거로 장내를 다시 한 번 들썩거리는 개 짖는 소리, 아니, 거친 욕설.

"크악! 이 십장생이!! 그냥 확 XXX에다 XX를 박아… 왕왕! 크르르릉! 왈왈!"

자체 검열 차원에서 다시 개 짖는 소리로 변환되는 가지각색의 고함과 울부짖음. 그리고 말만 앞세우던 조금 전과는 달리 상황은 조.금. 더 과격해진다. 더 이상 수한의 괴행을 참을 수 없다는 듯 제각기 병장기를 꺼내 인체 해부학적 측면에 심도있는 고찰과 관심을 표방하는 백여 명의 덩치들. 물론 그런 험악할 대로 험악해진 분위기에도 불구하고 정작 수한의 안색은 극히 태연하다. 아니, 단지 태연할 뿐만 아니라,

'후우~ 정말 다행이군.'

인적이 전혀 없는 산길에서 홀로 백여 명의 산적에게 둘러싸인 사람—실제론 마족이지만—치곤 도저히 공감할 수 없는 생각. 하지만 그 음흉한 속내를 알면 어느 정도 이해가 된다.

잠시나마 재벌의 꿈을 꾸며 엘프 노예 공급책으로서 명성을 날릴 뻔한 수한. 하지만 예상치 못한 상대의 격렬한 저항으로 인해 직원(?)들을 모두 잃고 포획했던 상품들마저 빼앗기고 만다. 어디 그뿐인가. 엘프들의 메딕파워와 윈드 라이더의 열혈 근성 모드에 굴복, 바로 코앞의 돈 덩어리들을 두고 도주까지 했으니……. 당시, 얼마나 질리게 당했는지 '영원의 숲'을 향해선 오줌발도 제대로 안 설 지경. 결국 그런 정신

적 타격으로 인해 엘프 노예화 사업 계획은 전면 중지. 연신 끙끙거리며 또 다.른. 사업을 구상하는 처지가 되었다(두고 보자는 놈치고 무서운 놈 없다는 말이 이래서 생기는 거다).

물론 포기를 하는 것과 앙심을 품는 것은 별개의 문제. 엘프 노예화 사업을 포기했다곤 하지만 그로 인한 분노는 좀체 가라앉질 않았으니…….

하긴, 코앞의 노다지를 그냥 맥없이 포기해야 했으니 대체 얼마나 억울하겠는가? 거기다 워낙 질.리.게 당한 터라 가끔씩 토끼와 처녀귀신들에게 다굴 당하는 악몽까지 꾸니 가슴 속 불덩이는 날로 커져만 간다.

이에 숲 속을 헤매다가 가끔씩 등장하는 불량 토끼의 환영에 광분하기가 수십여 번. 그러나 적당한 화풀이 대상인 마물들은 얼씬도 하지 않으니 그 분노는 첩첩이 쌓여만 갔고, 거기에 길까지 잃어 며칠째 굶기까지 하자 그 분노 수치는 이미 최고 수준을 넘어 하늘 끝까지 치솟는 상태.

만약 눈앞의 산적 패거리가 나타나지 않았다면 그 지나친 화기로 인해 뒷목을 잡고 쓰러졌거나 어이없이 굶어 죽었으리라. 그러니 지금의 상황이 수한의 입장에서 보면 얼마나 다행스런 일이겠는가?

한편, 수한이 현 상황에 지극히 만족감을 드러내며 슬슬 손목을 풀고 있을 때, 그의 정면 작업 모드로 전환한 산적 패거리들로선 그저 기가 막힐 노릇. 설마 눈앞의 이 녀석은 자신들이 누구인지 모른다는 건가? 방금 전까지 그렇게 설.명.해 줬는데(수한에겐 단순히 개 짖는 소리로만 들렸다)?

대륙 전체에 그 악명이 자자한 전천후 마적단 블랙울프(흑 랑단)! 백여 명에 이르는 멤버 전원이 최하 레벨 200대를 넘어 선 초엘리트 정예 산적들로서 대륙 '삼대재앙' 에 버금가는 무시무시한 악명을 가진 집단이다. 특히 그들의 두목인 블러 드 울프 잭은 레벨 300대 중반의 괴물 산적으로, 맨손으로 기 사 십여 명을 때려잡은 것과 무수한 살행으로 널리 알려진 대 륙 최고의 흉악 살인범이기도 했다.

즉, 지닌 바 전력은 이대제국을 제외한 왕국 기사단에 버금 가고, 그 수장은 대륙 내 누구나 두려워하는 대살성. 그러니 그들의 기부액 납부 독촉 순회 공연에 걸렸을 경우, 지옥행 특급 열차나 천국행 편도선을 예약한 것과 다름없을 터. 그런 데 정작 그 불운의 끝을 달리게 된 저놈은 왜 저리도 태연자 약한 거지?

"크윽, 이거 아무래도 실력 행사를 해야겠는데요, 두목?"

"쯧, 제 딴엔 자존심이 있어서 그러는 모양인데 저런 놈일 수록 제대로 다져 놔야 딴생각을 안 한다. 그러니 확실히 해 라."

이런 자잘한 일에 나설 필요도 없다는 듯 주의 사항(?)만 일 러둔 뒤 느긋이 팔짱만 끼는 잭. 그러자 다섯 소두목 중 가장 서열이 떨어지는 한 명과 십여 명의 살기등등한 졸개들이 앞으로 나선다. 그리고 나머진 수한과 그들을 중심으로 빙 둘러싸는데 이것으로 일촉즉발의 분위기 형성 완료.

"상대는 마법사다. 괜히 캐스팅할 시간 주지 말고 빨리 때려잡아라!"

"옛!!"

수한의 그럴듯한 마법사 로브 차림에서 그나마 그 진실한 실력의 1%(?)라도 눈치 챈 것일까? 나름대로 대마법사 지침을 소리치며 주의를 주는 소두목. 하지만 캐스팅할 여유가 없는 마법사 따윈 그저 비리비리한 약골이라는 편견(?)에 사로잡힌 그의 수하들은 그리 긴장하는 기색이 아니다. 단지 괜히 세게 쥐어박았다가 회색으로 물들면 제대로 털 수 없다는 걱정에 주춤거릴 뿐. 물론 이에 대한 수한의 반응은 가소롭다 못해 허파가 간질간질할 지경.

피식.

아무리 카오틱 드래곤에게 왕창 깨지고 윈드 라이더에게 한 방 먹었다곤 하지만 설마 이따위 피라미들에게 생채기 하나 나겠는가? 그나마 하는 꼴이 가상(?)하고 길 안내를 맡길 속내이기에 그저 잠자코 지켜보는 것뿐. 만약 그렇지 않았다면 장내는 진작 피의 축제가 벌어졌을 것이다. 거기다 그 인내 같지 않은 인내조차 잠시 잠깐의 아량이었으니…….

"밟아!!"

우아아아!

"일부러 당해줄 필요는 없겠지?"

수한을 밟기(?) 위해 제각기 몸을 날리는 십여 명의 인영. 이에 수한은 언젠가 꼭 한 번은 해보고 싶었던 주인공다운 행동, 싸늘한 냉소를 흘리며 멋들어지게 양손을 앞으로 뻗는다. 순간, 공기를 찢는 듯한 거친 파공성과 함께 비명성이 난무하는 장내.

파파파파팡!

케에엑! 컥!

야구방망이로 사정없이 이불 터는 소리가 이러할까? 장내를 일순간에 침묵의 도가니로 몰아넣는 북 치는 소리. 잭을 비롯한 흑랑단원들은 자기 눈앞에서 벌어진 광경, 서로를 지지대 삼아 차곡차곡 쌓인 채 입으론 거품 대량 생산에 열을 올리는 동료들의 모습들에 입이 쩍 벌어졌다.

"컥, 평범한 마법사는 아닌 모양이군."

역시 두목은 아무나 하는 게 아닌 모양. 자기 수하 십여 명이 빈사 상태가 되어 쓰러진 상황—그것도 허약의 최전선에서 사제들과 박빙의 승부를 벌이는 마법사에게 얻어맞아서—에도 잭의 얼굴에 미소가 가득한 걸 보면 말이다. 마치 새로운 흥밋거리가 생겨 즐겁다고 할까? 이에 잠시 주춤하던 흑랑단의 분위기도 이내 반전된다.

"좋아, 제법이야. 스트랭스와 헤이스트 같은 버프 마법을 잔뜩 건 모양인데… 뭐, 마법사 주제에 이리도 당당하다면 그 정도는 해야겠지. 하지만!!"

차차차창!

잭이 한 손을 치켜들자 일제히 연장(?)을 뽑아 드는 흑랑단원들. 그 일사불란한 모습을 보건대 그들의 강함과 훈련 정도가 여실히 느껴진다. 그리고 그 광경에 더욱 자신만만한 미소를 짓는 잭.

"과연 우리에게 그게 통할까?"

수하들의 살기충천한 모습을 뒤로한 채 수한을 노려보는 잭. '피의 늑대'라는 칭호에 어울리는, 붉은 피가 뚝뚝 흘러내릴 듯한 살기를 내뿜으며 수한을 향해 천천히 다가가기 시작한다. 그리고 그에 발맞춰 점차 수한을 압박해 가는 흑랑단원들. 그리고 잠시 뒤,

"…살려만 줍쇼."

수북이 쌓인 회색의 시체들을 뒤로한 채 넙죽 엎드려 있는 인영. 역시 두목은 아무나 하는 것이 아닌지 수하들이 전부 전멸했음에도 끝끝내 살아남은 블러드 울프 잭이다. 그리고 그런 그의 정면엔 연신 씩씩거리는 수한이 있었으니…….

"아우~ 이거 생각 같아서는 그놈의 썩어빠진 눈깔을 확~ 내가 요즘 성질이 죽은 걸 다행으로 여겨라! 앙?"

"예, 예. 여부가 있겠습니까?"

한 놈 빼고 다 회색으로 물들인 주제에 성질이 죽었단다. 그럼 성질이 살았을 땐 대체 어느 수준이란 건지……. 하지만

그런 가증스런 진실 외면에도 불구하고 잭은 수한의 자비로 움을 칭송하며 그저 살려주기만을 애원할 뿐이었다. 그 모습 에 수한도 양심이 있는지 조금 마음이 약해진다.

'휴우~ 하긴 이놈이라도 없으면 계속 길을 헤매야 하니 까.'

수한도 솔직히 이런 무차별적 살육을 벌릴 생각이 눈곱만 치도 없었다. 비록 간만에 만난 화풀이 대상이긴 하지만 그럭 저럭 쓸 만해 보이는 놈들이니 새로운 사업에 어떻게든 이용 해 먹을 생각까지 했다. 때문에 어디까지 슬쩍 맛(?)만 보여줄 생각에 대충대충 상대해 줄 계획이었는데, 아, 글쎄 이놈들이 생각보다 만만치 않은 게 아닌가(솔직히 그가 방심을 한 게 원인 이지만)? 설마 잠깐 한눈파는 사이에 로브의 두건을 건드릴 줄이야.

당연한 일이겠지만 그 일은 수한이 아닌 블랙 울프들에게 재앙으로 작용했다. 그의 얼굴을 보는 순간, 누군가 얼떨결에 중얼거린 말, '여자?' 그 한마디에 이성의 가늘다가는 끈을 '뚝' 하고 끊어버린 수한. 그 뒤 벌어진 일에 대해선 딱히 언 급하지 않더라도 충분히 상상이 갈 것이다.

"뭐, 더 이상 피를 묻히기엔 내가 좀 심한 감도 있고 하니… 길 안내만 잘한다면 목.숨.만은 살려주지."

"흐흑, 감사합니다."

당근과 채찍이라고 했던가? 지금껏 그 누구처럼 채찍만 휘두르던 수한이 슬며시 당근을 내민다. 그리고 그런 수한의 자비(?)에 달달 떨고만 있던 잭은 그제야 삶에 대한 깊은 성찰과 감동이 담긴 눈물을 흘리며 감격해 마지않았으니…….

물론 앞으로 닥칠 일에 대해 전혀 몰랐기에 가능한 일이었다.

"밥."

"예, 예. 갑니다."

후다닥!

산길을 걷는 도중, 난데없는 수한의 말에 부랴부랴 배낭에 있던 육포를 내미는 잭. 그 전광석화 같은 동작을 보건대 레벨 300대의 범상치 않은 실력을 능히 짐작할 수 있다. 하지만 이형환위를 심심풀이 삼아 쓰는 수한에겐 한없이 굼뜬 움직임일 뿐. 결국 그 게으름(?)에 대한 응징이 가차없이 내려진다.

"뭐가 이렇게 늦어?!"

퍼억!

"잭! 제발 용서를……"

그저 슬쩍 미는 듯한 발길질에 땅바닥을 데굴데굴 구르며 신음성을 토하는 잭. 하긴 근력만 2,500—힘밖에 없다는 오우거의 근력이 대략 500남짓이다—이 넘는 수한이니 그런 반응은 지극히 당연한 일일 터. 하지만 역시 고수인지라 자리에서 벌떡 일어나 이내 수한에게 마실 물을 대령한다.

그러자 그 처절하기까지 한 정성에 어느 정도 마음이 움직인 탓일까? 더 이상 게으름에 대한 응징을 가하지 않는 수한. 이에 잭은 속으로 안도의 한숨을 내쉬며 상대의 관대함(?)을 천운으로 여긴다.

'휴우~ 다행이다. 하마터면……'

'블러드 울프'라고 불리며 이대제국을 제외한 전 대륙을 공포로 물들였던 최강의 마적단 블랙 울프단의 두목이었던 잭. 하지만 지금은 참된 노예로서의 도(道)를 깨달았다는 듯 수한에게 온갖 지극 정성이다. 반항은커녕 도주할 생각조차 하지 못한 채 온몸을 바쳐 고객 서비스 정신을 발휘하고 있다. 그 모습을 보건대 대체 수한이 얼마나 겁을 주었기에 이러는지 감히 상상조차 되지 않는다. 그러나 정작 이런 지극 정성의 이유는 어디까지나 약간의 착각에서 기인된 것.

'역시 드래곤이 달리 드래곤이 아니군. 이렇게까지 성질이 더럽다니……. 하지만 살기 위해선 뭘 못하랴.'

그렇다. 잭은 무수한 판타지 소설에서의 가장 일반적이면서도 보편적인 오해(?), 수한을 드래곤으로 착각하고 있었던 것이다.

하긴 그럴 수밖에 없는 것이, 토벌대를 막기 위해 누구도 접근하지 않는 '영원의 숲' 구석진 곳에 마련해 둔 본거지. 그런데 눈앞의 존재는 그런 위험천만한 곳보다도 더 안쪽에서 홀로 걸어나왔다. 거기다 가벼운 손짓 몇 번에 수하들을 전멸시킨 엄청난 마법. 그 모든 것을 고려하건대 그 정체가 드래곤이 아니면 대체 무엇이랴? 거기다 결정적으로 남자임을 그 스스로 주.장.하지만 정작 설득력이 전무한 저 엄청난 미모. 말로만 듣던 드래곤 전용 변장 마법 '폴리모프 셀프(Polymorph Self)'의 결과임에 분명했다.

'에휴~ 혼자 다니는 마법사이기에 그냥 마법 스크롤이나 하나 얻을까 싶어 덮쳤는데 설마 드래곤일 줄이야~ 거기다 검은색 머리나 눈 색깔을 볼 때 틀림없이 드래곤 중에서 제일 음험하다는 블랙 드래곤일 게 분명한데… 에효~ 당분간은 그냥 죽었다 생각하고 엎드려야겠군.'

얼마 전, 심심풀이 삼아 '대드래곤용 대처법 108가지'라는 책을 완독한 게 문제다. 덕분에 자신의 몸에 온갖 추적 마법과 저주가 걸렸다는 착각에 빠져 도주할 엄두조차 못 내는 잭. 그러니 자연 드래곤(?)인 수한에게 잘 보이기 위해 온갖 애를 쓸 수밖에……. 한편 오해의 깊은 늪에서 허우적거리는 잭과는 달리 수한은 간만에 행복한 고민에 빠져 연신 히죽거리고 있었다.

'키키키키, 어서 도시에 도착해서 이것들을 처분해야 하는데… 역시 마탑에 가야겠지?'

블랙울프 단원 중 누군가의 말실수(?)로 인해 한바탕 몸을 푼 수한. 그런데 그런 행동이 설마 대박을 터뜨릴 줄이야……. 지금껏 마물만 상대한 탓에 득템의 재미를 거의 느끼지 못한 수한. 그러나 블랙 울프단은 그 극악무도한 악행과 명성들과는 별개로 마물이 아닌 인간들이었으니…….

최소 레벨이 200대인 대륙 최강의 도적단인 블랙 울프단! 그런 그들이 일제히 회색으로 물들 때 설마 아이템 하나 떨구지 않을 리 없다. 거기다 무공만으로 승부하는 청 제국과는 달리 이곳 팔라스 연합은 아이템빨로 도배를 하는 지역. 자연 회색의 시체들 사이에 펼쳐진 휘황찬란한 아이템들은 양뿐만이 아닌 질로도 수한의 입을 쩍 벌어지게 만들기에 충분했다. 어디 그뿐이랴? 그들의 본거지에 쌓여 있던 재물들은 그들의 명성에 걸맞게 가히 준드래곤 급 보물 창고 수준.

"크카카카카! 자자, 이제 슬슬 가볼까?"

이미 블랙 울프단의 아이템들을 통해 빚의 일.부.를 갚았음에도 '만족'이라는 개념을 완전히 상실한 수한. 행랑창에 고이 보관되어 있던 보석과 드래곤 산맥을 넘는 와중에 습득한 재료 아이템들을 재차 현물 거래 가능한 아이템으로 바꿀 생각에 밥 먹다 말고 재차 발걸음을 옮긴다. 이에 육포를 씹으며 간만에 휴식을 취하던 잭으로선 기겁할 노릇.

"캑! 위대한 분이시여, 제발 저에게 약간의 휴식을……!"

"응? 이게 감히 게으름을?"

상대가 드래곤이든 말든 더 이상 여력이 없는 잭. 수한에게 매달리며 통사정을 한다. 마적단 두목답게 말이라도 탔다면 그나마 나았겠지만 수한이 말을 못 탄다는 이유로—자신이 걷는데 어찌 노.예.가 말을 탈 수 있겠는가—지금껏 도보로 이동했으니 자연 피로는 쌓일 대로 쌓여 휴식이 절실히 필요한 상태. 하지만 그 먼치킨 근력에 걸맞게 체력 역시 무한에 가까운 수한으로선 피로를 모르는 에너자이저의 화신. 자연 잭의 사정을 눈곱만치도 알아줄 리 없다(물론 안다고 해도 무시했겠지만).

"이게 아직도 정신을 못 차리고!"

퍼퍼퍽!

"아악! 위대한 분시여, 제발 자비를……!"

수한의 구타에 연신 대드래곤용 대응책을 울부짖으며 자비를 구하는 잭. 하지만 마교 본단에서부터 늘 '검은 하늘의 주인', 혹은 '마신의 대리인'이라는 어마어마한 호칭으로 불리던 수한에겐 그리 큰 감흥을 주지 못한다. 그저 잭이 제법 아부를 할 줄 안다고 주억거릴 뿐. 결국 자비를 구하는 잭의 처절한 노력에도 불구하고 너덜너덜 걸레로 변한 그가 숨이 꼴딱 넘어가기 직전이 되어서야 구타를 멈추는 수한.

"쯧, 죽으면 길 안내도 못할 테니… 할 수 없지."

괜히 회색으로 물들어 봤자 자신만 손해라는 냉정한 판단 하에 다시 목숨을 부지하게 된 잭. 하지만 그의 고난에 찬 여정은 이제부터 본격적으로 시작이다.

식사 대령이 조그만 늦어도 주먹질이, 걷다가 조금 늦는다

싶으면 발길질이. 그것은 죽지 못해 사는, 그야말로 지옥과도 같은 체험이었다. 이에 며칠 만에 살이 빠질 대로 빠져 스켈레톤화(?)되어 가는 잭. 이러다간 도시로의 길 안내는 둘째 치고 수한의 스트레스 해소용으로 비명횡사할 판이다.

하지만 잭은 그 온갖 구타 속에서도 끝끝내 삶의 가느다란 끈을 부여잡고 있었으니……. 그 이유는 그가 수한에 버금가는 몸빵 캐릭―그래 봤자 수한의 HP에 20%도 안 된다―인 것과 결정적으로 수한이 나름대로 자신의 행동에 대해 반성하고 있었던 탓이다.

'아, 이거 큰일이네. 이러다가 맛들리면 곤란한데…….'

솔직히 처음엔 잭을 이렇게까지 막 대할 생각이 없었던 수한이다. 그의 근력을 고려하건대 상대를 마음껏 쥐어박았다간 그대로 회색으로 물들 게 뻔한 일. 그러니 잭에게 길 안내를 맡긴 이상 그를 조심조심 다뤄야 정상인 것이다. 하지만 몇 번 가볍게 어루만져 준(?) 것이 습관이 되자 이거 도저히 그만둘 수가 없는 게 아닌가?

현실에서의 무수한 착취와 억압, 그리고 필설로는 도저히 형용할 수 없는 온갖 므훗한 학대들. 자연 그런 경험을 십수 년간이나 당한 수한이 정상적인 성정을 지닐 리 없다. 비록 겉으론 정상적인 인물로 보일지 모르나 그 깊숙이 내재된 무의식 속에는 언젠가 터지길 기다리는 시한폭탄이 있었던 것. 그나마 근래엔 'NEW WORLD'라는 욕구 배출구를 통해 어느 정도 그 폭발력이 감소하긴 했지만 역시 폭탄은 폭탄. 처음에야 가벼운 마음으로 쥐어박은 것이 제법 맷집이 좋은 잭이 상대로 하다 보니 어느새 일종의 유희가 되고 만 것이다.

'헐~ 이거 잘못하다간 변태가 될 가능성이…….'

자신의 숨겨진 기질 초급(?) 사디스트 성향에 당황해 마지않는 수한. 물론 잭을 때리면서 희열에 전율하며 전신을 부르르 떨고 오줌까지 찔끔한다는 의미가 아니다(그랬다간 당장 주인공 자격 박탈이다). 그러나 구타에 재미 붙인 것 역시 사실이기에 더 이상 빠져들다간 자신의 누나나 수진 같은 존재가 될 가능성이 엿보인다. 때문에 수한은 자신의 지나친 폭력 성향을 일부 감소시키기로 결심했다.

'그래, 이러다가 정말 습관되면 곤란해. 적어도 난 누나 같은 사람은 되지 말아야지.'

절대로, 결코 누나 같은 사람은 되지 않겠다고 다짐에 다짐을 거듭하는 수한. 하긴 그 희생자로서 십수 년간 온갖 고초가 겪은 그가 그런 진.성. 악.마.가 되고 싶을 리 없다. 그러나 그런 다짐을 뼈 깊숙이까지 새겨 넣는다고 자부하던 바로 그때, 그가 한 가지 간과한 사실이 있었으니……. 세간에 널리 퍼져 그 타당성에 대해 대부분 사람들이 고개를 끄덕이는 진리, '피는 물보다 진하다' 는 법칙이었다.

결국 가파른 상승 곡선을 그리다 잠시 하락 곡선을 그리며 조정기에 들어섰던 가벼운 어루만짐(?)은 이내 재개. 잭의 입에선 뭔가 갈구하는(?) 듯한 신음성이 끊길 날이 없다. 아마 그대로 가다간 잭 스스로가 목을 매 자살을 하든, 미친 척하고 수한에게 달려들 판국. 하지만 모든 일엔 시작이 있으면 끝도 있는 법. 잭이 수한이라는 악마를 만난 지 보름째 되는 날 드디어 그들 일행은 여정의 마침표를 찍게 되었다.

"호오~ 정말 대단하군. 이런 외진 곳에 이렇게 큰 도시가 있다는 사실이 믿어지지 않는데?"

지금껏 작은 마을은커녕 숲 속만을 헤매다 이제야 간신히 도달한 첫 번째 도시. 그런데 그 규모가 정말 장난이 아니다. 멀찌막이 떨어진 상태에서도 도시를 감싸고 있는 성벽과 그 너머로 보이는 거대한 건축물들을 보건대 이거 그저 그런 소도시 정도가 아닌 주요 군사 주둔지 내지 상업 특구 같지 않은가?

"예, 일단은 일국의 수도이다 보니 크긴 크죠, 뭐."

"엥? 그게 무슨 소리야?"

온통 멍투성이가 된 잭이 꺼낸 난데없는 말에 수한의 고개가 부러질 듯 돌아간다. 뭐? 수도? 지금껏 한창 숲 속을 헤매다가 제일 처음 마주친 마을(?)이 그냥 도시도 아니고 한 나라의 주요 거점이자 지배자인 왕이 살고 있다는 곳? 아무리 아이템 거래를 위해 이왕이면 큰 도시를 원했다고는 하지만 이건 좀 과하지 않은가?

"무슨 놈의 수도가 이렇게 외진 곳에 있어? 바로 코앞이 그 악명 높은 영원의 숲인데……."

일국의 수도는 어디까지나 그 영토의 정 중앙에 있어야 한다는 편견(?)을 지닌 수한으로선 도저히 이해가 안 되는 일. 거기다 여긴 그냥 외진 곳 정도가 아니라 바로 코앞에 마물들이 우글거리는 위험 지역이기에 그런 의문은 더 더욱 커질 수밖에 없다. 그러나 이내 이어지는 잭의 설명을 들어보니 그리 이해 못할 일도 아니다.

하루가 멀다 하고 마물들이 뛰쳐나와 사람들을 습격한다는 '영원의 숲'. 그리고 그런 위험하고 척박한 지역에 딱 붙어 있는 리든 왕국. 자연 마물과의 싸움에 도가 튼 리든 왕국의 사람들은 억세고 강인한 성정에 타국의 기사급 전사들이 넘쳤고, 마물에 밀려 땅을 내주기보다 그들에 맞서 자신들의 땅을 지키는 게 그들에겐 지극히 일반적인 패턴이다. 때문에 영원의 숲과 리든 왕국의 접견 지역엔 높디높은 성벽이 쌓여지고, 그곳에 적지 않은 수의 강병들이 상주하는 게 당연지사. 그런데 문제는 그런 철벽같이 튼튼한 방어벽을 향해 스스로 죽으려 달려드는 마물들이다.

대체 왜 스스로 생존 욕구를 저버리고 철벽과 창칼에 맨몸으로 헤딩하는지는 알 수 없지만 어쨌든 그런 식으로 하루에도 수백여 마리씩 죽어나가는 마물들. 자연 그로 인한 노획물들이 장난이 아니었다. 막말로 이곳의 하루 노획물이 어느 모 영지에서 겨울철 동안 내내 마물 사냥한 그것에 수십, 수백에 이르는 결과물인 것이다.

그리고 마물들, 일명 몬스터라 불리는 존재들의 가죽, 뼈, 이빨, 기타 등등, 그 모든 것은 다 하나하나가 쓸모가 있는 것들 뿐. 즉 마물들의 시체는 뭐 하나 버릴 게 없는 노다지다. 그리고 그런 노다지를 그대로 땅에 묻거나 버린다는 건 그야말로 머리에 총알 세례를 받지 않고선 불가능한 일. 자연 병사와 기사들만 우글거리던 방어 라인엔 어느새 상인들이 득실거리기 시작했다.

뭐, 여기까진 어디까지나 일반론이고 평범한 진행이다. 진짜 본격적인 문제는 그 다음이다. 매일같이 피가 튀고 육즙(?)이 흐르던 방어 라인의 어느 평범한 날, 수북이 쌓인 마물들의 가죽을 상인들에게 인계하는 바로 그 시점. 아주 우연히 그 부근을 지나가던 대.마.법.사.가 그 광경을 보고 기겁한다.

아니, 이런 엄청난 물량이?!

마법사란 족속 자체가 본래 마탑에서 실험이나 하며 그 외 재정적 요소에 거의 관심이 없는 게 정상. 거기다 마법 실험에 정신이 팔린 탓에 여행을 하는 것은 더 더욱 드문 일. 그저 국가에 예속되어 주는 대로 받아먹으며 마법 탐구에 힘쓰는 것이 일반적이라는 뜻이다.

하지만 텔레포트라는 유용한 이동 방법을 자체적으로 구현할 수 있던 이 대마법사는 그런 일반적인 패턴에서 벗어났다. 고위 마법사답게 국가에서 지원하는 일반적인 마법 실험용 재료에 부족한 감을 느꼈던 대마법사. 그는 보다 특별한 마법 시약을 구하고자 영원의 숲에 왔다가 그 광경을 보고 두 눈이 뒤집혔으니……

그 뒤 벌어진 일은 지금까지도 많은 논란을 불러일으켰지만 어쨌든 대마법사는 대마물 최전방 방어 군사 주둔지인 그곳에, 그것도 당시 수도에 있던 삐까번쩍한 자기 마탑―놀랍게도 그 대마법사는 당시 궁정 마법사의 스승임과 동시에 마탑의 탑주이기도 했다―조차 내팽개친 채 그곳에 또 다른 마탑을 건립한다, 단지 보다 특별한 실험 재료들을 쉽게 구할 수 있다는 이유만으로(잭의 설명과 동시에 수한의 두 눈이 번뜩였다).

그러자 그의 제자들은 그의 가르침을 받고자, 그리고 다른 계열의 마법사들은 상상을 초월하는 물량과 싱싱한(?) 마법 재료들에 반해 속속 이 변방의 새로운 마탑에 모여들기 시작했다. 덕분에 당시 리든 왕국의 수도에 위치한 마탑은 거의 텅텅 비다시피 했으니……. 기껏 왕실의 안녕과 호위를 위해 마탑을 지원하던 왕실로선 미치고 팔짝 뛸 노릇(그렇다고 마탑을 지원하지 않았다간 마법사들이 죄다 타국으로 넘어갈 게 뻔하니 지원하지 않을 수도 없다). 결국 그렇게 몇 년이 지나자 마탑 마법사들의 마법 지원으로 방어 라인은 더욱 견고해지고, 그에 반해 노획물은 한층 급증, 변방의 군사 요충지 주제에 수도보다 더욱 번성하게 된다.

"…그런 이유로 몇십 년 전 당시 왕이었던 전전대 국왕은 과감히 결단을 내려 이곳 '리오든'으로 수도를 이전했습니다. 어차피 규모 면에선 이전 수도와 비등한 수준이고, 진짜 알짜배기인 정예들과 마법사들이 전부 이곳에 있으니 왕족의 안전 문제도 고려한 결과죠. 거기다 이곳이 워낙 규모가 커진 탓에 나름대로 체면 문제도 걸려 있고 하니……."

"아, 아, 대충 알겠어."

뭔가 억지가 섞인 듯한 잭의 설명이지만 뭐 좋은 게 좋은 게 아니겠는가? 수한은 나름대로 그 설정(?)에 납득을 하고 넘어간다. 하긴 그의 입장에선 이런 게임 설정에 따지고 들 이유도 없고 손해 볼 것도 없다. 단지,

"에헤～ 그럼 넌 여기에 들어가기가 영 찜찜하겠네?"

"에, 그것이 아무래도……."

대륙 최고의 현상 수배범인 잭이다. 그런 그의 몽타주 내지 현상 수배 전단지가 일국의 수도에 없을 리 만무. 거기다 수도인 만큼 경비가 철저한 것이 당연지사. 설령 변장을 한다고 해도 성문을 통과하기엔 영 불안감이 없지 않아 있다.

'이거 참, 어떡한다?'

수한의 뜨거운(?) 시선에 연신 뒤통수를 긁적이며 전신을 비비꼬는 잭. 그런 그를 바라보며 수한은 고민에 고민을 거듭했다. 생각보다 쓸모가 많은 잭을 이대로 방사(?)하기엔 뭔가

아쉬운 게 사실. 그러나 이제부터 정상적인 평범한 유저의 길을 걷고자 하는 그의 입장에선 극악 범죄자인 잭과의 동행은 그야말로 비추 중의 비추. 결국 떠오르는 생각이라곤……

'차라리 이놈을 경비대에 넘기고 현상금을 챙겨?'

돈독이 오른 마족답게 잭을 팔아넘기려는 수한. 그러나 막상 그러기엔 가슴 한구석의 마지막 양심의 찌꺼기가 그의 행동을 방해한다. 하긴 지금까지 길잡이로서, 그리고 스트레스 해소용으로 실컷 부려먹은 주제에 그런 짓까지 하려 하니 어찌 마음이 편하겠는가? 특히 전신에 시퍼런 멍이 든 잭의 모습을 보니 더 더욱 그런 마음이 사라진다. 그렇다. 아직 수한은 누.구.처럼 인간의 영역을 벗어난 진정한 악의 결정체는 아닌 것이다.

"쯧, 할 수 없지. 약속도 있고 하니 여기서 찢어지자."

"헉?! 정말입니까?"

내심 수한의 탐욕스런 눈빛에 절망의 요단강을 건너고 있던 잭. 그런데 의외로 수한이 순순히 풀어줄 기색을 보이자 천상의 나팔 소리가 그의 귓가를 어지럽힌다. 아, 이제 드디어 이 사디스트 악마 녀석과 헤어지는구나.

"그래, 이제 어여 네 갈 길 가라."

"예, 예. 그럼 살펴 가십쇼.

뭔가 아쉬움이 많은 수한의 눈에 재빨리 허리를 굽힌 뒤 후닥닥 몸을 돌리는 잭. 그는 오랜만에 아무런 구속과 구타가 없는 벅찬 자유를 체감하며 저 멀리 붉게 타오르는 석양을 향해 힘차게 내달렸다. 그리고 그런 그의 두 눈엔 굵디굵은 감동의 눈물이 줄줄 흐르고 있었으니……

'아~ 이제 난 자유다!!'

대륙 전체를 공포로 물들였던 최악의 현상 수배범 블러드울프 잭. 그는 이렇게 수한의 마지막 남은 양심의 찌꺼기에 의존, 간신히 악마의 손아귀에서 벗어날 수 있었다. 그리고 지금까지의 여정의 결과, 그의 평생의 소원은 더 이상 수한과 인연이 없길 바라는 것이리라.

하지만 사람 일이란 게 어찌 자기 뜻대로 되겠는가? 석양을 향해 내달리는 잭의 뒷모습에선 저주 캐릭의 불운 오라가 물씬 느껴졌으니 그와 수한의 인연은 여기서 끝나지 않은 것 같다.

"쩝~ 아깝네."

잭이 사라진 방향을 바라보며 수한은 연신 아쉬움을 드러냈다. 그러나 한번 결정 내린 것을 번복하기엔 그 스스로 체면이란 게 있다. 그리고 이미 멀리 도망갔을 게 뻔한 상대를 이제야 뒤쫓을 수도 없는 노릇. 그저 짙은 아쉬움에 입맛만 다실 뿐이다.

"뭐, 할 수 없지. 그나저나 이거 어떡한다?"

미련이 많은지 한참의 시간이 지나서야 간신히 잭을 포기하는 수한. 그런데 잭을 포기하자마자 새로운 골칫거리가 그를 괴롭힌다. 막상 성문 근처에 가보니 그곳을 통과할 방법이 없었던 것.

성문 앞에 모여 있는 병사들 수는 무려 백여 명. 저마다 그 무거운 하프 플레이트 메일까지 풀 세트로 걸친 채 군기가 꽉 잡혀 있다. 저 정도면 뇌물이고 뭐고 조금 수상하다 싶으면 바로 끌려갈 분위기. 어디 그뿐이랴. 그들 옆에선 서너 명의 마법사가 성문을 통과하는 사람들에게 일일이 마법을 걸어 확인 중이다. 아마 범법자들의 폴리모프 마법이나 인간형 마물들을 구분해 내는 모양인데 내심 찔리는 게 많은 수한의 입장에선 그야말로 난감무쌍.

"아씨~ 이거 곤란하네."

'영원의 숲'이라는 위험 지역 바로 옆에 위치했다는 이유로 항시 타국의 비상 검문검색에 준하는 성문의 경비 태세. 그리고 그런 살벌한 경비병들 앞에서 어떻게 아무 탈 없이, 그리고 자연스럽게 통과할지 고민하는 마족 한 마리(?). 수한의 입장에선 정말 갈등 때리는 상황이 아닐 수 없었다.

물론 현재 수한이 착용 중인 로브, 착용자의 속성과 능력치 모든 것을 감춰주는 '감춰진 어둠[Hidden Darkness]'의 능력을 고려한다면 탐색 마법 따윈 무시해도 그만. 거기다 팔라스 연합에서 정식(?)으로 난장판을 벌이지 않는 이상 진면목을 가리기 위한 변장 역시 할 필요조차 없는 상황이다. 그러니 그가 성문을 통과하는 데 대체 뭐가 문제겠는가?

하지만 세상만사가 다 그렇듯 모든 일이 다 이론(?)대로 될 리 없다.

"끙~ 여기서 얼굴이 드러났다간… 에휴, 또 무슨 일이 벌어질지……"

1년이 훨씬 지났음에도 수한의 머릿속에서 떠나질 않는 끔찍한 기억들. '천하제일미' 라 불리며 청 제국 전체를 떠들썩하게 만든 천상천화, 그리고 그녀를 추종했던 만여 명에 달하는 천상천화 교도들. 생각만 해도 온몸에 오싹 소름이 돋는다.

부르르르르.

"안 돼, 그런 일은 절대 다시는 경험하지 않을 거야."

비록 자신의 음모를 완성하기 위한 자기 희생(?)이긴 했지만 그런 경험은 상상만으로도 끔찍하다. 거대한 마차에 갇힌 채 만여 명의 변태(?)들에게 둘러싸여 그들의 끈적이는 시선을 감내하던 그 당시의 일은 그야말로…….

물론 이런 생각 자체가 자아도취 내지 피해망상일 수도 있다. 하지만 당시 워낙 질리게 당한 터라 검문검색을 할 때 감히 후드를 넘겨 맨얼굴을 드러낼 엄두조차 나지 않는 수한. 자연 그로선 성벽을 넘기 위해 범법자들의 일반적인(?) 성벽 공략 방법을 선택할 수밖에 없었다.

"크흠~ 역시 성벽을 넘어야 하나?"

하루가 멀다 하고 쳐들어오는 마물을 막아서기 위한 엄청 튼튼하면서도 높다란 성벽. 그렇게 거의 10여 미터에 달하는 성벽이기는 하지만 설마 수한이 그 정도 높이를 넘지 못하겠는가? 단지 성벽에서 두 눈을 시퍼렇게 뜬 채 철통 경비의 진수를 보여주는 경비병들이 문제일 뿐. 그러나 그것 역시 시간이 지나면…….

"뭐, 이제 곧 있으면 해도 지니……."

저 멀리 석양이 지는 광경에 수한은 그리 큰 걱정을 하지 않는다. 아무리 경비가 철저하다고 해도 어둠만 어느 정도 깔린다면 충분히 승산이 있을 터. 지금은 단지 적당한 때를 기다리면 된다. 그리고 그렇게 잠시 뒤, 수한의 생각대로 서서히 깔리기 시작하는 어둠. 드디어 마(魔)에 도취된 자를 위한 시간이 도래했다.

"웅차~ 이제 슬슬 가볼까?"

어느 정도 시간이 흘러 어둠이 완전히 깔리자 본격적으로 몸을 풀며 자세(?)를 잡는 수한. 이형환위를 연속으로 시전해 단숨에 성벽을 넘을 생각이다. 거기다 하늘이 도와서일까? 때마침 지금은 달빛이 거의 없는 그믐. 물론 희미하게 달빛이 내비치긴 하지만 적어도 보름달보다는 나았고, 덕분에 일의 성공 확률은 더욱 높아진 상황.

"좋아, 그럼……."

스팍!

수한이 가볍게 발을 구름과 동시에 성벽에서 들리는 작은 소음. 역시 이형환위는 그의 기대를 저버리지 않았다. 거기다 때마침 근방의 경비병이 다른 방향을 바라본 것은 더 더욱 큰 호재. 이제 남은 건 서둘러 성벽을 내려가는 것뿐이었다. 그런데 경비병이 고개를 돌릴세라 서둘러 성벽 밑으로 착지했더니…….

"꽤애액!"

"큭, 빌어먹을…….”

조용한 날밤에 별안간 터져 나오는 비명성과 욕설. 그 절묘한 하모니에 성벽 위는 금세 분주해졌다. 이거 참, 어이없다고 해야 할까? 이형환위까지 써가며 잽싸게 성벽을 넘은 것까지는 좋았는데 설마 그 착지 장소에 사람이 누워 있을 줄이야. 덕분에 기껏 밤까지 기다린 보람도 없이 수한의 월담은 바로 들통이 나고 말았다.

"뭐야? 무슨 일이야?!"

"이봐, 횃불 좀 비춰봐!"

"칫!"

일순간의 부주의로 인해 물거품이 되어버린 무소음, 무소란 월담 계획. 이에 수한은 속으로 혀를 차며 밑에 깔린 더럽게 운없는 그 누군가를 잡아챈 뒤 바로 신형을 날렸다.

스팍!

손에 잡힌 사람이 어떻게 되든 말든 재차 전력으로 이형환위를 펼친 수한. 덕분에 성벽의 경비병들이 횃불로 아래를 비춰봤을 땐 이미 그 두 사람의 종적은 사라진 뒤다. 그리고 그렇게 잠시 뒤, 성벽에서 제법 거리가 떨어진 어느 음침한 골목에서 그 모습을 드러내는 수한과 또 한 명의 저주 캐릭(수한을 만난 시점에서 그는 이미 저주 캐릭이다).

"휴우~ 다행이다. 그냥 넘어가나 보네."

예상과는 달리 점차 가라앉는 성벽의 소요에 안도의 한숨을 내쉬며 긴장의 끈을 푸는 수한. 그리고 그제야 자신이 데려온 방해물 겸 짐짝을 쳐다보는데…….

"헉!? 이건?"

척 보는 순간, 프로필이 좌르르 나열될 것 같은 너무나 개성 만점의 모습. 소말리아 난민을 연상시키는 앙상한 몸에 여기저기 구멍이 난 로브—그 안에 단지 속옷만 입었을 가능성이 매우 높아 보인다—자락, 거기다 나이까지 지긋해 보이는 노인이다. 그 추레한 모습에 혐오감 이전에 동정이 먼저 솟구쳐 오를 지경.

"허어~ 이게 말로만 듣던 판타지 판 홈리스란 건가?"

원칙(?)대로 한다면 살인멸구가 정답이겠지만 도저히 손을 댈 수가 없다. 수한의 몸무게에 중력 가속도를 곱한 힘, 재차 이형환위로 인한 충격량의 여파로 입에 거품을 물고 있는 모습은 더 더욱 수한을 갈등하게 만들었으니……. 아무리 게임상에선 마족이라지만 현실에선 사람인 수한이다. 때문에 기절한 노인을 골목에 잘 눕힌 뒤 손에다 골드—실버가 아닌 무려 골드씩이나—한 닢을 쥐어준다.

"큿~ 이걸로 지옥행은 면한 건가?"

그렇게 내심 자신의 선행(?)에 감탄하는 수한. 하지만 그 이상의 관심은 무리인지 그냥 어둠 속으로 스며든다.

그리고 잠시 뒤 수한이 사라지자마자 번쩍 눈을 뜨는 노인.

"드, 드디어 예언의 그때가 온 건가? 마침내 후계자의 재목이……?"

입가의 거품을 손으로 쓱 문질러 닦으며 두 눈에 신광을 번뜩이는 노인. 너무나 전형적인, 그래서 식상하기까지 한 행동 양식. 주인공이 처음 세상에 그 모습을 드러낼 때 언제나 등장한다는 은거고인의 그것이다.

하지만 역시 나이가 나이니만큼 수한을 뒤쫓는 대신 그저 수한이 사라진 방향을 흡족하게 바라보는 노인. 하지만 은거고인(?)답게 입가에 의미심장한 미소를 짓는다.

"이제 드디어……."

훗날 팔라스 연합 전체를 뒤흔들 대마왕과 그의 권속은 이렇게 어느 이름 모를 뒷골목에서 그 짧은 첫 만남을 가졌다.

꼬끼오!

"크크크크! 드디어!"

성 전체에 울려 퍼지는 우렁찬 계명성과 함께 서서히 떠오르는 둥근 태양. 그 시각적, 청각적 자극에 수한은 두 눈을 번쩍 떴다. 그리고 지난 밤사이 신세를 진 나무 위에서 훌쩍 몸을 날리는데, 하지만 기껏 폼을 잡던 것과는 별개로 땅바닥에 착지하는 순간 그의 허리에선 울려 퍼지는 격렬한 불협화음.

우드드득!

"억?! 역시 노숙은 이래서 문제라니까."

여관비를 아낀다는 명목 하에 길가 나뭇가지에서 하룻밤에 보낸 대가. 정말 지지리 궁상이 아닐 수 없다. 하지만 이 역시 수한만의 독특한 개성(?), 다른 식상한 캐릭과 구분되는 좋은 증거가 아니고 무엇이겠는가?

"어쨌든 이제 슬슬 가볼까?"

잠시 허리를 몇 번 주물럭거린 뒤 천천히 대로를 가로지르는 수한. 아침부터 음침한 다크 오라를 내뿜으며 자기 존재를 어필한다. 덕분에 평상시 이맘때쯤이면 활기와 부산함이 넘치던 아침 대로는 그 누군가의 영향으로 썰렁해지기 시작했으니……. 하긴 수한의 음침함을 어찌 일반인이 감당해 낼 수 있겠는가? 어쨌든 그런 식으로 대로의 일부 구간을 새벽 시간대로 되돌리던 수한. 그는 잠시 뒤 목적지에 도달했다.

"쿵~ 이번에 문이 열렸겠지?"

내심 불만이 많은지 연신 쿵쿵거리는 수한. 그런 그의 눈앞엔 척 보기에도 주위 다른 건물들보다 월등히 높은 탑 한 채가 서 있다. 바로 마법사들이 옹기종기 모여 산다는 마탑. 그것도 대륙의 유수한 마탑들 사이에서도 3대마탑에 꼽히며, 하도 많은 마물들을 때려잡는 통에—위치가 위치인 만큼—폭격의 마탑이라 불리는 곳이다. 그러나 그 거창한 건물을 바라보는 수한의 두 눈엔 약간의 실망감과 악감정이 있을 뿐.

마탑이라기에 어디 소설에서처럼 허름한 판잣집의 이층이라거나, 혹은 뭔가 기상천외한 무언가를 기대했건만 이름 그대로 탑만 떡하니 버티고 있으니 내심 기대가 컸던 수한으로선 실망할 수밖에. 거기다 어젯밤 굳게 닫힌 문을 보며 발걸음을 돌렸던 일 탓에 이미 꽁해질 대로 꽁해진 상태다. 뭐, 마탑이 24시간 편의점이 아닌 이상 밤이 되면 문을 닫는 것이 당연한 일이겠지만… 참을성이 거의 전무한 수한의 입장에선 그게 아닌 모양.

"킁, 이번에도 안 열어주면… 나도 몰라!"

내심 단단히 각오를 한 뒤 마탑의 입구를 향해 다가가는 수한. 이번에야말로 행랑창의 물품을 풀어 골드 동산에 깔겠다는 생각에 그의 발걸음에는 거침이 없다. 그런데 그런 그의 보무도 당당하기 그지없는 발걸음을 입구에 있는 로브 자락들이 제지했으니…….

"어허~ 어딜 오는 게요? 이곳은 마탑 회원만이 들어올 수 있소."

이미 수한이 얼쩡거릴 때부터 은밀히 스캔 마법으로 마나량을 체크한 로브 자락. 척 보기에도 범상치 않은 로브를 걸친 위인이라 이미 확인해 본 것이리라. 그러나 수한의 로브 기능상 감춰진 마나량을 보지 못하고 그저 일반인이라 착각하는 실수를 범했으니……. 그 탓에 자신도 수련 마법사인 주제에 고압적인 말투로 수한을 제지한다. 한편 상대의 반응에 은근히 기분이 나빠진 수한. 하지만 아쉬운 쪽은 자신인지라 분기를 터뜨리는 대신 공손히 말을 건넨다. 하지만…….

"큼, 마탑에 볼일이 있어 온 사람입니다. 그러니……."

"무슨 볼일이오?"

수한의 말이 채 끝나기도 전에 냉큼 잘라먹는 수련 마법사. 아침부터 웬 떨거지라는 표정으로 수한을 계속 무시한다. 이에 다시 한 번 혈압이 상승하는 수한. 하지만 아직은 참을 수 있는 수준이다.

"팔 물건이 있습니다."

청 제국에서도 레어 급에 속하는 마공 비급과 더불어 그동안 모아놓은 다양한 종류의 재료 아이템들. 그 가치를 면밀히 살핀다면 마법사들이 당장 맨발로 뛰쳐나와도 모자랄 게 없는 귀물 중의 귀물이다. 하지만 이미 수한을 일반인이라는 선입관을 가진 수련 마법사가 그 사실을 알 리 만무. 그저 어디 시골 촌놈이 오크 가죽을 팔러 왔다는 착각에 빠진다.

"그딴 일은 이곳에서 처리하는 게 아니오. 주위의 다른 상점에나 가보시오."

"으득!"

참는 것도 한계가 있다. 이왕이면 보다 좋은 가격에 팔기 위해 그 가치를 알 만한 마법사들을 찾아왔건만 이리도 박대를 하다니……. 하지만 아쉬운 사람은 어디까지 수한. 상점의 노련한 상인을 상대하기보다 마법사들이 훨씬 상대하기 편하기에 다시 한 번 부탁한다.

"그러지 말고 물건이라도 보고서……."

"허참~ 필요없다니까!"

자존심까지 구기며 부탁을 하는데 끝끝내 매몰차게 거부하는 수련 마법사. 이에 수한은 크게 낙담을 하며 어깨를 축 늘어뜨린다.

물론 그의 성질대로 한다면 진작 한바탕 발광을 해야 정상이겠지만 이곳은 일국의 수도. 삼엄한 경비는 둘째 치고 마법사 수십여 명이 버티고 있는 마탑이 바로 코앞에 있다. 거기다 누차 평범한 유저로서 게임을 즐기겠다고 다짐하지 않았던가? 결국 보다 나은 게임 생활을 위해 수한은 문전박대를 당했음에도 얌전히 발걸음을 돌려야 했다. 그런데 바로 그때, 그의 귀에 들리는 수련 마법사의 중얼거림.

"쯧~ 마법사도 아닌 주제에 어딜 감히……."

쫑긋.

수련 마법사의 혼잣말에 그제야 자신이 박대당한 원인을 알아챈 수한. 절로 주먹에 힘이 불끈 들어간다.

만약 지금까지 잭을 상대로 스트레스를 풀지 않았다면 그

즉시 발작을 했을 터. 그러나 수련 마법사에겐 다행스럽게도 지금까지 나름대로 가슴속 울분을 해소해 왔던 수한은 간신이나마 평정을 유지할 수 있었다. 그러다 번뜩 그의 머릿속에 떠오르는 기억.

'가만, 마법사라면 들어갈 수 있단 말이지?'

팔라스 연합에 들어선 이후 처음으로 마주친 사람들. 리치 용병대라고 했던가? 수한의 압도적인 강함에 반해 팔라스 연합에 전반적인 정보를 제공해 주며 은근히 용병대에 가입할 것을 권했던 떨거지 용병대.

뭐, 덕분에 나름대로 즐거운 파티 플을 즐겼던 수한으로선 기억에 남는 추억이다. 하지만 지금 이 순간 중요한 건 그런 추억의 반추가 아니라 그들이 수한을 대마도사라고 착각했다는 사실.

'크크크크, 이왕 이렇게 된 이상 이번엔 마법사 흉내나 내 볼까?'

터져 나오는 광소를 애써 속으로 삼키며 다시 한 번 마탑의 입구로 발길을 돌리는 수한. 이번에도 그때처럼 장환을 소환한다면 알아서 마법사로 착각해 줄 것이라는 속내이리라. 한편 수련 마법사는 수한이 다시 오자 오만상을 찌푸린 채 로브 자락을 거칠게 걷어붙인다.

"아, 정말 아직도 정신을… 으억?!!"

우우우웅!

수련 마법사의 입에서 온갖 쌍욕이 터져 나오려는 찰나, 수한의 양손에 생성되는 장환. 그 거대한 빛의 원반이 내뿜는 거력에 수련 마법사는 눈 크기를 서너 배로 키운 뒤 바들바들 떨기 시작했다. 그리고 그런 수련 마법사의 경악에 자연 기고 만장해지는 수한.

　'크카카카카, 그래. 그렇게 놀라야 정상이지. 네가 어딜 가서 이런 멋진 모습을 보겠냐? 자, 어서 엎어져서 날 찬양해라.'

　후드 속의 보이지 않는 얼굴에 연신 피어오르는 미소. 이제 자신을 대마도사라 부르며 정중히 마탑 안으로 안내하는 게 수순이리라. 그러나 역시 저주 캐릭의 마지막 결말은 늘 정해져 있는 걸까? 아직도 우려먹을 게 남아 있는지 다시 한 번 발동하는 저주 캐릭의 불운.

　때때때때땡!

　거대한 마탑이 휘청거리는 착시 현상이 보일 정도의 요란법석한 종소리. 마치 어디선가 드래곤이라도 나타났다는 듯 도시 전체를 들썩거리게 만든다. 동시에 마치 소방 훈련이라도 하듯 혼비백산한 얼굴로 뛰쳐나오는 마탑의 마법사들.

　"말도 안 돼! 이런 엄청난 이블 포스(Evil Force)라니⋯⋯!"

　"일발 폭발형도 아니고 형상 구현체가 무려 20,146 이블 포스가 감지되었어! 상대는 적어도 최상급 마족!! 모두 정신 똑바로 차리고 전투 태세를 갖춰!!"

뭐라 알 수 없는 말을 고래고래 외치더니 순식간에 수한을 둘러싸는 수십여 명의 마법사들. 그 흉험하기 그지없는 모습에 수한은 덜컥 겁이 났다.

"뭐야? 뭐야? 이게 어떻게 된 거야?"

워낙 급박한 전개 상황에 정신을 못 차린 채 그저 황망히 서 있기만 하는 수한. 그런 그에게 마법사들 중 대표로 보이는 중늙은이가 지금 상황에 대한 설명을 늘어놓는다. 물론 수한에게는 가장 최악으로 방법으로.

"상대는 고위급 마족이다! 겉모습에 속지 말고 최대한 신속하게, 자신이 구현할 수 있는 최고의 공격 마법을 쓰도록!"

이렇게까지 노골적으로 외치는데 아무리 눈치없는 수한이라도 상황 판단이 안 될 리 없다. 어찌 된 영문인지 그의 정체가 백일하에 드러난 것이다.

'젠장, 젠장! 대체 어떻게 눈치 챈 거야?'

착용 중인 로브의 기능을 철석같이 믿었던 수한으로선 그야말로 배신감까지 느껴진다. 분명 로브의 기능으로 인해 아무도 눈치 못 챈 것처럼 보였는데 설마 로브에 고장(?)이라도? 하지만 이것은 어디까지 수한의 작은 실수와 불운 탓.

애초에 수한의 로브 '감춰진 어둠'은 착용자의 속성과 능력치를 숨길 수 있을 뿐, 그 착용자가 시전하는 스킬의 성향까지 숨길 수 있는 게 아니다. 다시 말해, 마기가 풀풀 날리는 마법이나 스킬을 시전할 경우 그 스킬로 인한 마기는 자연스럽게 드러난다는 의미.

거기다 지금 이곳은 대마물 전문 스페셜리스트만 모여 있다는 폭격의 마탑. 비록 수한의 로브 탓에 그의 정체를 처음부터 간파하지 못했다곤 하지만 마공(魔功)을 기초로 한 장환의 구현에 마탑 주위에 깔아놓은 마기[Evil Force] 탐지기가 얌전히 있을 리 없다. 즉, 지금의 개떡 같은 상황은 수한의 괜한 무력 과시가 초래한 결과인 것이다.

어쨌든 각설하고, 수한이 정체 발각의 원인 분석에 빠져 정신없는 틈을 타 일제히 난사되기 시작하는 각양각색의 마법 공격들. 역시 다년간 마물들과 접전을 벌리던 스페셜리스트답게 공격 마법 캐스팅 속도 하나는 정말 장난이 아니다. 물론 상급 공격 마법보다는 중, 하급의 그것들을 우선적으로 시전한 탓이 크지만 말이다. 역시 지금 같은 경우엔 질보다 양이란 건가?

"파이어볼!!"

"체인 라이트닝!"

"파이어 볼트!"

"윈드 커터!"

콰콰콰쾅!

워낙 다양한 마법들이 중첩되는 탓에 엄청난 폭발과 흙먼지가 난무하는 장내. 역시 마탑들 사이에서 공격 마법만큼은 최강을 자랑하는 '폭격의 마탑' 다운 저력이다. 하지만 그런 마법 공격은 어디까지나 일반인(?)에게나 통용되는 수준.

"크크크크크크, 이거 실망이군."

"헉? 이럴 수가?!"

"말도 안 돼!"

흙먼지가 걷히자 그 모습을 드러내는 수한. 전혀 타격을 받지 않은 듯 로브조차 전혀 상한 곳이 없다. 하긴 로브의 방어력이 1,000이고, 금강불괴로 인한 자체 방어력은 7,000대, 거기에 호신강기를 운용할 경우 방어력 3,700가량이 재차 추가된다. 그뿐이면 마법사들에게 오죽 좋았겠는가만은 '만독불침'이라는 패시브 스킬로 인해 단순 물리 공격이 아닌 속성 공격, 즉 대부분 마법 공격의 경우 그 절반을 그냥 씹어(?) 먹고, 로브가 가진 옵션 탓에 데미지가 재차 30% 감소된다. 이러니 마법사들의 파상공세가 수한에게 무슨 위력을 발휘하랴.

결국 그런 이유로 인해 마법 공격에 한해 거의 절대 방어력을 지닌 수한. 그런 그에게 제대로 타격을 주려면 드래곤의 브레스, 혹은 윈드 라이더 정도의 실력자가 신기를 가지고 전력을 다해 큰 거 한 방을 날리는 방법밖에 없으리라.

어쨌든 다시 현실로 돌아와, 워낙 부산하게 공격을 한 탓에 잠시나마 수한을 당황하게 만들었던 마탑의 마법사들. 그러나 초반의 살벌한 모습들과는 달리 아무런 실효도 거두지 못한 채 수한의 심기만을 자극했다. 그나마 6서클 이상의 상급 공격 마법을 썼다면 약간의 효과를 기대할 수 있었을 텐데 질보다 양에 정신이 팔려 천금과 같은 공격 기회를 스스로 놓치고 만 것이다. 그리고 마법사들의 일차 공세가 끝난 직후, 가뜩이나 마탑 입구에서의 수모를 잊지 못했던 수한이 그 분노를 폭발시켰으니…….

"크크크크, 여기서 더 참는다면 내가 마족이 아니라 보살이다!!"

우우우우우웅!

참고 참은 분노를 마음껏 터뜨리는 수한. 처음부터 전력을 다해 십방장환을 운용한다. 그것도 얼마 전 그가 계발(?)한 트리플로. 결국 그 결과는…….

콰콰콰콰콰콰쾅!

"크아악!"

"아아악!"

수한을 중심으로 반경 20미터의 공간. 그 안에서 휘몰아치는 거대한 거력의 대분출. 공격 마법에 특화된 만큼 방어 마법에 약한 면이 없지 않아 있던 '폭격의 마탑' 소속의 마법사들은 제대로 된 저항조차 못한 일거에 몰살하고 말았다. 대륙 3대마탑에 소속된 고수치곤 너무나 어이없는 최후. 심지어 수한의 십방장환의 영향은 마탑의 일부까지 휩쓸었으니…….

쿠쿠쿠쿠! 콰콰쾅!

"크카카카카카카카카카!"

서서히 기울어지는 마탑의 건물. 수도의 모든 시민들은 자신들의 자랑거리이자 방패막이 무너지는 광경에 다같이 경악하고 공포에 물들었다. 그리고 그런 사람들 사이에서 도시 전체로 울려 퍼지는 그 누군가의 앙천광소.

훗날 '마족혈사'라 명명되어진 리오던에서의 대혈겁은 이렇게 평범하게 살고자 했던 한 마족에 대한 몰이해와 무조건적인 적대, 그리고 그 피해자인 마족의 쪼잔함으로 인해 벌어지게 되었다.

세상은 수한의 개과천선(?)을 용납하지 않았다.

[제1권 끝]

◆ 설정집

['팔라스 연합(Pallas Union)' 설명]

단일 제국으로 구성된 청 제국과 달리 총 열두 개—근 10년 사이 자이드 제국의 급부상과 '3대재앙' 중 하나인 데미리치 탓에 7개국으로 줄어듦—의 제국, 왕국, 공국으로 나뉘어져 마물에 대항하는 지역. 인간과 마물 간의 대립을 모토로 일반적인 판타지 RPG게임을 지향한다.

청 제국보다 아이템의 질과 양이 월등히 앞서는 대신, 스킬들 대부분이 그 습득에 대한 직업별 제한이 있다(직업을 가져야 상급 스킬의 습득이 가능하며, 일부 특수 스킬에 대해선 퀘스트를 통해서만 습득 가능). 청 제국에 비해 직업에 대한 얽매임이 많은 대신 보다 전문화된 스킬과 전직이 가능.

스킬—무공—의 습득과 숙련도, 그리고 영약의 복용에 따라 능력치 상승이 있는 청 제국과는 달리 팔라스 연합에선 전직을 통한 보너스 스탯과 아이템—상급 이상의 경우—착용을 통해 추가적 능력치 상승이 가능하다.

〈지역 구분〉

1. 일곱 개의 나라.

2강(强)

1) 신성 나티아 제국[The Holy Natya Empire]—발드르(Baldr)
을 절대신으로 모시는 신성 제국. 자이드가 등장하기 이전까지
최대 최고의 강국이었으며 무수한 성기사와 사제들, 그리고 그
밑바탕에 되는 절대다수의 광신도들 보유. 현재 자이드 제국의
급속한 팽창을 막고 있는 유일한 국가.

2) 자이드 제국[The Empire Of Zaid]—최근 들어 급성장한 제
국. 근 10년 사이 한 개의 소왕국과 세 개의 공국을 멸망시키며
크게 성장. 그 배경에는 전사들의 수호자 이슈타르(Ishtar)을 주
신으로 모시며—프로인 왕국이 보관 중인 신기 '영광의 검'의
소유권을 주장, 영토 확장 전쟁을 정당화시킴—대규모 기사단
설립에 기인한 듯. 현재 이슈타르의 대승정이 '철혈의 재상'이
라 불리며 정치를 주관하고 있다.

3중(中)

3) 프로인 왕국[The Kingdom Of Proin]—과거 신성 나티아 제
국에 버금갈 정도의 큰 영토와 권위를 지녔던 기사들의 왕국.
하지만 오십여 년 전, 항마전쟁(降魔戰爭:데스 로드의 강림)의 여
파로 국토가 크게 피폐해졌고, 수뇌부들의 부패로 인해 거의 몰

락의 직전의 상태.

4) 말론 왕국[The Kingdom Of Malone]—프로인 왕국의 옆에
위치. 점차 쇠락해져 가는 프로인 왕국의 영토를 야금야금 집어
먹으며 영토 확장 중. 현재 자이드 제국과 동맹을 맺고 신성 나
티아 제국을 압박 중에 있다.

5) 리든 왕국[The Kingdom Of Liddon]—이대금지지역 중 하나
인 드래곤 산맥[Dragon Mountain Range]을 끼고 발전한 나라. 무
수한 몬스터들과의 싸움으로 인해 마법사단, 기사단들을 통틀
어 강력한 무력을 보유하고 있으나 확고부동한 중립국을 천
명—솔직히 타국과의 싸움을 할 여력이 없다—타국 간의 싸움
을 전혀 하지 않는 유일한 왕국. 그러나 자국을 침입한 존재에
대해 철저한 보복을 수행할 정도의 강력한 무력을 보유한 '잠
자는 사자'라는 게 세간의 평가.

2약(弱)

6) 가일 공국[The Duchy Of Guile]—영토 지척에 있는 이대금
지지역 중 하나인 '어둠의 숲[Dark Forest]' 탓에 국력 대부분이
소진된 상황. 리든 왕국, 브리튼 왕국과 달리 자국의 힘으로 나
라를 유지 못하고 타국의 도움으로 간신히 나라를 유지하고 있
다(타국에선 가일공국을 몬스터들의 방패로 활용하는 실정). 거기
다 최근 자국 내 등장한 데스 나이트 기사단으로 인해 공국 자
체가 존폐의 위기.

7) 브리튼 왕국[The Kingdom Of Briton]─가일 공국과 마찬가지로 '어둠의 숲'이 영토 부근에 위치, 몬스터와의 전쟁으로 국력을 대부분을 소모하는 왕국. 그나마 가일공국과는 달리 자력으로 방어선을 유지하고 있지만 어디까지나 현상유지가 한계다.

2. 이대금지지역

마물들과 드래곤이란 초월적 존재가 횡행하는 팔라스 연합의 특징상 수많은 금지구역이 존재한다. 그러나 그런 금지구역들 중에서도 100% 죽음을 보장하는 극악의 자살 명소가 있으니, 바로 카오틱 드래곤이 텃세를 부리는 드래곤 산맥[Dragon Mountain Range]과 마물들이 옹기종기 모여 산다는 어둠의 숲[Dark Forest], 일명 이대금지지역이다.

1) 드래곤 산맥[Dragon Mountain Range]─ 카오틱 드래곤의 레어가 존재하는 거대 산맥. 청 제국과 팔라스 연합을 분단한 지형적 장애물이기도 한 이곳은 청 제국으로 넘어가기 위해 거쳐야 할 유일한 통로. 그러나 수많은 탐험기의 도전에도 불구하고 산맥 곳곳에 포진된 몬스터들과 카오틱 드래곤의 존재로 인해 단 한 번도 성공한 적이 없다고 한다.
2) 어둠의 숲[Dark Forest]─팔라스 연합의 최북단에 위치. 척

박한 환경 탓에 인적이 드물고, 오직 그곳에 적응한 마물들만이 서식, 드래곤 산맥만큼이나 무수한 마물들이 존재한다. 일설엔 숲 가장 깊숙한 곳에 마계의 입구인 '아비스의 미궁[Labyrinth Of Abyss]' 이 존재한다는 소문이 있다.

[Nine Star—팔라스 연합의 구대강자]

팔라스 연합 내 가장 명성이 높은 아홉 명의 절대강자들(세 명의 기사, 두 명의 마법사, 두 명의 대승정, 한 명의 정령사, 한 명의 마스터). 종합 무력 순위로 나열(본신 능력 및 아이템을 포함한 기타 모든 것을 감안, 단 세간엔 이들의 무위가 서로 비등한 것으로 알려져 있다).

1위:그랜드 마스터(Grand Master) 로드 타이거—드워프. 생산업에 관한 모든 것을 마스터한 존재. 드워프들의 수장을 자처하며 그들을 통솔. 현재 '회색 산맥' 에 거주 중.

2위:대마도사 디스롭—항마전쟁에 활약한 대표적인 인물. 인간으로서 최초로 8서클을 돌파한 대마법사. 현재 실종 중.

3위:철혈의 재상 리버스—이슈타르의 대승정. 20년 전 갑자기 등장해 거의 몰락 직전이던 자이드 공국의 재상직을 차지, 지금의 대제국을 건설. 나인스타 중 두 명을 휘하에 거둔 것과 그 정치적 역량을 고려, 나인스타에 속함.

4위:홍염의 마도사 길란드—10년 전, 갑자기 등장한 8서클 마스터. 화(火)계 마법을 주 특기로 삼음. 현재 자이드 제국의 재상 러버스에게 의탁, 그의 최 측근으로서 활약 중. 현존하는 마법사 중 최강자('디스룹' 제외).

5위:전격의 마검사 다스 어벤저―이슈타르 대승정의 휘하 블랙썬더 기사단의 기사단장. 전격 마법을 주 특기로 삼은 마검사. 세상에 모습을 드러낸 지 단 1년 만에 지금의 위치에 올라온 입지적 인물. 지금껏 단 한 번도 벗지 않은 검은 갑옷과 투구로 인해 일설엔 악마에게 영혼을 판 '데스 나이트'라는 소문이 있다.

6위:징벌의 교황 페러스―발드르의 대승정. 개인적인 무력은 형편없으나 신기, '인과의 방패[Buckler Of Retribution]'를 소유함으로써 나인 스타에 속하게 된 인물. 발드르를 부정하는 모든 것을 적으로 간주하는 광신도. 현재 자이드 제국를 극도로 경계.

7위:윈드 라이더(Wind Rider) 로이엔―엘프. 최상급 정령사. 신기 '바람의 정화[The Flower Of Wind]'을 소유, 숲과 엘프의 수호자를 자처. 어릴 적 인간들에게 납치된 경험 탓에 인간들을 극도로 증오함. 현재 '영원의 숲'에 거주 중.

8위:질풍의 성검 랑슬롯―신성 나티아 제국이 첫 번째 검. 악을 멸하는 데 조금도 주저함이 없다는 성기사 중의 성기사. 제국 주위의 마물들을 소탕하며 방랑 중(유저, 수진의 담당 기자인 강하영이 그 실체). ·

9위:트루 나이트(True Knight) 시드—프로인 왕국의 왕실 친위대 대장. 가히 기사 중의 기사라 칭해지는 존재. 일설엔 그가 없었더라면 프로인 왕국은 진작 망했다는 말이 있을 정도다.

[세상의 구성원들]

1. 조정자[The Mediator]
주신(主神) 루나(Luna)—'신'이라기보다 '세상'과 '현실'을 이어주는 하나의 매개체. 세상 내 직접적인 영향력을 행사하지 못하는 대신, 신이나 기타 영향력을 가진 자들에게 신탁—운영팀들의 요구 사항—을 내릴 수 있음. 단, 그 신탁에 대해 강제력을 부여할 수 없다.
[능력:전지성(全知性)] (혼돈)

2. 절대 3법칙[Universal Powers]
신들 중 가장 높은 존재[The High God]. 그러나 이들 역시 '신'이란 개념보단 세상을 구현하는 '법칙'이란 말이 어울릴 듯. 세상의 절대 3법칙을 각각 책임진 존재. 레벨로써 그 강함을 설명 불가능.

1) 성신(聖神) 아이젠(Eisen)—마신과 대립하는 존재. 그러나 절대선을 상징하지는 않음. 절대 3법칙 중 인과율(因果律)을 상

징(무속성)

2) 마신(魔神) 케모스(Kemos)─성신과 대립하는 존재. 역시 절대악을 상징하지는 않음. 절대 3법칙 중 등가법칙(等價法則)을 상징(무속성)

3) 중립신(中立神) 디에나(Deanna)─성신과 마신의 중간에서 그들을 조율하는 존재. 절대 3법칙 중 균형성(均衡性)을 상징(무속성)

3. 강한 권능[Major Powers]
세상에 직, 간접적으로 영향력을 행사할 수 있는 실질적인 신들 중 가장 높은 서열의 신들[The Middle God]. 상급 신들의 힘을 빌려 그 권능을 행사. 상급 신들을 대신해 세상을 직, 간접적으로 조율. 레벨로 따진다면 대략 5,000대 정도.

1) 만물의 대표자 발드르(Baldr)─성신 아이젠의 분신. 인과율을 다루는 성신의 영향으로 질서의 신. 동시에 징벌의 신이기도 함. 팔라스 연합 내에선 거의 절대적인 영향력을 행사. 일반인들에게 주신으로 알려짐. 사대천사장을 거느림(절대선)

2) 희망의 여신 나나(Nanna)─발드르의 딸. 어둠을 밝히는

달의 여신. 그리 강력한 영향력을 가지고 있지 않으나 옆에서 발드르를 보좌, 그의 부족한 부분을 채워줌. '신의 가호[God's blessing]' 의 원 주인(선)

3) 전사들의 수호자 이슈타르(Ishtar)─마신 케모스의 분신. 등가법칙의 영향으로 계약의 신. 동시에 전쟁의 신이기도 함. 팔라스 연합 내에선 전쟁과 무의 신으로 존경받기도 함. 중급 신들 중 가장 강력한 힘을 가짐(중립)

4) 만마(萬魔)의 어머니 이블린(Evelyn)─마신 케모스가 자신의 어두운 악의 단면을 모아 창조한 존재. 파괴와 정화의 신. 청 제국의 묵천마신교(墨天魔神敎)가 숭배하는 마신, 아수라(阿修羅)가 그녀의 또 다른 얼굴임. 오대마왕을 지배하며 마물들─몹─을 관장(절대악)

5) 무욕(無慾)의 방랑자 프레이르(Freyr)─중립 신 디에나의 아들. 자유의 신, 동시에 여행의 신이기도 함. 선과 악 모두를 가진 동시에 그 어느 것에도 속하지 않은 자유로운 신으로서 인간들에게 거의 알려지지 않은 신. 대신 유사 인간─엘프, 드워프, 요정─과 영수(靈獸)들에게 그 영향력을 행사(혼돈)

4. 약한 권능[Minor Powers]

'신'이라기보다 불멸성을 획득한 초월적 존재[The Low God]. 대부분 중급 신들의 수하이지만 몇몇 개체는 깨달음의 극을 이루어 신이 된 존재. 중급 신을 대신해 '세상'에 직접적인 영향력을 행사. 레벨로 따진다면 대략 1,000 이상의 존재.

1) 대천사(大天使)—선도자 '가브리엘(Gabriel)', 처단자 '미카엘(Michael)', 수호자 '라파엘(Raphael)', 방관자 '우리엘(Uriel)' (절대선)

2) 대마왕(大魔王:The Lord Of Devil)— 죽음의 지배자 '데스 로드(Death Lord)', 광기와 폭력의 주재자 '매드 발키리 (Mad Valkyrie)', 어둠의 절대자 '쉐도우 로드(Shadow Lord)', 매혹적인 유혹자 '댄싱 크라운(Dancing Clown)', 종말의 나팔수 '화이트 크로우(White Crow)' (절대악)

3) 그 외—균형과 조화의 수호자 '카오틱 드래곤(Chaotic Dragon). 검의 끝을 추구하는 구도자 '태을검선(太乙劍仙)' (중립)

5. 준신[Demi God]
불멸성을 획득하지 않은 초월자들. 미처 진명(眞名)을 얻지 못해 그 권능은 하급 신들보다 약하나 인간들이 상대할 수 없는 강대한 힘을 가진 존재들. 스스로 깨달음을 얻거나 천성적으로 타고난 강력함으로 초월자가 된 존재, 혹은 신들의 수하. 레벨 500 이상에서 1,000 미만

　─레벨 500 이상을 달성한 인간(마법 9서클 이상을 마스터하거나 무(武)로는 인간의 경지를 뛰어넘은 존재들). 신수(神獸), 마왕, 드래곤

[캐릭과 레벨에 따른 스탯 능력치]

　1. 인간형 캐릭(유사 인간 모두 포함─드워프, 엘프, 호빗 등)

　초기 스탯:제각기 10(운:5). 보너스 스탯 5(각 종족에 따라 약간의 차이가 있음)

　레벨 499까지 레벨 1업 시 보너스 스탯 +1

　레벨 500 이후(초월자:超越者) 레벨 1업 시 보너스 스탯 +5(이전 모든 능력치 두 배)

　레벨 1,000이후(신선:神仙) 레벨 1업 시 보너스 스탯 +10(이전 모든 능력치 두 배) 태을검선(太乙劍仙)

　다른 종족들에 비해 적은 능력치 상승. 대신 레벨 이외의 변수로 능력치 상승이 가능함. 일명 무한한 가능성의 존재들

　2. 마족(최소 상급 이상의 마족을 말함)

초기 스탯:제각기 50(운:25) 보너스 스탯 25

레벨 499까지 레벨 1업 시 보너스 스탯 +5

레벨 500 이후(마왕:魔王, The Devil) 레벨 1업 시 보너스 스탯 +10 (이전의 모든 능력치 두 배, 공격력 +1,000, 방어력 +1,000)

레벨 1,000이 넘을 경우(대마왕:大魔王, The Lord of Devil) 대마왕의 호칭과 함께 신급 반열에 오름. 현존하는 오대마왕 외 대마왕의 경지에 근접한 존재는 발록(Barlog)뿐

3. 동물계(마물 포함)

개체의 특성에 따라 천차만별—대개 인간형과 동일

[마수(魔獸)와 영수(靈獸) 의 경우—신수가 될 가능성이 있는 영성(靈性)을 지닌 존재들]

초기 스탯:제각기 20(운:10) 보너스 스탯 10

레벨 499까지 레벨 1업 시 보너스 스탯 +3

레벨 500 이후(신수:神獸) 레벨 1업 시 보너스 스탯 +10(이전 모든 능력치 두 배. 하나의 유니크 스킬을 습득)

레벨 1,000 이상 성취한 경우 전무(全無)

4. 드래곤

초기 스탯:제각기 100(운:50) 보너스 스탯 50

레벨 499까지 레벨 1업 시 보너스 스탯 +10

레벨 500 이후[成龍] 레벨 1업 시 보너스 스탯 +10(이전의 모든 능력치 두 배, 공격력 +2,000, 방어력 +2000)

레벨 1,000 이상 성취한 경우(초신룡:超神龍), 레벨 1업 시 보너스 스탯 +30(이전 모든 능력치 두 배. 진명 스킬 획득)—카오틱 드래곤

태어나자마자 신수(神獸)인 존재(그 존재 자체가 균형 파괴적). 단, 그 개체수가 아주 극소수임

[이벤트 급 아이템 모음]

유니크 급을 넘어선, 세상 전체에 영향을 끼칠 정도의 궁극 아이템

1) 신의 가호 [God' s Blessing]

종류:팔찌[Bracelet]

등급:이벤트[희망의 여신, 나나(Nanna)의 상징]

속성:성(聖)

제한:마(魔) 속성 사용 불가능 & 나나(Nanna)의 인정을 받을 것

내구력:무한

무게:1

설명:팔라스 연합에 존재하는 오대신기(五大神器) 중 하나. 여신 나나의 선택을 받은 자가 부여받는, 현존하는 최고의 아이템. 전 스탯 +100. 특수 스킬 기적[The Miracle]―시전자에게 가장 좋은 방향으로 상황을 진행시킴. 한 달에 한 번 시전 가능―을 사용 가능. 공격으로 인한 모든 상태 이상―저주, 독, 스턴, 기절―을 무효화[위치 불명].

2) 영광의 검[Claymore Of Glory]

종류:검[Sword]

등급:이벤트[전사들의 수호자, 이슈타르(Ishtar)의 상징]

속성:無

제한:현존하는 전사들 중 가장 강한 자―명성치로 판단―만이 사용 가능

공격력:100,000

내구력:무한

무게:10,0000

설명:팔라스 연합에 존재하는 오대신기(五大神器) 중 하나. 사용 조건의 모호성으로 인해 거의 상징물로서만 활용. 신기를 제외한 모든 물리, 마법적 방어력을 무시. 크리티컬 확률 +90%[프로인 왕국이 보관 중]

3) 인과의 방패[Buckler Of Retribution].

종류:방패[Shield]

등급:이벤트[만물의 대표자 발드르(Baldr)의 상징]

속성:성(聖)

제한:발드르(Baldr)을 받는 제1권속. 대사제만이 사용 가능

방어력:절대(사용 시 사용자에게 그 어떤 피해도 입히지 않는다)

내구력:무한

무게:30

설명:팔라스 연합에 존재하는 오대신기(五大神器) 중 하나. 그 자체적 위력보다는 교단의 상징물로서 보관 중인 성물. 그 어떤 물리, 마법 공격을 불문(신기 포함), 상대에게 그대로 되돌려 준다[발드르의 대승정이 소유 중].

4) 멸절의 비수[Dagger Of Extermination]

종류:단검[Dagger]

등급:이벤트[만마(萬魔)의 어머니 이블린(Evelyn)의 상징]

속성:마(魔)

제한:성(聖) 속성을 가지지 않은, 레벨 400대 이상의 모든 존재가 사용 가능

공격력:절대 or 無

내구력:무한

무게:5

설명:팔라스 연합에 존재하는 오대신기(五大神器) 중 하나. 그 끝을 알 수 없는 악의 근원이 만든 멸절의 정화.

심지어 지상에 강림한 신조차 단 일격에 원래 에테르계로 튕겨낼 정도의 위력을 가진다. 단, 심장─핵─을 제외한 타격 부위의 경우 공격력이 전무. 마(魔) 속성에 한해 소유시 능력치의 전 스탯 50% 상승[위치 불명].

5) 바람의 정화[The Flower Of Wind]

종류:활[Bow]

등급:이벤트[무욕(無慾)의 방랑자 프레이르(Freyr)의 상징]

속성:풍(風)

제한:레벨 400 이상의 엘프(Elf)만이 사용 가능

공격력:1,000

내구력:무한

무게:20

설명:팔라스 연합에 존재하는 오대신기(五大神器) 중 하나. 엘프를 사랑하는 프레이르가 엘프들에게 내린 성물.

기본 공격력에 사용자의 능력에 따라 풍(風)계 마법을 제한 없이 구현 가능. 능력치의 전 스탯 20% 상승[엘프의 수호자 '윈드 라이더'가 소유 중]

6) 카오틱 드래곤 슈트[Chaotic Dragon Suit]

종류:슈트(Suit)

등급:이벤트

속성:혼돈(chaos)

제한:주신(主神)의 인정을 받을 것

방어력:2,000

내구력:무한

무게:5

설명:팔라스 연합 내에서 유일하게 오대신기(五大神器)에 버금가는 아이템. 주신의 강압에 카오틱 드래곤이 억지로 만들었다는 설이 있다.

모든 속성에 저항력 +100%, 전 스탯 +50, 특수 스킬 '드래곤 피어(Dragon Fear)' —시전자보다 저렙인 주위 모든 개체에게 60초간 무조건적인 스턴 상태 부여. 하루 세 번 시전 가능—을 사용 가능[현재 '더 웹'이 소유 중]

7) 죽음의 세례[Baptism Of Death]

종류:반지(Ring)

등급:유니크

속성:마(魔)

제한:성(聖) 속성 사용 불가 & 총 능력치 총합 2,000 이상

내구력:무한

무게:0.1

설명:대마왕 데스로드의 진명(眞名)을 상징하는 물건. 그러나 데스로드가 카오틱 드래곤에게 봉인된 탓에 본래 능력을 거의 상실한 상태(현재 유니크 급).

공격력 +200, 크리티컬 확률 +50% 특수 스킬 '죽음의 손[Death Hand]—자신의 최대 HP량만큼 상대에게 무조건적으로 데미지를 입힌다. 하루 한 번 시전 가능—사용 가능. 언데드 계열 상급 마물에 한해 특수 능력—소유자의 능력 극대화—부여[위치 불명]

청어람 판타지의 재도약!!

혁신과 참신함으로 무장한
새로운 판타지 전문 브랜드의 탄생!

「알바트로스」
Albatros

판타지계의 커다란 근간을 이뤄온 청어람 판타지 소설!
새로운 브랜드 「알바트로스」라는 커다란 날개를 달고
거대한 웅비를 시작합니다.

알바트로스는 판타지의, 판타지를 위한 개척자이자 도전자로 존재하겠습니다.
알바트로스는 형식적이고 나태해진 판타지계의 구습을 벗어나겠습니다.
알바트로스는 판타지계의 도약을 위한 든든한 날개 역할을 묵묵히 수행합니다.
알바트로스는 변화와 혁신을 통해 새롭게 태어날 환상 공간입니다.
알바트로스는 판타지를 아끼고 사랑하는 이들을 향한 청어람의 굳은 약속입니다.

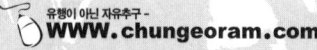

입소문을 통해 아는 분은 다 알고 계십니다!
올 한해 공인중개사 최고의 화제작!

1-2권 합본 | 이용훈 지음 | 값 18,000원
3-4권 합본 | 이용훈 지음 | 값 18,000원
5-6권 합본 | 이용훈 지음 | 값 18,000원
용어해설 | 이용훈 지음 | 값 18,000원

수험생 기본 필독서
만화 공인중개사

제목 : 만화공인중개사 쓰신 분에게 감사드립니다.

학원을 두달 다녔어요. 근데 과연 그 숫자 외우기 그렇게 몇 문제나 나올까 생각을 했어요.
아니라는 생각이 드네요. 학원강의를 뒤로 하고 서점을 갔어요. 내 머리에 가장 이해될 수있는
책이 없나 하구요. 거기서 만화를 발견했어요. 무조건 세번 봤어요. 3개월 걸렸어요. 문제집을
보라고 했는데 그건 시행을 못했어요. 근데 합격을 했네요.

어떻게 감사의 말을 해야 될지…

도서관에서 만화 직 들고 다니니까 사람들이 비웃더라구요. 만화책으로 공인중개사를 공부한
다고 미친사람처럼 보더라구요. 근데 그거 다 감수하고 했던 내가 자랑스럽습니다.

어떻게 감사의 말을 해야 할지 정말 감사합니다.

부디 행복하세요. 제 나이 41살에 좋은 스승을 만난 거 같습니다.

엎드려 감사드립니다.

－본사 홈페이지에 독자분이 올린 메일 中 에서 발췌－